遠藤崇寿　遠藤展子 監修

藤沢周平「人はどう生きるか」

実業之日本社

実業之日本社文庫

◎藤沢周平「人はどう生きるか」目次

刺客
用心棒日月抄
藤沢周平
新潮文庫

秘太刀
馬の骨
藤沢周平
文春文庫

玄鳥
藤沢周平

藤沢周平
隠し剣 孤影抄

あらすじと解説で読む「生きるヒント」②

悲哀と不条理の人生にもある一筋の「光」

あらすじと解説で読む「生きるヒント」③

残照を浴びて晩年の生きがいを探す

◆藤沢周平が紡ぐ「人生の彩り」

海鳴り
藤沢周平
（上）

花のあと
藤沢周平

静かな木
藤沢周平

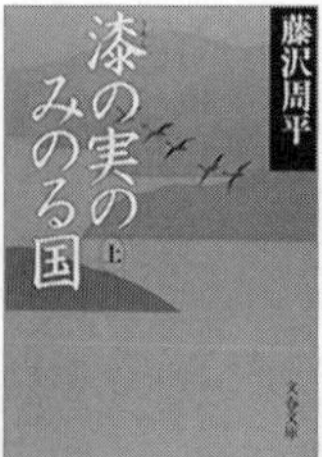
藤沢周平
漆の実のみのる国
上

巻頭エッセイ

父・藤沢周平が描きたかったもの

遠藤展子

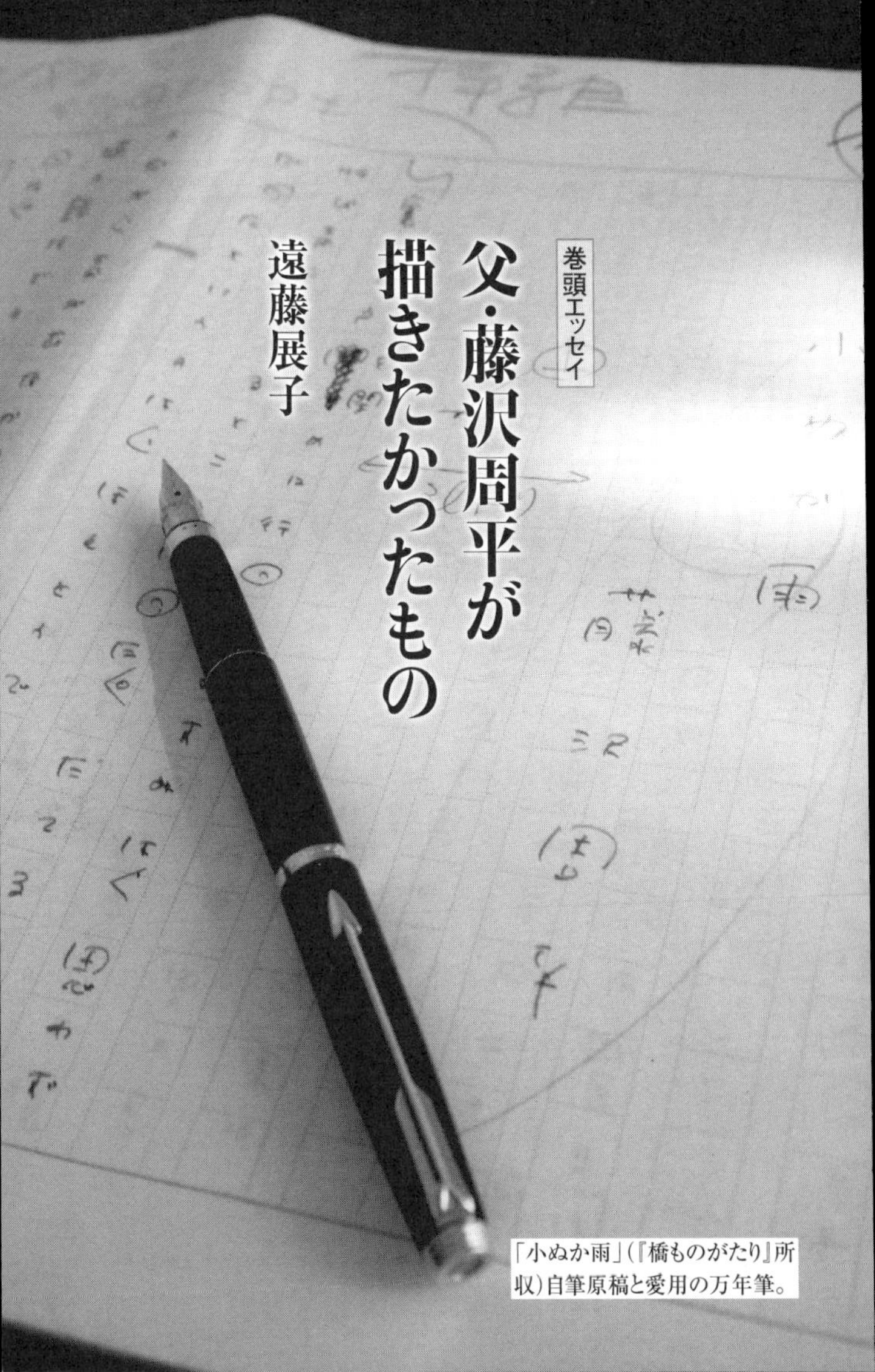

「小ぬか雨」（『橋ものがたり』所収）自筆原稿と愛用の万年筆。

愛すべき故郷

月山《がっさん》、羽黒山、鳥海山そして日本海に囲まれた山形県鶴岡市が父の故郷です。父が生まれた鶴岡市高坂には金峰山《きんぽうざん》があります。山の麓から続く庄内平野には田畑が広がり、たくさんの自然のなかで農家の次男として父は育ちました。

北国の冬は長く雪が降り続き、多いときには家の二階から出入りしなければならないほど、雪が積もることもありました。そして遅い春を待ちわびるのですが、父はその雪深い季節をこんなふうに語っていました。

「雪は人に考えることを教える」

その言葉は子供の頃から父が様々な物語を考えて過ごしていたんだと想像させます。夏には野も山も田んぼの稲も見事なほど一面緑になり、秋にはしっかりと実った稲穂が黄金色に輝きます。それは本当に美しい光景です。

父の生まれ故郷には昔は庄内藩があり、いまでも酒井家十八代のお殿様がいらっしゃいます。父は小説のなかに北の小藩「海坂藩《うなさかはん》」を描きました。「海坂藩」は庄内藩の半分くらい。あくまでも父の創作の世界ですが、父の書く小説には、故郷の風景を想像させる場面がたびたび描かれています。

父は二十五歳で故郷を離れて、六十九歳で亡くなるまで東京暮らしでしたが、故郷の鶴岡は大好きで、田舎から何か食べ物などを送ってもらうと、本当に嬉しそうでした。田舎の美味しいお米と漬物と魚と果物があれば喜んでいました。

春の孟宗竹の筍《たけのこ》で作る孟宗汁やふきのとうのばんけみそ、口細かれい、夏のだだちゃ豆（枝豆）や民田《みんでん》なすの漬物、秋には庄内米、冬は赤かぶ漬け、ハタハタ、寒鱈《かんだら》、岩のりなど本当に豊富な食べ物に恵まれていて、鶴岡の食は父の小説『三屋清左衛門残日録』や『用心棒日月抄《じつげつしょう》』『花のあと』など、さまざまな作品にたびたび登場します。小説を読んでいると、普段は食の細い父が、上機嫌で田舎の食べ物を口にしていた姿を思い出します。

ふっと消えるように生涯を終える……

父が作家になって、何を伝えたくて小説を書いていたのか、残念ながら直接父に聞いたことはありません。もともと、父とは仕事の話はほとんどすることがなく、話の内容はもっぱら、私の身近な出来事や音楽や映画やテレビドラマの話でした。

なんとなく父は長生きするだろうと思い込んでいたので、いつも「仕事の話を聞くのは、また今度でいいや」と、先延ばしにしていました。

父は若い頃に結核になり、肋骨《ろっこつ》を取る手術を受けました。その時の輸血が元で慢性肝炎になり、五十六歳で発症しました。五十四歳頃から自律神経失調症も患っていたので、それまで飲んでいたお酒は全く飲まなくなり、作家と言うよりはサラリーマンの様に日々規則正しい生活をしていました。肝炎になってからの父の外出は、病院への定期的な通院以外では、運動不足解消と気分転換の日々の散歩が主でした。

それでも直木賞などの選考会へは欠かさず出席し、必要なときには母や編集者の方に同行してもらい、取材旅行にも行っていました。小説を書くためには手を抜くことはありませんでした。家では「細く長くがんばろう」を合言葉にしていて、健康には気をつけていたので、仕事の話や私を産んだ母の話は、父の仕事が少し暇になって時間が出来たらゆっくり聞こうと考えていました。

しかし父は生涯現役で、暇になることはないまま、六十八歳の時に肝炎が悪くなり、入院しました。父の入院中に、何度か話を聞いておきたいと思うこともあったのですが、結局入院中も、父とはその頃放送されていた朝の連続ドラマの話をしたり、父の好きな野球や相撲の話などを父から聞いたりして過ごしていました。

後になって、もっときちんとした話をしておけばよかったと思わなくもなかったのですが、父が私に普通の生活をさせたいと思っていたのは日頃の会話から感じていたので、何てことのない親子の会話をたくさん出来たのはよかったんだと、納得するようになりました。そのきっかけの一つは、私が父に話したことが小説の中に出てきて、「ああ、無駄話も無駄ではなかったんだ」とわかったからです。

父は一九八八年十一月に阿川佐和子さんに受けた取材のなかで、「獄医立花登手控え」シリーズについて「うちの子が高校生の頃、反抗期だったんで、そういうのをチョチョっと使うと面白いんですね。反抗期が治ってきたら、また治ってきたことを書いて」と、私が主人公の立花登のいとこのおちえのモデルであることを語っています。反抗期中にもかかわらず、私は父に学校であった出来事やその日にあったことを、だいたい何でも話していました。

小説のなかに出てくるおちえの友達は、私の友達によく似ていたりして、「ああ、これ○○ちゃんのことだ！」なんて、内心思っていました。反抗期の私の帰りが遅いことが続いたときに、父が「展子、ちょっと来なさい」と呼ぶので父の仕事部屋へ行くと「もしも誰かに誘拐されたら、家にはいくらまでだったらお金があるから出せます、と父が言っていると犯人に言いなさい」と言うので、何をいきなり変なことを……と思っていたら、そのとき『小説現代』に連載していた『春秋の檻《おり》　獄医立花登手控え』の「牢破り」で、夜遊びに忙しいおちえが人さらいにあった話を書いていたのでした。

なるほど、そういうことか……小説を書いているうちに、心配になってあんな話をしたのだなと後で読んでわかり、「お父さんは心配し過ぎだ」と父に苦笑しました。

日常生活を時代を変えて書くことで、父の江戸市井《しせい》ものは現代にも通じるところが多く、小説がよりリアルになったのだと思います。

「物をふやさず、むしろ少しずつ減らし、生きている痕跡をだんだんに消しながら、やがてふっと消えるように生涯を終ることが出来たらしあわせだろうと時どき夢想する」(『周平独言』文春文庫)と父は書いていましたが、実際はそうはならず口数が少なかった分、たくさんの小説とエッセイと手帳を残してくれました。そのおかげで、父の若い頃のことや生母のことなどを知ることが出来たのはいまの私にとって本当によかったと、父に感謝しています。

小説の中で生き続けた生母の存在

昭和三十六年から読売短編小説賞に応募していた頃の作品には、『高価なお菓子』や『木枯』など現代物もありました。同時に昭和三十七年から三十九年にかけて高橋書店の『読切劇場』や『忍者読切小説』『忍者小説集』などに時代小説も多く書いていました。私が産まれて生母が亡くなった前後のことです。

この頃、父は知人に小説を書くのはお金のためなのかと聞かれてひどく憤慨し、「このような誤解を受けたことは今まで一度もなかった」と手帳に書き遺しています。続けてこう書いてありました。

「悦子（生母）ほど私を理解していた者が他にいるだろうか。小説を書くということで私をえらいわとほめ、私が小説を書くと言うことを誇りに思い、他に吹聴したがった。すべてを金でその物差しで計ろうとする考え方は、私たちには憶《おぼ》えがなかった。あれば素直に喜んだが、なければないで、しあわせだった」

実際に母は父の小説が雑誌に掲載されると、喜んで田舎の両親に手紙を出して知らせていました。父が小説を書いていたのは、決してお金のためではなく、父が小説家になることを母が喜び、応援してくれていたからでした。

父は生涯お金には執着がなく、お金のことは全て再婚した母に任せっきりでした。そのことからも父の小説を書く目的がお金ではなかったことがよくわかります。

しかし、一番の理解者であった生母が亡くなってしまい、耐えがたい辛さのなかにあっても父は書くことを続けました。

「胸の内にある人の世の不公平に対する憤怒、妻の命を救えなかった無念の気持ちは、どこかに吐き出さねばならないものだった。私は一番手近な懸賞小説に応募をはじめた」と『半生の記』(文春文庫)のなかで父は書いています。そして、当時の父の手帳には、「私はやはり小説を書き続けるだろう。悦子とのことを書くためにも」とありました。

父の小説のなかで、生母はいつも生きていて、それは父が小説を書く原動力だったのだと今ならわかります。

その後、病弱な祖母と幼稚園に通う私をかかえ、疲労困憊《こんぱい》のなか、四十一歳のときに父は再婚しました。

「再婚は倒れる寸前に木にしがみついたという感じでもあったが、気持は再婚出来るまでに立ち直っていたということだったろう」(『半生の記』文春文庫)。

しがみついた母と言う木は思いのほかしっかりとしていて、ようやく生活が落ち着き、四十三歳のときに『溟い海』で『オール讀物』新人賞を受賞しました。このとき、父は「悲運な先妻悦子にささやかな贈り物が出来たようにも感じたのだった」(『半生の記』文春文庫)と書いています。

「普通の人」を描き続けた背景

その後、昭和四十八年、父四十五歳の時に『暗殺の年輪』で直木賞をいただきました。この当時の父はまだ自分のやりきれない気持ちを小説に書くことが多く、実際、当時の父の小説は私が読んでいても暗い印象です。ハッピーエンドの小説を書きたくなかった父が、ファンのことを意識して結末の明るい小説を書くようになった一端に、父が中学校の先生をしていたときの教え子の存在がありました。

父の教え子の何人かは首都圏にいて、父はいつも「司郎君、梧郎君、典子、種子」と名前で呼んでいました。父の没後二十年に座談会を開き、その教え子の皆さんと話をする機会がありました。父が結核になって東京の東村山の療養所に入っていたときには、お見舞いに来てくれたこともあったそうです。

先生と教え子と言っても、新卒の父とは年齢は近く、十歳も離れていなかったのですが、父は常々「教え子は子供と一緒」と言っていましたし、教え子の方もそう思ってくれていました。司郎さんは父が小説を書くようになってからは、掲載されている雑誌は必ず買って読んでくれていて、父と新作の小説の話をよくしていたと教えてくれました。

あるとき、司郎さんは父に「先生の小説は救いようがないんだよな。助けたい人がみんな救われないんだもんな」と言ったそうです。

父が、読んでくれる読者を意識して、「長年辛気くさい小説におつきあいいただいた罪ほろぼしに、読んで面白い小説をお目にかけたい」と思うようになったのは、身近に司郎さんのような読者がいて直接、感想を聞くことが出来たからではないかなと想像します。

再婚した東京生まれの母の影響力も大きかったと思います。母は義理人情に厚く、思ったことは口にするので多少口うるさいところはありましたが、明るくダジャレが好きで、無口な父を相手に、健康管理から面倒な事務仕事まで全て引き受けていました。おそらく父は、この頃から、安心して余計なことを考えずに仕事に没頭出来るようになったのだと思います。母のダジャレに鍛えられ、その母もしっかり小説のモデルに使われています。

「趣味はお父さん」と言っていた母は、父の没後二十年を見届けて、父の生誕九十年の誕生日の三日後に父の元へ旅立ちました。

父が小説を書くときにこだわっていたのは、普通の人を描くことだったと思います。その原点には、祖父の繁蔵の存在がありました。繁蔵じいさんは父が二十三歳のときに六十一歳で亡くなっているので、私は写真でしか知りません。

父はどちらかと言えば、顔も祖母たきゑに似ていて、小説を書くようになったのも母方の影響だったそうです。写真に写っている祖父の見た目は日に焼けて色黒で、父よりもずっとがっしりとしていて、いかにも農家のお父さんといった印象でした。

実際の祖父は真面目な普通の農民で、祖父を知る人から「あんたのおじいさんは働き者で真面目な人だったのよ」と言われたことがあります。父は祖父のことを「生きている間は営々と働き、死ぬときにも何ひとつ書き残さなかった。父の人生はそれできちんと完結している。余分な夾雑物《きょうざつぶつ》のようなものは何もなかった。男の生き方としては、その方がいさぎよいのではないかと思うことがある」（『周平独言』文春文庫）と書いています。

祖父の生き方は、その後父が「普通の人が一番偉い」と私に教える元になったのではないかと思いました。父自身は、波瀾万丈でふつうの生活とはほど遠い一生だったので、なおさら祖父のように毎日毎日田畑を耕し、真面目に働いて家族を養い一生を終える人生を尊敬していたのだと思います。

父は父なりに小説を書く理由があったのだから小説家になったことを後悔はしていないと書いていますが、父の仕事のスタイルは祖父と同じでした。鍬《くわ》が万年筆に変り、日々コツコツと調べ物をして原稿を書いていた姿を思い出します。派手なことと目立つことを嫌い、職人のように仕事をして、私には「普通が一番」と言い続けたのは、祖父への思いがあったのでしょう。父は祖父の背中を見て、私は父の背中を見る……そんなふうにして家族は続いていくのかなと、写真でしか知らない祖父に思いを馳《は》せるのでした。

人生の不条理を父は何度も何度も経験しました。結核になり、二十五歳から二十九歳まで四年八カ月余り、東京での療養生活を送りました。退院の目途《めど》が立ったときには、病院から長期の外泊許可をもらって再就職の仕事を探しに帰郷したのですが、結果は思ったようなものではありませんでした。

元の校長先生の「小菅先生（父の本名）の才能を生かすには東京が一番だと思う」という、父曰く無邪気な一言は、父にとっては故郷には残れないと悟るのに十分でした。好きで病気になったわけでもないのに父が気の毒だと思いましたが、結果的にはその一言が父を藤沢周平に導いたとすれば、その時父が感じた索漠とした気持ちや憤りも無駄にはならなかったのかもしれません。

その後、生母と結婚し最初の子供を死産で亡くし、私が産まれやっと人並みのしあわせを手に入れたと思ったのに、たった八カ月で母が癌で亡くなり、父の人生を振り返ると次々と不幸が押し寄せました。人には自分ではどうにも出来ない運命があるけれど、ありのままを受け入れて、多くを望まず身の丈にあった暮らしをしていれば、長い人生が終わるときにはよいこともあると、父は伝えたかったのかもしれません。

恵まれた作家生活に思い残すことはない

父は亡くなる前に、自分の葬儀で読む遺族の挨拶文を、私の夫に読むようにと託していました。理由は母は看病で疲れ切って、私は泣いて役に立たないだろうという父の想像でした。当日はまさしく父の予想通りでした。

父が用意した文章には、若いときに大病を患い、そのために病気が治ってからも生活に苦労したけれど、中年から晩年にかけては、自分のもっとも好きな仕事につくことが出来て、関わってくれた方々のおかげでいい仕事を残すことが出来た。作家として恵まれた生活を送ることが出来て、思い残すことはないと書いてありました。

生涯現役で、派手なこと、目立つことを嫌い「普通が一番」と言った父の人生もまた、祖父と同じように、いさぎよい一生だったのだと私は思います。

遠藤展子

（えんどう・のぶこ）

エッセイスト、鶴岡市立藤沢周平記念館監修者。1963年、藤沢周平（本名・小菅留治）の長女として、東京に生まれる。西武百貨店書籍部に勤務ののち、遠藤崇寿と結婚。現在は藤沢周平に関する仕事に携わる。著書に『父・藤沢周平との暮し』（新潮文庫）『藤沢周平　父の周辺』『藤沢周平　遺された手帳』（文春文庫）などがある。

東京都練馬区大泉学園町の自宅書斎にて

特別収録
藤沢文学の
魅力を語る
①

「藤沢作品」は、現代日本人にとっての癒しの文学である

養老孟司【解剖学者】

私は、暇さえあればいつでもどこでも本を読んでいます。書斎はもちろんのこと、風呂でもトイレでも寝床でも、乗り物に乗っているときでも、何か活字を読んでいないと落ち着かない。

知り合いの著者や出版社からたくさんの本が送られてきますし、自分でも手当たり次第に買い込んで、まず一通り目を通す。そしてあまり面白くなかった本は書棚の奥、さらに書庫へと引っ込み、逆に面白くて、また読んでみたいと思う本だけが、自然に書棚の前のほうに押し出されてくるわけです。藤沢周平さんの時代小説は、いつでも手に取れるように、常に書棚の最前列にまとめて並んでいて、何度も何度も読み直しています。

藤沢作品の魅力の一つは、美しい日本の自然が見事な描写で再現されている点にあ

ります。

私は先日、福島県会津若松市へ行ってきました。鶴ヶ城へ行ってみて驚いたのは、桜の幹の太さでした。私の住んでいる鎌倉にも、たとえば鶴岡八幡宮などに桜の木はたくさん植えられていますが、その太さとは比べものにならないくらい太い。国指定天然記念物に指定されている「高瀬の欅《けやき》」という大木も見に行きましたが、これもまた、大変立派なものでした。この場所は、藤沢作品の『密謀』の主人公、直江兼続《なおえかねつぐ》が上杉景勝《かげかつ》と計らい、徳川家康の東征に備えて新たに城を築こうとした場所だそうですが、この欅は当時から有名な大木であったということでした。

東北は、日本の他の地域と比較しても、自然に対する畏敬の念、信仰心の篤い土地柄です。美しい自然描写、そして人間が自然の一員として、つつましくも逞《たくま》しく生きている藤沢作品の大きな魅力は、作者が東北の出身であることと無縁ではないと感じます。

現在、東京のような大都会に住み、働いている人たちの多くは、毎日の生活が、どこかしっくりこない、本来望んでいる生活とは何か違うという違和感を感じているのではないでしょうか。なぜ東京に住んでいるのかと、よくよく考えてみれば、そこに仕事があるからであって、生活する場として好ましいと感じ、自ら選択して東京で生活していいるわけではないからです。日頃感じている違和感を何とか解消したい、その欲望によって、多くの都会生活者が藤沢さんの作品を貪《むさぼ》るように読むのでしょう。藤沢作品を繙《ひもと》きさえすれば、子供の頃に友達と一緒に遊んだ川のせせらぎが聞こえ、通学途中に寄り道した神社の見上げるような大きな桜の木に出合うことができる。懐かしい故郷の風景のなかにわが身を置いたような気分に浸ることができるからです。

藤沢作品に描かれている、古き良き日本の風景とは、豊かな自然だけにとどまりません。夫婦、親子、あるいは兄弟同士が、決して豊かではないけれど節度をもって支え合って生きている姿、下町の貧しい裏店《うらだな》で、それぞれ心に傷を持つ人々が互いに気遣い合い、助け合いながら日々の暮らしを立てていくさまなど、登場人物同士の触れ合いもまた、かつての古き良き日本の日常的な風景でした。

それを保守的であると、一言で片づけてしまうことは簡単ですが、人間の感性や情緒というものは、そう易々と変わるものではない。藤沢作品には、もはや失われてしまった静謐《せいひつ》さや温かさが脈々と流れています。それによって癒されたい、そう願って手に取る人が多いのではないでしょうか。

【別冊歴史読本『藤沢周平読本』(平成十年刊)より再録】

養老孟司
（ようろう・たけし）

1937年、鎌倉市生まれ。東京大学医学部卒業後、解剖学教室に入る。1985年、東京大学医学部教授を退官し、同大学名誉教授に。『からだの見方』でサントリー学芸賞を受賞。1985年以来一般書を執筆し始め、『形を読む』『解剖学教室へようこそ』『日本人の身体観の歴史』などで人体をわかりやすく解説し、『唯脳論』『人間科学』『バカの壁』『養老訓』といった多数の著作では、「身体の喪失」から来る社会の変化について思索を続けている。

藤沢周平
自作を語る

「藤沢周平の原風景」

（『闇の穴』あとがき」より）

はっきり郷里の史実に材をとったというものでなく、つくりものの小説を書いているときにも、私はそのなかで郷里の風景を綴《つづ》っていることがある。そして、それは必ずしも郷里の現実の風景というわけではなく、私の中にある原風景といったものであることが多いようだ。

原風景というと何だと言われると困るようなものだが、時代で言うと昭和五、六年ごろから昭和十三、四年ごろまで、私の年齢でいうと物心ついてから、小学校五、六年ごろまでの、生まれ育った土地の風景が、いまも私の中に生きつづけているわけである。

たとえば、ふだんは聞こえない遠くの汽車の音が聞こえてきた、静かな雪の夜道とか、葦切《よしきり》が終日さえずりつづける川べりとか、とり入れが終って、がらんとした野を染める落日の光とか、雪どけのころの、少しずつ乾いて行く道とか、雑多な風景がその中に詰めこまれている。

そしてそういう風景が単独で存在するわけでなく、少年倶楽部《くらぶ》や譚海《たんかい》といった少年雑誌、姉たちのお古の少女雑誌、『怪傑黒頭巾《ずきん》』や『亜細亜《アジア》の曙《あけぼの》』、啄木《たくぼく》や下総《しもうさ》の歌人長塚節《たかし》、カール・ブッセの『山のあなた』、そしてジャン・バルジャン。さらに牧逸《いつ》馬《ま》の『この太陽』、吉屋信子《よしやのぶこ》の『地の果まで』といった小説などが、これらの風景とわかちがたく結びついて、ひとつの心象風景を形づくり、私の中に存在しているわけである。

小学校の五、六年のときに、私は姉が持っていた大人の小説をほとんど読んでいたし、また『レ・ミゼラブル』を授業中に読んでくれたのは、宮崎先生という担任の教師だった。もっとも私たちは、小説の筋に感動するよりも、ジャン・バルジャンという奇妙な発音の名前がおかしく、その名前が出てくるたびに大笑いした。宮崎先生は田舎の小学生の程度の低さに、さぞ失望されたに違いない。

日本が日中戦争に突入したのは、私が小学校五年のときである。その後戦争が拡大すると、風景は少し荒れた。そして戦後は、なにか別のものが風景の中に入りこみ、風景は変質し、ある場所では破壊された。私の心の中に残る風景は、そういう意味で私の古きよき時代を兼ねるかのようにもみえる。

だが実際には、そういう回顧趣味とはべつに、その風景はある重さを持って、私の中に生き続けている気がする。多分それは、私がはじめて認識した世界であるからだろう。それは後年出会うような風景のイミテーションでもなく、反覆でもない、ま新しい風景だったのである。その風景が、現在小説を書いていることと、どこかで固く結びついている気がするのは、当然のことかも知れない。

この短篇集のあちこちに、この私の風景が点在している。時代もののなかに書いて、べつにそれほど不自然な気がしないのは、むかしは近年のようでなく時がゆっくり流れていたからであろう。私の風景のなかには、あきらかに明治の痕跡《こんせき》が残っていたが、考えてみれば明治はたかだか二十年ぐらい前のことで、それは何の不思議もないことだった。

昭和五十二年一月　　藤沢周平

故郷鶴岡の周平。生家跡近くの青龍寺川で。

特別収録
藤沢文学の魅力を語る
②

寅さんと藤沢周平さんの眼差し

原作に描かれた人間の情感や、弱者への想いとは。

山田洋次【映画監督】

「藤沢周平さんの小説を、映画にしたい」。ずっと現代劇を撮り続けてきたぼくが、馴《な》れない時代劇を撮ることになった理由はそれです。

『隠し剣　鬼の爪』は、『たそがれ清兵衛』につづいての藤沢作品の映画化で、ぼくにとって二作目の時代劇になります。『たそがれ』を作ったあと、またすぐに時代劇を撮りたい気持ちになったのです。それは、寅さんの第一作を作り終えたときの気分と似ていました。「男はつらいよ」の第一作を撮り終えたあと、渥美清という類《たぐい》まれな俳優の才能を知ったぼくは、もう一作できるのじゃないか、いや、作ってみたい、と考えました。映画のなかに、ひとつの世界、あの団子屋さんの小宇宙ができあがっていた。それに倣《なら》って言えば、前回は、『たそがれ清兵衛』が終った時点で、「ぼくと、ぼくのスタッフとで、ある時代劇の世界をたしかに作り得た」と実感できたんです。

藤沢さんの作品のなかでも、山形県の庄内地方を舞台にした下級武士の物語、と決めていました。あらためて藤沢作品を読み漁りました。読み逃していたものを読み、すでに読了していたものを読み直し……。

『隠し剣　鬼の爪』の原作となった『隠し剣鬼ノ爪』（文春文庫『隠し剣狐影抄』所収）や『雪明かり』（講談社文庫）、『たそがれ清兵衛』の原作の『竹光始末』（新潮文庫）や、『よろずや平四郎活人剣』（文春文庫）のほか、『蟬しぐれ』（文春文庫）や『麦屋町昼下がり』（文春文庫）なども好きで再読三読しましたが、たくさんの作品のなかからどれにするか、ずいぶん迷ったものです。

『たそがれ清兵衛』は、藤沢作品のはじめての映画化であり、ぼくにとっても初の時代劇です。文庫版が合計二千三百万部も売れているという藤沢作品が、なぜ、それまで映画化されなかったのかと不思議に思いますが、実は藤沢作品は、映像にするのがそんなに易しいわけではありません。

藤沢周平の小説は、さらりとした味の作品が多い。ダイナミックでめりはりのある立体的な物語のほうが映像化しやすいわけですが、藤沢作品の、とくに江戸の市井《しせい》もの、職人の話などは、断片的でエッセイのような風合いになっています。もちろんそれが魅力なのだけど、映画にすればややもすると平板になってしまう。たとえば、落語や歌舞伎で有名な『文七元結《ぶんしちもっとい》』のような、借金を抱えた父のために娘が吉原へ身を売りに行くが、いろいろと話があって、結局はハッピーエンドに終わるという、あれぐらいの波瀾《はらん》がほしいのだけど、藤沢さんの作品は今いち印象が淡いのです。

でも、それだからこそ、人間の情感をこまやかに描くことに成功していた、と言えます。ぼくもこれまで「男はつらいよ」や、夜間中学や知的障害児学級などを舞台にした「学校」シリーズなどで、人々の静かな営みに焦点を合せた映画を撮ってきました。だから、藤沢作品の淡々とした味わいには強い愛着を覚えていたのです。

アカデミー賞外国語映画賞にノミネートされた『たそがれ清兵衛』の批評を、ニューヨークタイムズで読んだ記憶がありますが、「この作品は『トワイライト・サムライ』というタイトルからは、夕陽を背景にふたりの侍が刀を抜いて向い合う通俗的なアクション映画という印象をもつかもしれないが、実はそうではない」という言葉からはじまる批評でした。まあ、この作品のコンセプト、つまり日本人の憧れる静かな暮しと、その情感のようなものは、欧米人もわかってくれているということでしょうか。

ひどく似通っているふたり

『隠し剣　鬼の爪』は、永瀬正敏君演じる平侍、片桐宗蔵と、松たか子さん演ずる片桐家の女中、きえとの恋物語を縦糸に、かつて道場仲間だった友人を討たねばならない宗蔵の心中の葛藤や、復讐譚までもが織り込まれています。

『たそがれ清兵衛』の主人公、井口清兵衛と同様、この宗蔵も、あまりぱっとしない男ですが、藤沢さんの小説の主人公に、権力者や侍大将のような高い身分の人たちは一切登場しない。ひたすら平侍や貧しい職人たちの物語です。つまり藤沢さんは徹底して貧しい人たち、民衆の側に立ち続けることをした人なんですね。ぼくはこの人と渥美清さんとは、ひどく似通っているような気がしてならない。渥美さんも藤沢さんと同じように、若いときに胸の病気になって、生涯病弱な身体をいといながら生きた人でした。そして徹底して弱者の側に立って世の中を見る人でした。

こんな話を渥美さんがしてくれたことがあります。小学校時代の彼の同級生に、ともに目の見えない両親をもった少年がいた。渥美さんたち不良仲間は常日頃、「あいつの家ではどうやって食事をしているんだろう」ということが関心の的だった。で、ある日の夕方、不良仲間が連れ立って彼の家にゆき、破れ塀からそっと貧しい家の中を覗いてみた。

夕餉《ゆうげ》の支度ができていて、少年を真ん中にはさんで、目の見えない両親が卓袱台《ちゃぶだい》に向いあっている。がんもどきの煮たのと漬物が、その日のおかず。両親が手さぐりで茶碗のご飯を口に運ぶ。真ん中に坐ったその子は、がんもどきを一切れずつ両親の飯の上に載っけてやると、そのあと自分もガツガツとご飯を食べる。やがて両親のおかずがなくなれば、またもやヒョイヒョイとがんもどきを両親の茶碗に載っけてやってはガツガツ食う。お父さんのご飯がなくなるとついでやり、がんもどきを載せ、ガツガツ、ガツガツ。お母さんにもヒョイと載せ、またガツガツ……。

渥美さんと悪童たちは、その光景をじーっと見ていて、それから黙ってうちへ帰ったそうです。そして翌日からは誰も彼のことをからかわなくなった。藤沢さんの世界に通じるようなエピソードですね。渥美さんも、藤沢さんのように苦労して育った人でした。学歴はない、肉親の縁も薄く、さびしい思いをたっぷりしていた。勲章をぶら下げて得意になるなんて思い上がりは絶対にない人でした。

「海坂藩」の風景を映したい

藤沢周平さんの平凡に生きる人々への優しいまなざしの向けかた、その暖かさは、彼の境遇に依るところも大きいのでしょうね。藤沢さんは郷里の中学校の教師をしていたとき、肺結核がみつかって、二十代半ばから三十歳までの期間を病床に過すわけです。そして病気療養のために山形県鶴岡市を出て上京し、作家藤沢周平の誕生が準備されることになります。そして生涯、故郷の風景・四季の移り変りや夜明けの美しさ、たそがれ時の静けさを描き続けました。

『隠し剣　鬼の爪』は藤沢さんが故郷の庄内地方を想定して創りあげた「海坂藩《うなさかはん》」の侍の物語です。そのためには庄内のシンボルである月山《がっさん》のショットを印象的に撮る必要がある。映画の一シーンに、宗蔵のかつての剣友、狭間弥市郎が破獄したことを伝えるため、牢屋番が田園を駈けてくるロングショットがあります。その背景には残雪の美しい月山がとらえられていますが、実はこれは、月山を映すためのショットでした。

ハリウッド映画では、こんな発想はないでしょうね。たとえば『ラスト　サムライ』はニュージーランドにセットを組み、明治時代の九州を撮ったわけです。『カサブランカ』がモロッコではワンカットも撮影していない、というのは有名な話ですが、どうもその風土のもつ独特の匂い、その土地に暮す人々の気質を映像にとらえよう、という考えを、アメリカ映画はあまりもたないようですね。僕は、藤沢周平さんの世界を描くならば、庄内の景色をしっかり映し込みたかった。実は映画のなかでは、京都や南信濃、彦根城や姫路城など、庄内以外のあちこちでロケをしていますが、でも、全体として観客が「これは山形県の庄内地方の映画だ」と感じてくれなくては成功とはいえないと思いました。

もうひとつ、大切に思っていたのが「剣の果し合いを丁寧に撮る」ということです。ぼくは時代劇のクライマックスは、やはりチャンバラだと思っています。

これまでの時代劇をふり返って、剣の場面に力を入れて撮影されている映画というと、黒澤明の『椿三十郎』や『七人の侍』、小林正樹の『切腹』『上意討ち』などが思い浮かびますが、一般的にいえば時代劇は殺陣《タテ》が嘘っぽいんです。ヒイロウが十人も、二十人も相手にして、チャカチャカと斬る。相手は血も流さずにバタバタと倒れていく。いつでもきれいに剃《そ》り上げられている月代《さかやき》の嘘臭さもそうですが、そういった時代劇の嘘っぽさは嫌だった。

「どうして剣を抜いて殺しあうときの怖さをもっと描かないんだろう」と、いつも不満に思っていました。宗蔵のセリフに「おれは手入れのときしか剣は抜いたことはねえ」というのがありますが、じつは相当の遣い手だって、滅多なことでは剣を抜かなかったはずじゃないのか。

西部劇のピストルより剣の闘いのほうが迫力があるに違いない、という確信はありました。ピストルは一発撃って命中すればそれで終りだけど、日本の剣の闘いならば、腰の刀を抜くまでの緊張感がまず描写できるし、遂に抜いたとしてもそう簡単に相手を斬り殺せるものじゃない。よほど幸運に急所を必殺すればべつですが、お互い傷を受けながら、睨《にら》みあい、相手の隙をうかがい、せまってくる死の恐怖とたたかいながら、長い時間血を流しつつ斬り合う、そういう苦しい闘いの描写ができるはずです。

藤沢作品の侍たちは、ふだんは皆に無視されているような地味な男が、いざ剣を抜くととても強かったりして、そこがたまらなく面白い。「藤沢周平の小説の男たちは心に一匹、狼を飼っている」といわれますが、『用心棒日月抄』（新潮文庫）より前の初期の小説の主人公は、狼そのものでした。昏《くら》い闇に眼をきらきらと光らせながら、狼が近づいてくるような小説がずいぶんあった。いや、初期にかぎらず、最後までそうではなかったか。藤沢さんの心の奥にある、なにかに対する怒りみたいなもの。それがあの人の作品の魅力なのではないか。

松竹大船撮影所の家風

ずいぶん前ですが、ぼくが四十年余りを過して「寅さん」シリーズや「学校」シリーズを制作した、松竹大船撮影所がなくなりました。九六年に渥美清さんが亡くなり、こんどは自分の根拠地をなくすことになって、大きな転換点に立ち至った。そしていわば再出発として手がけたのが、時代劇、しかも藤沢周平さんの作品だった、と言えます。

この移行がスムースにできたのは運がよかったと思います。かつてのブロックブッキング制度がなくなった今、映画監督は、企画がまとまると、どこかに事務所を借りて、スタッフをかき集め、あちこちのスタジオを駈け回りながら撮影しなくてはなりません。そして、すべてが終ったら場のつながりは消えてしまう。松竹大船撮影所を自分のアトリエのようにして映画を作ってきたぼくにとって、撮影所が消えたのは大きなショックでした。

大船撮影所の先輩として、小津安二郎監督、木下恵介監督などがいますが、藤沢さんの時代小説に特徴的な、「日常性を大切にする」という視点は、大船撮影所の伝統と重なる部分があるように思えてなりません。ぼくが松竹に入った頃は、小津さんがマエストロとして現役で活躍しておられた。小津作品というのは有体に言えば、大したことは何も起きないわけです。《ある日、娘が嫁に行った。父親は淋しかった》。これだけで映画ができてしまう。誰かが結婚に反対したわけでなく、ほかに恋人がいたというのでもなく、まして、恋敵が許婚《いいなずけ》を殺してしまった、なんて波瀾はさらさらない。でもそれでいいんだ、という考えが小津さんにはあったはずです。物語が波瀾に富んでいることが大事なのではなく、淡々とした日常のなかで深く人間を描く、という難しい課題を、小津さんを頂点とした当時の松竹映画は目指したのでしょうね。

一方、ぼくたちが学生時代に熱心に観たのはフェリーニであり、ヴィスコンティであり、イタリアのネオリアリズモ映画だった。ピエトロ・ジェルミの『越境者』、ヴィットリオ・デ・シーカの『自転車泥棒』など大好きでした。そうした映画に大きな影響を受けて、「日本の現実を抉《えぐ》り出すような作品を撮る」と意気込んで映画界に飛び込んだのに、小津監督は《娘が嫁に行って哀しい》という映画をつくっているわけです。それがどうした、と突っぱねる気持が生れたのは否定できません。でも、それが伝統というものなのでしょうが、結局はホームドラマというものがぼくの身にしみこんでいったのです。

「家族を描く」というのは、松竹大船撮影所の家風と言っていい。当時は東宝、大映、東映、松竹、新東宝、そしてその頃できたばかりの日活などの撮影所があり、そこで育った監督やスタッフは、それぞれの家風に影響されて映画を作っていた。松竹大船調育ちのぼくたちは「メロドラマであれ喜劇であれアクション物であれ、とりあえずドラマは家族を芯にしろ、そうすれば観客は落ちついて観られるもんだ」と、先輩にいわれたものです。思えばぼくの「男はつらいよ」は、寅さんという困ったおじさんの存在で悩む家庭のホームドラマですからね。

藤沢作品にも必ず、家族が出てくる。親子、夫婦、きょうだい。市井ものはもちろん、侍の話でもそう。いっぽう、いまの若者の意識のなかでは「家族」の存在は非常に薄くなっています。話題になった芥川賞の『蹴りたい背中』を読んでも、主人公の女の子の家族関係はほとんど説明されていません。『隠し剣　鬼の爪』には、嫁ぎ先の姑《しゅうとめ》が、きえを手ひどく扱う場面がありますが、そのシーンを見た大学生が、「もっと姑の意地悪を描いてほしかった」と感想を述べました。姑の嫁いびりなんて長々と見ていて気持のいいものじゃないから、「あれぐらいの表現で、きえがどんな目に遭っているかは想像つくだろうと思ったのさ」と答えたら、「いや、嫁いびりとはどんなことだかわからないんですよ」と言う。いまの若者は、祖母が自分のお母さんを苛《いじ》めるなんて経験をもっていないから、人間にはそういうどうしようもない「業」があることをまじまじと見たいと思うんでしょうね。

宗蔵の家のシーンで、倍賞千恵子さんと吉岡秀隆君が並ぶところがあります。あの二人を見た観客はきっと「男はつらいよ」のことを思いだして親しみが湧くだろう。

そこは意識しました。ぼくにはやはり「家族」を描きたい想いがある。山本周五郎でも司馬遼太郎でもなく、藤沢周平さんが合っているな、とあらためて思います。

藤沢作品は、時代を厳密に設定することをあまりしていない。藤沢さんがどこかに書かれていましたが、幕末を舞台にしたい物語もあるけど、それをやると関係者がまだ生きていて迷惑をかけるんだ、と。つまり、登場人物の孫やひ孫が市民として生きている、鶴岡というのはそういう町なんですね。『隠し剣　鬼の爪』は幕末の物語にしました。大きく世の中が変ろうとしているけど、江戸や京都から遠い北国では、あまり情報が入ってこず、とても不安だったんじゃないかと思うんです。封建主義というのは、先祖のやり方をそのまま繰り返し、より磨きをかけて次の世代に伝えるということでしょう。それが幕末になって欧米から進歩主義が入ってきた。進歩はいけないという封建的な考え方と、古いやり方を捨てなければならないという考えとのぶつかり合いで、たいへんな波風が立ったにちがいない。

ひとつのユートピアを描く

今日、ぼくたちも、大きな不安のなかに生きています。民主主義さえ怪しげなことになってきている。経済の見通しも着地点が見出せないぞっとするような暗さが、さまざまな市民生活の混乱を生んでいるような気がします。では、幕末の武士たちは不安のなかでどんな着地点を模索していたのか。そこに、興味がありました。

　関川夏央さんは、「藤沢周平の描く世界はひとつのユートピアである」といわれています。極楽《パラダイス》ではありません。ほどほどにバランスがとれていて、つらいことはありながらもそれになんとか耐え、人々が穏やかで、平和に暮す努力をしている場所、とでも言いましょうか。現在の厳しい〝幕末〟状態のなかで、ユートピアはどのように、あるいはどこにありうるのか。そんな問題意識も、この『隠し剣』を撮りたかった理由なのかもしれません。

　ぼくがこの映画でいちばん好きなのは、宗蔵がきえにプロポーズをする場面です。「俺が好きか」と訊くと、きえは「そんなこと考えたことがありません」と答える。宗蔵が、「じゃあ、いま、考えてくれ」と言うんですね。女中さんの雇い主である侍が、「俺はおまえを愛しているけれども、おまえは俺を好きか？」と、正式にプロポーズをする。「好きだったら、結婚しよう」。理路整然として礼儀正しく、品格のある態度。このラヴシーンで終りにしようということは、はじめから決めていました。これは、一種の青春映画でもあるわけですね。

　ぼくは一度だけ藤沢周平さんとお会いしたことがあります。穏やかで、優しくて、質素で、ああ、昔田舎にこんな中学校の先生がいたな、と思えるような、藤沢作品に登場する侍そのものの素敵な人でした。実はそのときには、自分が藤沢作品を映画化するなどとは考えてもいなかった。もう少し長生きされていて、ぼくの作った映画を観ていただきたかったな、そうしたらどんな感想を語られるだろうな、とよく思います。

時代劇で、ぼくは、はじめて人が殺しあう映画を作りました。藤沢さんの小説が原作だったからできたのでしょうが、七十本以上を撮っていて、これがはじめての殺人場面とはね。もっとも、ベッドシーンもまだ撮ったことがありません。藤沢作品には『海鳴り』（文春文庫）という艶っぽい場面の多い小説がありますが、これはぼくにはムリでしょうね、きっと。

（『文藝春秋』二〇〇四年十一月号より転載）

山田洋次（やまだ・ようじ）

1931年大阪府生まれ。54年、東京大学法学部卒。同年、助監督として松竹入社。「男はつらいよ」シリーズなど数々の名作を監督。藤沢作品は、『たそがれ清兵衛』、『隠し剣　鬼の爪』、『武士の一分』を手がけた。

あらすじと解説で読む「生きるヒント」①

若者たちの挫折と自立を描く「成長物語」

藤沢周平が
紡ぐ
「人生の彩り」

『蟬しぐれ』

苦難のときには思い出そう、
あの青春時代の〝青臭い思い〟を

（文春文庫〈上・下巻〉・単行本愛蔵版〈文藝春秋刊〉）

「時代小説史上、屈指の青春ドラマ」とまで評価される作品で、主人公・牧文四郎の恋と友情を通して、成長の軌跡を描く物語。

海坂藩普請組《うなさかはんふしんぐみ》・牧家の跡取り文四郎は、ともに学ぶ小和田逸平、島崎与之助との厚い友情に支えられ、剣術と学問に没頭する日々を過ごしていた。逸平は上士の家の跡取り、与之助も文四郎と同様、軽輩の家の子息だが、三人はそんな身分の差を気にすることなく、青春を謳歌する。文四郎は学問のかたわら剣の腕を磨き、与之助は学問で身を立てようと志す。やがて秀才ぶりを見こまれて江戸に留学し、後年、やがて藩校で教えるまでになっていく。逸平はどちらにも秀でてはいないが、情に厚く、友人を大切にする気性だ。

『蟬しぐれ』が「青春小説の傑作」といわれる要素は、この文四郎、逸平、与之助という三人の若者の友情が、そのときどきに形を変えながら、ずっと続いていく様子が描かれるからでもあろう。三人は互いに違う道を歩みながら、変わらぬ友情を温め続けるのだ。

文四郎の父は、藩主の跡継ぎにまつわる藩内抗争に巻き込まれ、自裁《じさい》してしまい、穏やかだった文四郎の日常は急激に暗転していく。文四郎は「謀反人の子」として嘲笑され、不遇な日々を過ごすのだが、逸平、与之助は、心からわかり合える友として、そんな彼を応援していく。鷹揚《おうよう》な性格の逸平は折に触れて文四郎を励まし、与之助は文四郎の身を案じ、遊学先の江戸からも時折、手紙をよこすのだ。

「友情」という言葉では表現しきれないほどの心の交流ぶりが描かれる。文四郎はこうした友情を心に刻み、剣の稽古に励む。そして十八歳の秋、熊野神社の奉納試合で、興津新之丞という〝藩随一の剣士〟を打ち破る。そこから、文四郎の運が開けていき、空鈍流の秘剣村雨が伝授されるまでになっていく……。

『蟬しぐれ』はこのように、文四郎という一人の若者を通して、青春の挫折、再起、そして、それを支える友情物語が大きな骨格を成している。

その一方で、物語のもう一つの軸は、文四郎幼馴染《おさななじみ》の隣家の娘・ふくへの淡い恋心だ。

文四郎十五歳、ふく十二歳のとき、家の裏庭にある川で、ふくは、蛇に指を噛まれてしまった。毒を吸い出すため、ふくの指を口で吸う文四郎。恥ずかしそうに無言で頭を下げ、小走りに家に戻るふく……。

また、自裁した父親の遺骸を乗せた重い荷車を、あえぎながら運ぶ文四郎に、組屋敷から駆け出してきたふくが寄り添って、車の梶棒《かじぼう》をつかみ、いっしょに荷車を運ぶ……文四郎とふくは、誰にも邪魔をされないはずの〝思い〟で結ばれているはずだった。

だが二人の〝淡い恋心〟は、ふくが藩主のお側に仕え、やがて側室となるという運命の前に封印を余儀なくされる。父の切腹後、文四郎と母が移ったおんぼろ長屋に、江戸へ発《た》つ前のふくが訪ねてくる。このとき、文四郎は道場に稽古に出かけていて、わずかの差で会えなかった。

ふくは文四郎の母・登世に伝えたいことがあったが、それを口にすることはできず去っていく。帰宅して、ふくの別れの挨拶を受けられなかったことを知った文四郎は後悔するが、ときはすでに遅かった……。そうした小さな思い出の数々が、文四郎の心のなかに絵のように残る。

不遇に耐え、ひたむきに生きる文四郎は、やがて旧禄に復帰し、お城に出仕するまでになる。しかし平穏な日々を取り戻したのも束の間、再び文四郎は、権謀術数渦巻く藩の政争に巻き込まれていく……。

時が経《た》ち、藩主の側室「お福さま」と呼ばれるようになったふくの命が危機に瀕《ひん》する。お家騒動をめぐって、お福さまをお腹《なか》の子どもともども葬り去らんと企む敵側が、彼女の命を執拗《しつよう》に狙うのだが、この友情で結ばれた三人が力をあわせて陰謀に立ち向かう。文四郎の〝ひそかな恋〟を、友情が手助けしていくのである。

そして文四郎は、お福さまを守る役割を命じられ再会する。やがて危機を脱し、二人はあわただしくもせつなく、濃密な時を過ごす……。

「文四郎さんの御子が私の子で、私の子供が文四郎さんの御子であるような道はなかったのでしょうか」というお福さまのつぶやきが、読む者の胸に刺さる。

「お福さまに会うことはもうあるまい」と思いながら、「馬腹を蹴って、助左衛門は熱い光の中に走り出た」という描写で、この物語は終わっている。

見る・聴くDATA

映画『蟬しぐれ』
DVD：ジェネオン エンタテインメント

ドラマ『蟬しぐれ』
DVD：NHKエンタープライズ
配信：NHKオンデマンド

オーディオ『蟬しぐれ』
オーディオブック：NHKサービスセンター

『蟬しぐれ』解説

秋山駿【文芸評論家】

藤沢周平氏の名は、つとに文藝春秋の豊田健次さんから聞いていた。彼は私の時代小説好きを、それも歴史小説ではなく時代小説好きをよく知っていたからである。

だが、その時、私は藤沢氏を読まなかった。五味康祐、柴田錬三郎亡き後、ああ、もう私の好きな時代小説は亡んでゆくのだなと、深い失望の中にいたからである。手当りしだいに諸家の作品を読んでみたが、面白さに心を砕く発明と工夫には感心するものの、いずれも私の心には馴染《なじ》まなかった。こころからの感動がなかった。私はその頃狭い心を持っていた。あまり多くの作品に接して、自分の内部に持続している時代小説への純粋な心情——純情といったものを、傷付けたくなかった。

或る日、私は長くさる週刊誌の書評委員をしているが、目の前にずらりと並ぶ数百冊の本の中に、この『蟬しぐれ』があった。蟬しぐれ、というタイトルがよかった。

たぶんそれが私の眼を撃った。何気なく持って帰り、夜、枕頭に置いて読み出したら、いつの間にか朝になっていた。

少年のように読んで徹夜してしまったのだ。私は文芸批評を始めてほぼ三十年に達する。本を読むことにかけては、すれっからしである。この『蟬しぐれ』は、そんなすれっからしを、少年の心に還してくれた。フランスのチボーデという批評家が、批評家になってしまうと、もう二度とあの少年の日の読書の幸福は味わえない、と言っているが、この小説は、正しくその幸福を私に与えてくれた。すべて鋭敏に心を働かせ、何に対しても率直に感動する、そんな少年の心に人をして還らせること。それがこの作品の持つ第一の徳であった。六十に近い男が徹夜したのに、朝、心気は晴朗であった。

この『蟬しぐれ』は、時代小説ではなかった。歴史小説でもなかった。いや時代小説というなら、これは新しい時代小説であった。それも本質的に新しいものであった。私はかつてこのような形と内容と雰囲気の時代小説を読んだことがない。

冒頭の「朝の蛇」の章を見られよ。

全体の街の描写があって、主人公の住居があって、その位置、身分が明らかになって、十五歳の若者が溌剌《はつらつ》たるイメージで起ち上ってくる。そのところが、少しもくだくだしくない。淡彩なのに、明度が高いので、すべて物や事の細部がくっきりしている。しかも描写の分量が適格なのだろう、展開に冴えた感じがある。地味なところがない。

これは見事な発端だった。そして読者は、同時に三つの要素を感覚するだろう。

第一は、悠然たる、静かな展開の調子。これは長編には必須のものだ。そして私は、これに、西欧的近代文学の正統の嫡子といった感じを受ける。嘘ではない。スタンダール『赤と黒』だって発端はこんな感じのものだ。

第二は、この悠然たる静かな展開を破って、主人公の速度ある小気味いい行動が発するること。その行動を中心に、この一章がいわば一つの短編の結構を持っていること。この結構は、いわば人体の関節といった感じのものだ。だから長編がダレないのだ。

もう一つ言うと、この発端は、主人公を中心に、十五、六歳の三人の若者が登場するが、すでにその別れが示され、恋の芽生えが描かれる。

これが、青春である。青春とは、友と恋の場面において、若者が一人ずつ、たった一人の人間となって直立し、現実に直面し、自分の生の証《あか》しを見出そうとする光景なのである。

この作品は、そういう青春を正面から描き、そこから発する、一人の人間の生の証しの行動を描いたものだ、と思えばよろしい。

第三は、以上の人間図や街を包むところの、自然とか季節の描写である。私はこれに驚嘆した。短い解説文だから、長々しい引用は控えねばならないが、この冒頭の章でも最初の方に、

「いちめんの青い田圃《たんぼ》は早朝の日射しをうけて赤らんでいるが、はるか遠くの青黒い村落の森と接するあたりには、まだ夜の名残の霧が残っていた。じっと動かない霧も、朝の光をうけてかすかに赤らんで見える。そしてこの早い時刻に、もう田圃を見回っている人間がいた。黒い人影は膝の上あたりまで稲に埋もれながら、ゆっくり遠ざかって行く。（以下略）」

というような数行の自然描写があって、私はそれに感心した。というより感動した。なぜか。一つには、この自然は、最近の文芸誌小説（純文学）が見失ってしまったものだからである。いまの文芸誌小説は、都市の石壁ばかりを描いて、うるおいがない。

二つには、この自然描写の形をよく見られよ。これは、単なる描写ではない。日本人の心の裡《うち》にある自然の形を描いたものなのだ。日本的な、人間の内部が抱く自然と

いうものなのだ。私が批評家面をして小利口ぶっていえば、これこそが『風土記』以来の、日本人の自然に対する感受性なのである。

そういうものを作者は、今日において現代的に回復している。だから、この作品は、西欧的近代文学の構造を持ちながらも、醇乎《じゅんこ》として醇なる日本の小説なのである。その味わいがこの作品の第二の徳である。

あえて問う。これは時代小説か？　いや、そうならこれは新しい時代小説ではないか？　いや、もっと言うなら、これは単にただ新しい作品、というべきものではあるまいか。

全体を貫いて走るのは、主人公の若者の颯爽《さっそう》たる行動であり、行動はときに火花を発して剣の決闘に到る。この剣の立ち合いの場面がいい。そして、こういうところを中心にして全体に、晴朗の気が漲《みなぎ》っている。晴朗さ、それが何とも言えぬこの小説の魅力だ。

晴朗な行動の隣には、一種の抒情がある。主人公の儚《はかな》い恋や三人の若者の友情物語のところから、それは発する。

打ち明け話をすれば、私は初めて『蟬しぐれ』を読んだとき、故知れぬ烈《はげ》しい郷愁といっていいものを感覚した。その郷愁に導かれて、この小説に似寄りの作品を頭の内で探してみた。尋ねて行き当ったのは、島崎藤村の『春』であった。むろん、これは私の感想の戯れであって、作者には縁のない話だ。

郷愁というのは、間違いかもしれない。しかし、読む人はすべて、何かある一種の、烈しい「懐しさ」といった感銘を受けるのではあるまいか。懐しさ、とは、つまり詩情である。私はこんなことが言いたいのだ――この作品を根底で支えているのは、作者の烈しい詩魂である、と。

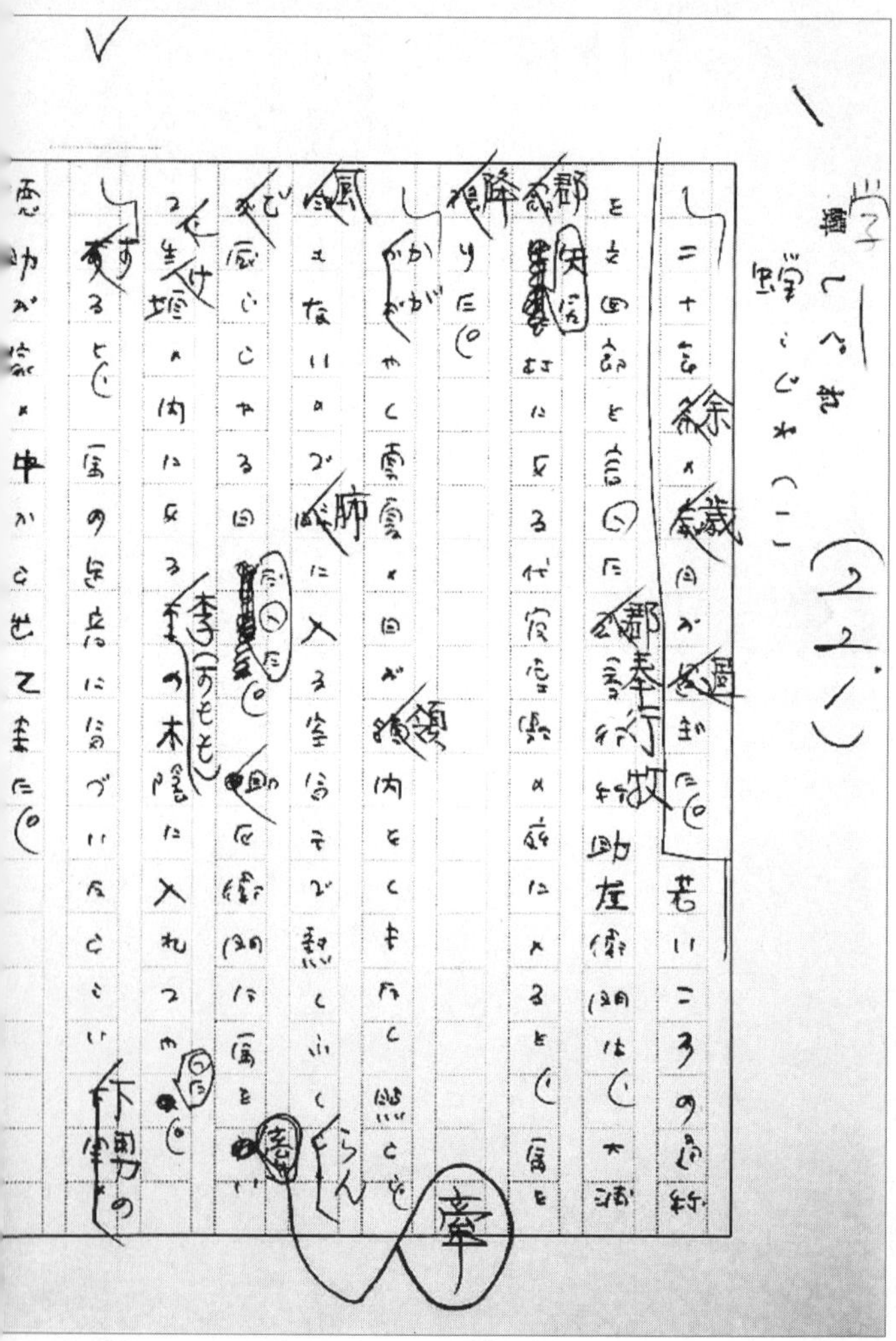

『蝉しぐれ』の最終章「蝉しぐれ」の自筆原稿

1

「ふえどりはさわませい」

徳國に走り出した。

「國（ハッハ午後二時）すぐにはるかと思いましたが存外すぐには

かいふ帰りでしさびし暑がつたでごぶんじよ

うい」

「桑はどめはじまらわるかい」

動は衛國が代官の名前を言ふと、徳動に前

E挂いたし。

「勤学しよ國に帰しますと帰りは夕方は

はるとみなことがりごとた。ところでお前は

インタビュー
藤沢文学の魅力を語る
③

『蟬しぐれ』は、僕の青春そのものです！

江夏　豊【野球評論家】

友情と恋と剣……
「男が人生で出会うもの」すべてがつまった物語

藤沢周平さんの作品は、それまで『橋ものがたり』などを読んでいて、「いいなあ」と感じていましたが、『蟬しぐれ』との出会いは衝撃的でした。

二〇〇三年のことでしたか、読んでいる最中にNHKでドラマが放送されたんです。主人公の文四郎を内野聖陽さん、ヒロインのおふくを水野真紀さんが演じていて、幼なじみの文四郎とおふくの実らなかった恋の切なさ、実の父親が藩の政争に巻き込まれて切腹し、不遇な日々をひたむきに生きる文四郎の強靱さと誠実な生き方に引き込まれ、たちまちとりこになってしまいました。文四郎の青春が、僕自身の青春とオーバーラップするような気がしてね。「ああ、この気持ち、よくわかるな」「こんなふうになるのも人生なんだな」と、つくづく思いました。

『蟬しぐれ』で最も好きなのは、二人がまだ一〇代前半の頃、家の裏手の川の洗い場で、やまかがしに嚙《か》まれて青い顔をしているおふくの指を、文四郎がためらわずに強く吸うシーン。

「口の中にかすかに血の匂《にお》いがひろがった。ぼうぜんと手を文四郎にゆだねていたふくが、このとき小さな泣き声をたてた」

と、描かれています。〝最高の色気〟ですね、ゾクゾクします。「こんなすごいシーンがあるのか！」と、びっくりの衝撃的な描写でした。内心では憎からず想っている二人が、これから生きていくうえで相手の存在が不可欠だし、運命的な存在であることを感じさせます。

でもそんな淡い恋も、おふくが藩主のお側《そば》に上がるという命によって、引き裂かれてしまう。悲しいかな、僕にはそういう女性はいなかっただけに、少しうらやましい（笑）。相手をずっと慕いながら生きていくなんて姿がね……。

でも、僕にはおふくはいなかったけれど、一緒に野球をやってきた仲間がいました。文四郎はともに剣と学問を学ぶ逸平と与之助と、厚い友情を育みながら成長していきます。与之助は剣の道をあきらめて学問の道に邁進《まいしん》し、江戸に遊学して藩校の教授になる。逸平は上士の家で跡継ぎとして暮らす。お互いに目指す道は違っても、友情は決して変わることがない。

印象的なのは、切腹を言い渡された父親を寺に訪ねて帰る文四郎を、逸平が待ち受けて、ともに歩く場面です。蟬しぐれの降りしきるなかを、二人は無言のまま、歩き続けます。

「泣きたかったら存分に泣け」と逸平は言います。文四郎の悲しみは、とても一人では抱えきれないでしょう。でもいくら親友でも、まったく同じように感じ、分かち合うことなんてできっこない。だから、いつもは陽気でおせっかいなキャラクターの逸平は、文四郎のこころにそっと寄り添うことにしたのでしょう。真の友情とは、こういうものかもしれません。

僕にもとくに仲のよい同級生が四人いて、僕が大阪へ行くたびに一緒にゴルフをし、食事をする。つい最近も電話があって「最後の同窓会をやろう」と言う。卒業してもう五〇年以上、いくつになっても「おい、お前」で呼べる間柄は、僕にとって大きな財産。それぞれ社会人として一家を背負っていながら、顔を合わせると、あの時代の〝悪ガキ〟に戻っていく……。

高校時代、僕の野球部の同窓生は一五人いましたが、そのうちの三人が、もう鬼籍に入ってしまっている。それを思うと、「最後まで仲間は大事にせんといかん」と、痛感します。

毎日毎日、厳しい練習に明け暮れて、練習中はろくに水も飲ませてもらえんかったし、誰かがミスすると全員が連帯責任で殴られるんです。「同じ釜の飯」という言葉がありますが、そんな体験を通じて「お前も俺も一緒や」という連帯感が生まれます。いまでは、それも懐かしい。

同級生とは別に、もう一人野球仲間がいました。奥田敏輝という大阪の桜塚高校のエース。僕が三年生のとき、夏の甲子園を目指す大阪大会準決勝で投げ合って負けました。当時から「大阪学院の江夏というのはすごいピッチャーだ」と評判になっていて、僕も少し天狗になっていた。「公立で元女学校の桜塚なんかに負けるわけがない」と高をくくっていた。でも結局1対0で完封負けしてしまった。悔しくて、それまで以上に野球に打ち込む決心をしました……。

奥田君と僕は、同じ年に阪神タイガースにドラフト指名された同期。ただ彼は、なまじ頭がよかったばかりに、俗にいう「野球ノイローゼ」になって結局、退団してしまった。当時のウエスタンリーグで15勝という新記録を樹立した逸材なのに、残念でしたね。でも彼はその後、水道工事の事業を興し、阪神淡路大震災の苦難も跳ね返して、最後にビルまで建ててしまったんです。そんな苦労を微塵《みじん》も感じさせない彼の姿、いまでも忘れられません。

剣の道と野球の道、形は違えど打ち込む姿は共通

亡くなられた作家の赤瀬川隼《しゅん》さんに『捕手《キャッチャー》はまだか』という作品があります。昭和二二年の夏、最後の旧制中等野球大会決勝戦を戦った相手校のキャプテンから、「三三年目の敗戦記念日に再戦を願う」という手紙を受け取り、両校ナインが当時のままのメンバーで試合に臨むというストーリー。「出る」といってきたはずの捕手の到着が遅れたり、審判をつとめる人の片腕がなかったり……それぞれが歩んできた人生が、その試合に凝縮されています。

僕もこの本に触発されて、二〇年ほど前に、桜塚高校の当時のメンバーと試合をしたことがあった。奥田君はその後、亡くなってしまいましたが、マウンド上のその勇姿がいまでも眼に焼きついています。この本も、僕の人生と重なる、忘れられない一冊ですね。

プロ生活のなかで仲がよかったのは、広島カープの同僚だった衣笠祥雄《きぬがささちお》、通称サチ

です。先に逝ってしまって、とっても寂しいよね。サチは僕より二つ年上ですが、同じ年代、同じ関西出身ということもあり、「あれが平安高校の衣笠か！」と意識していた。「高校入学時までは手のつけられない不良」という噂でしたが、グランド上ではとても野球に純粋にぶつかる男。プロの世界では「背番号が名刺代わり」なので、「同じ28番には負けたくない」という気持ちが強かったものです。そんなライバル心を持ち続けた相手と、やがてチームメイトになりました。

阪神から南海を経て広島に移籍して、僕は捕手の水谷実雄《じつお》さんと仲良くなったんですが、そこに割り込んできたのがサチ。二人はバカみたいに酒を飲みながら、延々と野球の話を続ける。彼らはバッター同士だからすごく気が合う半面、打者の視点に終始する。でもそこに江夏という投げる役が入れば、中身がグーンと濃くなってきます。そんな感じで車座になって、よく野球談議をしたものです。

『蟬しぐれ』の文四郎は剣の道に励みますが、僕の場合は野球。「一つのものに没頭する」姿は、共通しているように思う。それは男の人生として、やらなければならないものだと思います。

でもいま考えると、そんな人生を過ごせたのも、それを支える師匠がいてくれたおかげ、と感じます。『蟬しぐれ』にも、文四郎を支え、指導する師匠がたくさん登場しますが、僕の場合も、とてもいい師匠に恵まれた。プロに入って最初にお世話になったのは阪神の藤本定義監督。僕にとってはおじいちゃんみたいなもので、プロとしての礼儀をいろいろ教えてくれました。南海では野村克也さんにもお会いしたし、広島では松田オーナーはじめ、古葉竹識《たけし》監督も。

とくに、野村監督は大恩人ですね。南海に移ったとき、先発完投型の僕にリリーフ転向を言い渡す。いまでこそリリーフで飯が食える時代ですが、僕らの時代、リリーフなんてものは〝先発ピッチャーの落ちこぼれ〟。ほとんど「戦力外」と同義語。野村監督から「江夏は球数50球ならまだ放れるけど、先発はもうしんどいな」と聞かされたときには、やっぱり寂しかった。

でも「野球という道は一緒や」と思うことにした。「これからの時代は投手も野手も、あり方が変わってくる」と野村さんは言う。確かに、どんどん変わってきましたね。「バッターだって、走れなくても守れなくても、打つだけでも飯が食える時代になる。ピッチャーだって長いイニング投げなくても、戦力になる」って。いわゆる「分業化」というやつですね。

そういう形で〝リリーフ専業〟になって、やがて広島時代、近鉄との日本シリーズで胴上げ投手になれたんですから、やはり野村監督にはいくら感謝しても、感謝し足りないくらい。

そのときの「江夏の21球」の話はよく聞かれますが、自分がやったというよりも、ああいう局面にマウンド上におれたという、それが最高の財産ですよね。あの絶体絶命のピンチで「江夏はよく開き直ったな」なんて言われますが、それは違う。「開き直る」とは完全に勝負を捨て去ること。でも僕は、マウンド上でそうしたことは一度もない。マウンド上におる限り、「どうやったら抑えられるか」しか考えなかった。だから普段からその技術を磨く。その延長上に「覚悟」が生まれる。それは文四郎の剣の道にも、僕の野球にも共通しているように思えます。

藤沢作品は一〇〇%とは言わないけれど、一通りは全部読みました。若い頃は本にあまり興味がなく、せいぜい野球の本か、新選組に関する本ぐらいしか読まなかった。でも広島時代、「野球のことを考えると寝つけない」と知り合いの人に言ったら、「じゃあ、本でも読めば」と渡してくれたのが松本清張さんの『点と線』と『眼の壁』。それが面白くて、以来、本を読むことに熱中した。いまも枕元に本とタバコがないと眠れず、どんなに疲れていても、眠る前に布団のなかで寝転んで本を開き、二ページでも三ページでも読んでから寝ます。

ちなみに『蝉しぐれ』以外の藤沢作品で好きなのは『秘太刀馬の骨』。主人公が藩の重臣を暗殺した「秘太刀」の使い手を追っていく物語です。橋を舞台に、市井に暮らす人々の〝情〟がぎっしりつまった『橋ものがたり』も、いいですね。

本は、世の中には、いろんな生き方、考え方があることを教えてくれるので、僕にとって肌身離さず持っていたいお守りみたいなもの。自宅で野球中継を見ながら、気がつくとボールを握っていることがあるんですが、本もそれと同じ。まだまだ自分の知らない、いい本がたくさんあるだろうから、これからも本を読み続けたいと思っています。

江夏 豊
（えなつ・ゆたか）

1948年生まれ。野球評論家。阪神タイガース、南海ホークス、広島東洋カープ、日本ハムファイターズ、西武ライオンズに在籍し、18年間で通算206勝158敗193セーブをあげた。広島時代にはチームを3年間で二度の日本一に導く。

『蟬しぐれ』文庫版(上・下)と単行本愛蔵版(ともに文藝春秋刊)

藤沢周平が
紡ぐ
「人生の彩り」

『風の果て』

「自分の一分」を貫き通すという価値観を大切にしたい

（文春文庫〈上・下巻〉）

首席家老として藩政の権力を一手に握る桑山又左衛門のもとに、ある日果たし状が届く。差出人は旧友、野瀬市之丞。彼は、又左衛門がまだ隼太と名乗っていた若き日、終生のライバルとなる上士の嫡子・杉山鹿之助や部屋住みの寺田一蔵、三矢庄六らと一緒に、剣術の腕を競い合った仲だった。

しかし、それぞれの青春時代は、やがて終わりを告げる。鹿之助は家督相続とともに全員の「意中の人」との縁談を決め、一方、婿入りした一蔵は妻の不倫相手を斬って脱藩、討手《うって》に選ばれた市之丞の手にかかる。そして市之丞は、自分が討った相手の後家と暮らし始める……。

郡奉行《こおりぶぎょう》の家に婿入りし、農政の道を歩むことになった又左衛門（隼太）は順調に出世し、若い頃から夢見ていた未開地の開墾を達成し、その功績を認められて執政入りを果たす。

しかし、農政や治世のあり方をめぐって、当時の首席家老であった杉山忠兵衛（鹿之助）とことごとく対立、やがて又左衛門は忠兵衛を弾劾《だんがい》、失脚に追い込む。果たして状はそんな双方の確執の産物であると同時に、順調に階段を登っていく又左衛門に対し、「権力への醜い執着」を感じた市之丞の叱責と怨嗟《えんさ》の意味が込められていた……。

物語は、友情をはぐくみ、かつその終焉に立ちすくむ隼太の青年期と、成人として首席家老の座に駆け上がっていくまでの又左衛門という、二つの時間軸を交差させながら進む。主人公とそれを取り巻く男たちの生き方のなかに、晩年期に誰もが抱くであろう、若き日への郷愁と人生の悔恨が見え隠れする。

見る・聴くDATA

ドラマ『風の果て』
DVD：NHKエンタープライズ

『風の果て』解説

皆川博子【作家】

私事から始めて恐縮だが、私は深夜から暁《あ》け方にかけて仕事をする。

午前四時ごろ、一区切りついた。

机の脇に、未読の『風の果て』上下二巻があった。二、三日後旅行に出る予定があり、長い車中のたのしみに、私は大切にとっておいたのである。

ところが、つい、手がのびて、ページをめくった。

読みはじめたら、止《や》めるどころではない、止めようと思うゆとりもない、原稿用紙にして千枚を越えるであろうこの長篇を、ひたすら、むさぼり読み、読み終ったとき、快くみたされていた。

何が、それほど私を魅了したのだろうと、改めて思い返す。

実のところ、評論家ではない一読者の贅沢《ぜいたく》は、作品の内容を分析したり検討したりする手続き抜きに、物語の中に没入する事にあると思う。

先入観無しに、作品に直接触れる方が、どれほど興味が深いか知れない。

この文庫を手にされる読者は、できる事なら、私のたどたどしい〝解説〟と称する感想文は後まわしにして、まず、本文の第一行を読みはじめていただきたい。そして、その後で、気が向いたら拙文に目を通し、そうだ、自分もそう思った、とか、こんな素晴しい点があるのに、解説者は見落としているじゃないか、とか、感じていただけたらと思う。

だから、以下は、読み終った読者《あなた》との対話。

冒頭に、まず、読者を惹《ひ》きつけずにはおかない物語の仕掛けがあるんですね。仕掛けという言葉が、もし、誤解を招くようなら、構成の妙、と言いかえてもよい。

主人公、桑山又左衛門に、決闘状が届けられた。

又左衛門は藩の首席家老。最高の地位に就いている人物である。

果たし合いを挑んできた相手、野瀬市之丞は、無禄の〝厄介叔父〟。

厄介叔父とは何か、この部分ではまだ説明はないが、又左衛門との身分の懸隔《けんかく》は察しがつく。

二人の間に、いったい、何があったのか。

首席家老ともあろう身が、なぜ、一介の、無禄の男から決闘状をつきつけられねばならぬのか。

しかも、二人はどうやら親しい間柄らしい。

そうして、物語は、又左衛門のごく若い時分の回想に入る。

意外な事に、又左衛門は、身分の低い下士の出自で、しかも部屋住みなのだ。――

こう書いて、私は、未読の読者のたのしみを一つ奪ってしまった。〝意外な事に〟。これが、物語のおもしろさの要素の一つなのに。

以下、各所に於て、首席家老としての現在と、下士の部屋住みの息子であった彼が野瀬市之丞を交えた友人たちとの関わり合いの中で生きてゆく有様が、緻密《ちみつ》に、緊迫感を持って、描かれてゆく。

これは、物語の構成として、きわめて困難な手法である。結末の一部が、読者に先に顕示されているからだ。

それにも拘らず、読者が興味を持つのは、一つには、過去と現在の甚だしい落差、それが如何にして埋められるのか、という好奇心もあるが、それ以上に、登場する人物の造形が実に確かだからである。

人間に注がれる眼の深さ。これは藤沢氏の御作の最大の魅力だと私は思うのだが、

『風の果て』では、殊《こと》に、それを感じる。

又左衛門、市之丞を含め、五人の仲間が登場する。彼らは、身分も性格も、さまざまである。

性格はさまざまだが、単純に平面的に塗り別《わ》けられてはいない。

藤沢氏の透徹した眼は、一人一人の人間の多面性を充分に見抜いている。

ふつう、物語の主人公は、スーパーヒーロー的に、あるいは理想的に、描かれがちである。

主人公の又左衛門は、たしかに、誠実であり、清廉であり、好ましい性格なのだが、政治という魔物とかかずらい、権力を掌中にしたときの心理は、決して単純ではあり得ない。その辺りへの作者の光の当て方が絶妙なのである。

人間を見る眼の深さは、同時に、社会とか政治とか権力とかいった抽象的なものに対しても、精緻な深さを持つ。

更に、もう一つ私が感嘆したのは、この〝藩〟は名を持たない事である。

つまり、この壮大な物語の一切は、史実や事実に頼らない、藤沢氏の想像力の産物なのだ。

史上の実在の人物、実際にあった事件を、資料を調べつくし、作者の眼で照射して描くのも、もちろん大変な事であり、藤沢氏には、その手法による傑作が多々あるのは読者も周知の事だが、想像力を武器に一つの藩の興亡、人々の盛衰を、ここまでリアルに描ききるのは並大抵ではない力業である。

架空の藩であるにも拘らず、その町並、地形、作者は立体模型を作ってから書かれたのではないかと思えるほど、実在感がある。

中でも、とりわけ見事なのは、「太蔵が原」である。

莫大な借財に潰れかけている藩の財政を立ち直らせるためには、この荒蕪地《こうぶち》の開拓以外にとるべき手段はない。

水さえひければ、およそ五千町歩の田地がひらける。

その夢が、藩の人々を誘いこみ、失脚させ、あるいは成功への道を歩ませる。

一見したところ、〝枯れた草地と、紅葉した雑木の林、緑の葉と赤い幹の対照が美しい松林の上に、晩秋の日が静かに〟照りわたる穏やかな大地。しかし、少し歩を進めると、荒野は、白骨のように白くかがやく立ち枯れの木が群らがる〝鬼気迫る〟光景に変る。

「太蔵が原」は人々のそうして藩の宿命の象徴である。土地そのものが、意志を持った一つの生命体であるという印象さえ受ける。

『風の果て』は、時代を過去にとった物語ではあるが、作者が創造した世界の中で生きる人々も、その状況も、現代と重なる普遍性を持っている。僭越《せんえつ》な言い方になるが、作者がこれまでの生によって身内に刻まれた諸々《もろもろ》が、深化され、投影されていると感じられる。

波瀾に富んだ物語は、静かな声音で語られ、それだけにいっそう、心に滲《し》み入る。読者との対話と言いながら、私一人の呟《つぶや》きに終始してしまったけれど、そう、『風の果て』は、読後、一人で陶然と反芻《はんすう》していたい物語なのだ。

名作あの場面、この台詞

『風の果て』より

しかし貴様だって、あまり立派なことは言えまい。不意に胸の奥からそうささやく声を聞いたのは、そうして仰向けに寝て、静かな呼吸を繰り返していたときだった。

（自分こそ正義だと思っていた又左衛門、でも本当にそう言いきれるのだろうか？）

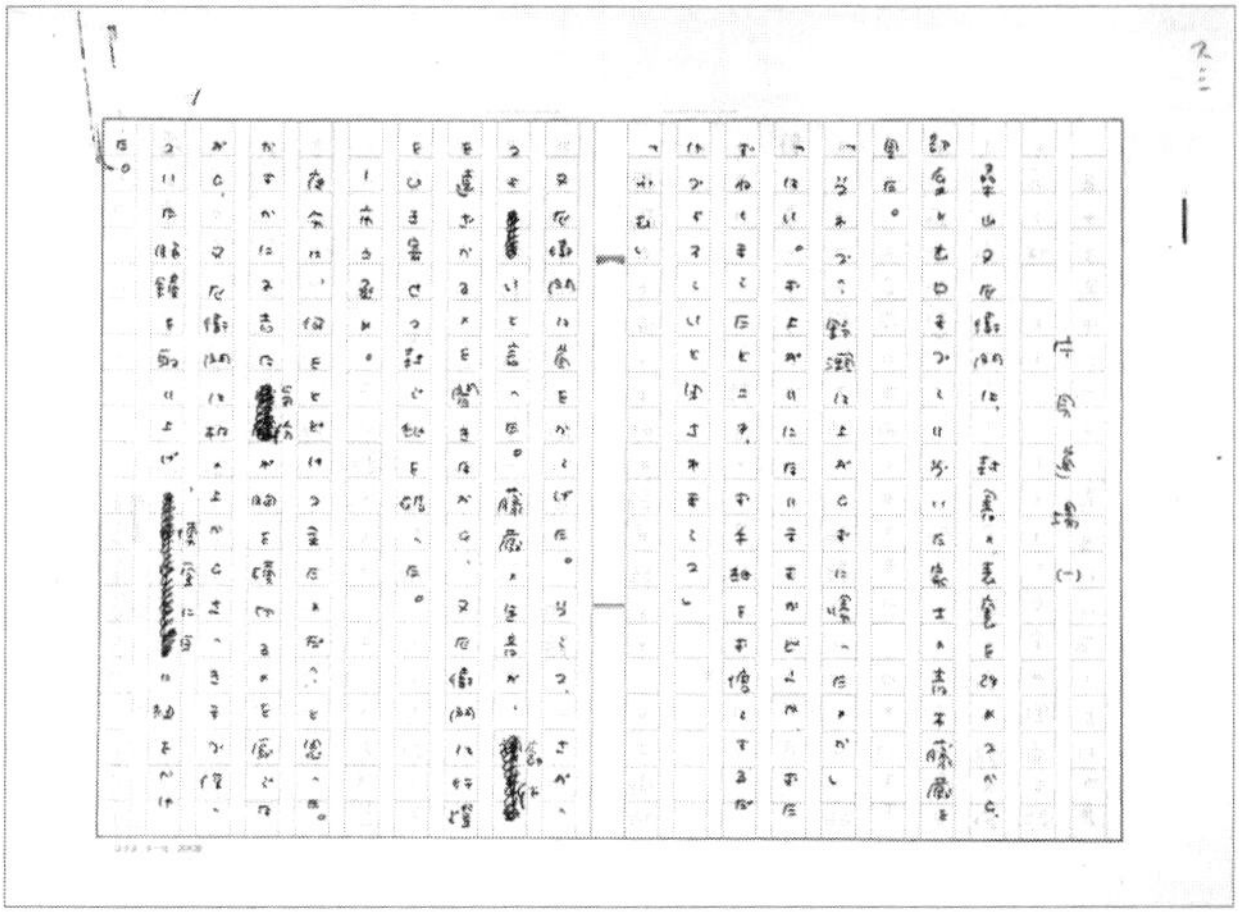

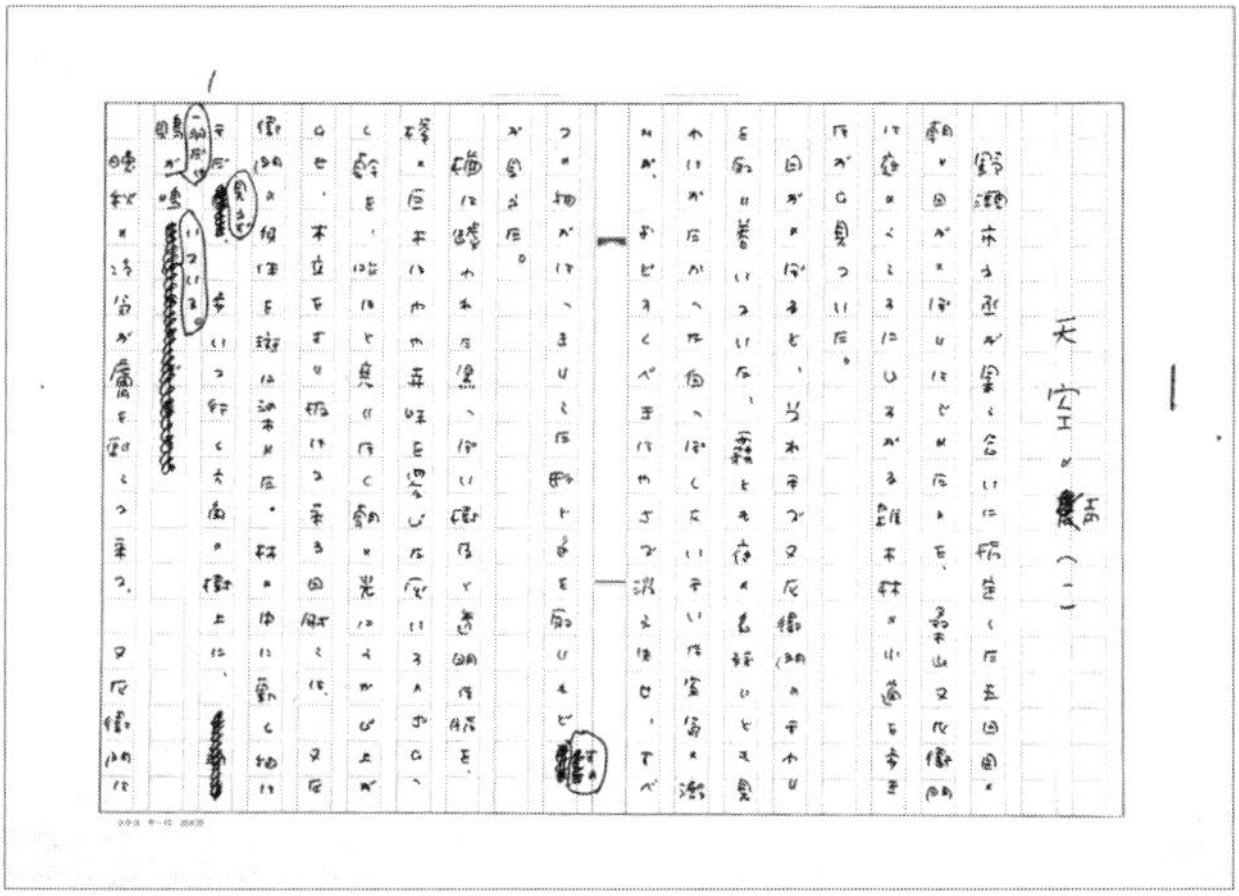

『風の果て』初章「片貝道場」、終章「天空の声」自筆原稿

藤沢周平が紡ぐ「人生の彩り」

『霧の果て　神谷玄次郎捕物控』（文春文庫）

絶対に〝なくしてはいけない〟もの——あなたのそれは何か？

江戸北町奉行所定町廻り同心の神谷玄次郎は、町廻りをさぼってばかりの、奉行所きっての怠け者。情人のお津世《つせ》が営む小料理屋に入り浸り……。玄次郎が刹那《せつな》的な生活を送る陰には、十四年前、家族を襲った悲劇があった。父親の勝左衛門は玄次郎と同様、定廻り同心だったが、ある事件を追っている最中、それを警告するように母と妹が惨殺されてしまった。これ以来、勝左衛門は気力をなくして床に臥《ふ》せるようになり、後を追うように病死してしまう。

しかし、そんな玄次郎もひとたび事件が起これば、鋭い勘と、粘り強い捜査で、真相解明に向かっていく。その背後には、迷宮入りになった母と妹の死の真相にたどり着きたいという思いがあり、そのため玄次郎は、岡っ引きの銀蔵と一緒に、江戸の町を走り回る。

「日照雨《そばえ》」という章がある。親泣かせの米屋のドラ息子・重吉が殺され、惣六という男が捜査線上に浮かんだ。嫁入りを控えた娘が重吉に手籠《てご》めにされ、祝言の邪魔になってはと、父親の惣六が手にかけたのだ。その嫁入りで、花嫁行列に雨が降りかかる描写が美しい。

「おや、雨だよと、一人がすっとんきょうな声をあげた。晴れた空から、不意に霧のように細かい雨が落ちてきた。日照雨だった」

日にきらめく霧雨の中を遠ざかって行く花嫁行列を眺め、銀蔵がいう。

「一生の中でいちばんいいときでさ」

そこで玄次郎は「若い二人のしあわせをこわさないで、この事件のケリをつけたいものだ」と願う。自分自身はその〝いちばんいいとき〟を悲劇で失ってしまった。だからこそ若い二人の〝一生でいちばんいいとき〟を祝ってやりたい——そんな彼の心情が、この場面にあふれている。

見る・聴くDATA

ドラマ **『神谷玄次郎捕物控』**
『神谷玄次郎捕物控2』
DVD：NHKエンタープライズ
配信：NHKオンデマンド

『霧の果て』解説

児玉清【俳優】

ここにまた一人の素敵なキャラクターが、あなたとの出逢いを待っている。僕もぞっこん惚れこんだその人の名は、神谷玄次郎。北町奉行所の定町廻りの同心である彼は、小石川竜慶橋に直心影流《じきしんかげ》流の道場をひらく酒井良佐の高弟という一流の剣の遣い手でもある。だから彼を味方にすれば、この上なく頼りになる頼もしい男だが、敵に回せば実に手強い相手となる。従って彼はそんじょそこいらにいるへなちょこ同心とはちがう筋金入りの武士なのだ。しかも、玄次郎の推理力は抜群で、卓越した勘とひらめき、さらには鋭い洞察力によって犯人《ほし》を追い詰めていく点でも、江戸に住む庶民にとってはまことに嬉しくも有り難い味方である優れた捕り方なのだが、問題はその彼の勤務態度だ。それにもうひとつつけ加えれば生活態度だ。

真面目に奉行所に出勤しないのだ。気が向けば出勤するが、あとはずぼらで適当にしている。気が向けば、というのは、自分が興味を持った事件、それも殺しにかかわる事件だったりすると俄《にわ》かに怠け者が変身し、事件解決まで身を粉にして犯人探しに没入する。しかし、こうした気まぐれな勤務態度は原則としてお役所では受け入れられない。当然のことながら上役の覚えは極めてよくない上に、そんなことを一向に気にしない玄次郎の態度に益々批判の声は強まるばかり。そんな彼の首が辛うじてつながっているのも、前述したように玄次郎の探索の手腕の卓抜さで、これまでに難事件と思われた事件を見事に解決してきた実績によるものだった。

さらには彼の生活態度だ。独身の玄次郎は、現在、蔵前《くらまえ》の北にある三好町の小料理屋よし野の女主人であるお津世《つせ》という女性とねんごろになっていて、この家に居候を決めこんでいる。お津世には三つになる男の子がいて、玄次郎とつきあうこととなったきっかけは、亭主を殺した犯人を玄次郎がつかまえたことであった。以来、玄次郎はよし野に入り浸っている。ちゃんとした嫁も貰《もら》わず一家を持たない玄次郎は、上役から見ればやくざな半端者と見なされても仕方がない。だから出世はできない。が、読者にとっては、外れっぷりが、なんとも嬉《うれ》しいのだ。

と、まあ、この物語の主人公、神谷玄次郎について思いつくままに縷々《るる》書き連ねたのだが、おわかりのように彼はまさに「はぐれ同心」と呼ぶにふさわしい一匹狼。そして、その一匹狼ぶりが実に魅力的で、藤沢周平という稀代《きだい》の作家が丹念に紡ぎ出す、江戸を騒がせた数々の殺しの事件を舞台にはぐれ同心玄次郎が縦横に活躍する捕物控は、まさしく読む者の心を至福の面白さで充《み》たしてくれる最高の読物なのだ。もちろん藤沢さんの作品は単なる面白読物にとどまらない。この捕物控にも人生へのあらゆる示唆《しさ》がこめられている。いわく、人間の心の中に棲《す》む魔性。事件には必ず動機が存在すること。人間は他人には明かせない秘密を持っているものだ、ということ。世に悪を企《たくら》む者は必ずいる。それは時代を問わず人間社会に必ずあることだ、などなど。この本を読む人々それぞれが自分の心で受けとめることが沢山あるはずだ。ぜひ楽しく面白さを満喫しながら、藤沢さんの人間に対する深い洞察力の凄《すご》さをじっくり味わっていただきたいと思っている。

『霧の果て』はタイトルともなっているこの一編を含め、八編の連作短編集の捕物控で構成されている。藤沢作品の捕物帖といえば、この作品の他に「彫師伊之助捕物覚え」シリーズが三本あるが、副題に「彫師伊之助」とあるように主人公が武士ではない。ということで北町奉行所の同心がヒーローの捕物控はこの『霧の果て』だけという実に貴重な一冊。単行本が刊行されたのは昭和五十五年、藤沢さん五十二歳。まさに藤沢さんの作家としての一番の働き盛りのときの作品。昭和四十八年『暗殺の年輪』で第六十九回直木賞を受賞してから七年目、次から次へと心に残る名作を生み出していたときの「彫師伊之助捕物覚え」の『消えた女』につぐ「捕物控」とあって興味津々の一冊。こんどはどんな捕物物語なのか、あの野村胡堂の「銭形平次」捕物控や岡本綺堂の「半七捕物帳」ではないが、フーダニット、犯人探しの物語、ミステリーがどんなものなのか、主人公はどんなキャラクターなのか、僕はわくわくどきどきして本を手にしたことを思い出す。

いやあー楽しかった。いや嬉しかった。夢中で読んだ。冒頭にも記したように、僕は神谷玄次郎なる主人公にぞっこん惚れこんでしまったのだ。『暗殺の年輪』の馨之《けいの》介《すけ》にしてみても『又蔵の火』の又蔵にしても、『風の果て』の隼太《はやた》や市之丞にしても『蝉しぐれ』の文四郎にしても、その他、藤沢作品に登場する主人公たちすべてが個性的で魅力ある人物であって、読むうちに自然と主人公に惚れこみ、心を傾け、激しく感情移入をしてしまい、主人公の受ける人生の辛酸《しんさん》を共に味わい、深く心を動かされ、揺すられ、心の底からなる感動の波にさらわれてしまうことになるのだが、本書『霧の果て』の主人公、神谷玄次郎にもまた、新たなる個性と心情に強く深く引き込まれてしまったのだ。孤独の影をもつ玄次郎の後姿にひかれ、いつしか躍起になって彼の心を自分の心として事件を追い、犯人探しにやきもきしながら一喜一憂といった感じで、物語の中の彼の人生の一刻を共に生きたのだ。それはまさに藤沢作品だからこそ味わえる読者の醍醐味と言える愉悦なのだ。

一話一話の捕物控については、ミステリーということもあって筋立てその他の説明は、読んでお楽しみいただく、ということで敢えて省くことにするが、小説の名手、文章の達人である藤沢さんが満を持して世に送り出した北の定町廻り同心捕物控は、その簡潔にして要を得たきびきびした美しい藤沢さん独自の筆致によって読者の心に静かにしみ込んでくる。さらには巧みな仕掛け（これも藤沢さんの自家薬籠中《じかやくろうちゅう》の得意技だが）と謎で心を虜《とりこ》にする。一話一話が物語として完結しながらも、実に見事に次の物語へとつながっていく。だから全編を読み終えたとき、全体が大きな一つの物語となって読者の心に深い余韻をもたらすこととなる。このあたりも藤沢作品の見事さだが、その原因の一つは、最初から終わりまで全編を通じて通奏低音のように玄次郎のこころの奥に鳴り響いているひとつの想いだ。

「玄次郎には、無足の見習い同心として奉行所に勤めはじめた十四年前に、母と妹が組屋敷に近い路上で、何者かに斬殺されたという過去がある。

その母娘の死が、当時父の神谷勝左衛門が手がけていた大がかりな犯罪にかかわりがあったことはわかっている。老練な定町廻り同心だった勝左衛門は、妻と娘が死んだ直後から、急に気力を失い、病気がちになって、ほぼ一年後に死んだ。

奉行所では、神谷勝左衛門の探索のあとを、秘密裡に引きついで追及をすすめたが、その捜査はなぜか中断された。その犯罪に、奉行所にかかわりのある幕府要人が絡んでいたためだということを、玄次郎は数年後に耳にしている。」（本文より）

少々長く引用したのも、玄次郎が心に抱いている屈託の原因が書かれているからだ。玄次郎の心の奥にある抜きがたい奉行所への不信感。怠けてやれ、と思う気持。長年謹直に真面目に勤めたのに、無残な晩年を迎えて終わった父への憐憫《れんびん》の情と、いたわりの気持。こんな奉行所勤めなんかいっそやめちまって、お津世の亭主にでもおさまってしまうか、とも思うのだが、そんな気持を待てととどめるのは、いつかは母と妹を殺し、その結果父をも死に導くこととなった、一家破滅の背後にひそむ真相を必ず突きとめてやるぞという、ひそかな決意だった。見えざる敵の正体を絶対に暴いてやる。しかし、そうした想いが胸にあることを玄次郎は上司、同僚はおろかお津世にも、つまりは誰にも言わず、気振《けぶ》りさえみせずに生きている。

玄次郎の心情が審《つまび》らかになるにつれ、彼へのシンパシーがぐんと増してきて、彼になんとか恨みを晴らさせたい、という気持になる。果たして見えざる敵は正体を現すのか？　奉行所が捜索を打ち切った理由とは何なのか？　背後には幕府という巨大にして絶大なる力を持つ黒幕の意志が働いているのか？　物語は不気味な闇を感じさせながら、玄次郎の動きを追う。果たして彼の前に立ち現れるものは……。物語は予断を許さぬ展開で濃い霧に包まれた中を巻末に向けて玄次郎の想いを乗せて疾走する。

「霧の果て」に何が見えるのか……。

藤沢作品に登場する脇役たちの人物造形の素晴らしさにもふれなくてはならない。まずはお津世の女性としての魅力だ。この本の冒頭のくだりで玄次郎とお津世のちょっとした会話があるが、いかにお津世が魅力的で色っぽい女性であるのか、玄次郎の心そのままにこちらにも伝わってきて思わず心がときめいてしまったのだ。抑制のきいた表現なのに、ここが藤沢さんの筆致の凄さなのだが、ドキッとするほど男の心がなまめかしい気持に襲われる。お津世と玄次郎の軽い言葉のやりとりに猛烈にエロティックなものを感じて心がどきどき弾んでしまう。決して露骨な表現をしていないのに。健全な色気というか、男心と女心を手繰《たぐ》る達人の作家の手練の技というべきか、とにかくその表現の巧みさと筆の冴えに感嘆するばかりだ。ついつい玄次郎と同じ気持になってお津世に岡惚れしてしまったのだが、心をときめかす素敵な女性と逢うことができるのも藤沢作品の有難いところ。

岡っ引の銀蔵親分も見事に描かれていて作品の深みを増している。床屋の親爺だというのに年中無精髭《ぶしょうひげ》のまま、というのも可笑《おか》しいが、しっかり者のかみさんががっちりと床屋を守っている。なによりも捕物大好き人間というのが設定として無理なく物語を転がしていく。銭形平次とガラッ八、むっつり右門とおしゃべり伝六ではないが捕物帳には主と従の名コンビが必要だ。玄次郎と床屋の銀蔵に、僕は〝待ってました〟と思わず心の中で喝采を叫んだのだが、なんと二人の物語はこの一冊だけ。次作を待ち侘《わ》びていただけに一冊で終わってしまったのは誠に残念だったが、逆に考えれば、あとにも先にも「捕物控」と銘打った作品はこの『霧の果て』だけ。実に貴重な一冊ということになる。孤独な男の影をもつ神谷玄次郎の捕物控の面白さを存分に味わっていただきたいものだ。藤沢作品だからこその清々《すがすが》しい爽やかさ。藤沢作品だからこその全編に漂う厳とした品格。藤沢作品だからこそのプロットの絶妙な組立て。藤沢作品だからこそ浮き彫りとなる人間の心の奥底。藤沢作品だからこそ味わえる本格的な謎解きの楽しさと、それに伴う愉悦。最後に、平成四年に『オール讀物』十月号「特集　藤沢周平の世界」の一部として掲載されたインタビュー「なぜ時代小説を書くのか」の中の短い一節を紹介して終わりとする。

「小説の面白さというものを確保するのは非常にむずかしいですよ。わたしの書くものはわりとシリアスな『市塵《しじん》』のような小説もありますけど、基本的には娯楽小説だと思うんです。『怪傑黒頭巾』以来の、チャンチャンバラバラを書きたい気持はずっとある。(笑)そういう小説のもつ娯楽性というものを大事にしたいですね。そういうのがなくなると、小説はつまらなくなると思うんです。」

昭和35年西武池袋線富士見台駅にて。手元にはW.アイリッシュの『幻の女』が。

藤沢周平が紡ぐ「人生の彩り」

『人間の檻　獄医立花登手控え(四)』

いろいろしくじって、それを肥やしに人間は一人前になるんだ

(文春文庫・講談社文庫)
「獄医立花登手控え」シリーズ
『春秋の檻　獄医立花登手控え(一)』
『風雪の檻　獄医立花登手控え(二)』
『愛憎の檻　獄医立花登手控え(三)』
『人間の檻　獄医立花登手控え(四)』

『人間の檻《おり》　獄医立花登手控え』は「立花登」シリーズ全四巻の最終巻である。主人公・立花登は医学の道を志し、独力で開業した叔父を頼って江戸に上る。故郷の出羽亀田藩の医学所で学んだ後、「新しい医術を学びたい」と青雲の志を抱いた登だったが、憧れの叔父は実は「藪《やぶ》医者」と陰口をたたかれるような町医者。怠け者で、診察そっちのけで遊びに行ってしまうような人。おまけに「居候なんだから」と、叔母の松江から家の雑用を押しつけられ、従妹《いとこ》のおちえからは呼び捨てにされ、まるで下男のように扱われるありさま。

しかしあるとき、叔父の代わりに小伝馬町の牢獄《ろうごく》の牢医をまかされることになった。囚人たちが抱えてきた闇、そして獄につながれるきっかけになった様々な出来事——囚人たちのそんな悩みや願いを聴いていく登は、次第に聞き逃すことができなくなり、同心の平塚や、岡っ引きの藤吉とともに事件解決に向かい、囚人たちの人生に深く関わっていく。

後輩医の土橋桂順が、こう語りかける。「ひと口に囚人といっても、いろんな人間がおるようですな。ひとに罪を犯させるのは何かと、つい考えさせるところが、牢にはあるようですな」

「罪を犯す」のは恥ずべきことかもしれないが、人間は強く生きようと願っても、ときに弱さに負けてしまう。「だからこそ、人が生きることの哀しさやせつなさに目を配り、それを受け入れよう。と同時に、それでも負けずに強く生きよう……」。藤沢さんは立花登の姿を通して、そう私たちに教えているようだ。

「人間が生きるに値する姿とは何か？」を考えさせる視点が、この作品の底流にある。

見る・聴くDATA

ドラマ『立花登青春手控え』
配信：NHKオンデマンド

『人間の檻』解説

新見正則【医師】

西洋医でありながら大の漢方好きで、藤沢周平ファンという立ち位置から解説を書いてみたい。

まず、この四巻は出羽亀田藩の上池館という医学所で医学を修めて江戸に出てきた立花登の物語である。登は子供の頃から医者になろうと決めていた。その理由は母から度々弟である小牧玄庵の話を聞いているうちに、自分も叔父のような立派な医者になりたいと考えたからである。そして小牧玄庵宅に下男のような扱いで住み込み、玄庵の仕事である小伝馬町の牢医を手伝い、そしてそれが専業になり、大坂での蘭学修行のために牢医を辞めるまでの物語である。

空想の物語ではあるが、時代背景には相当気を遣っていると思われる。宇田川玄真《げんしん》（一七七〇〜一八三五）の『医範提綱《いはんていこう》』を読んでいるくだりがある。『医範提綱』は一八〇五年に西洋医学の本数冊をまとめて、そして和訳したものである。つまりこの物語の舞台は一八〇五年以降で、そしてこの物語を通じて外国の話は長崎でオランダのことしか出てこないので、異国船打払令《いこくせんうちはらいれい》が出た一八二五年よりも前と思われる。その当時の医学は漢方である。むしろ当時は、敢えて漢方と言わざるを得なくなったのである。なぜなら蘭方が登場したからだ。江戸幕府は中国とオランダとのみ、長崎での貿易を許可した。そしてオランダの医学は、オランダ商館の医師などからぽつぽつと国内に流入していたのである。蘭方が脚光を浴びる画期的な出来事は、『解体新書』の刊行と思われる。それは一七七四年で、前野良沢《りょうたく》（一七二三〜一八〇三）と杉田玄《げん》白《ぱく》（一七三三〜一八一七）によってなされた。公には人体解剖が禁じられていた当時、身体の中を正確に描いている医学書は驚異的なものであったろうし、まったく人体解剖には触れない「漢方」が、ある意味陳腐に映ったであろう。

漢方は中国から伝来した。そして江戸時代が始まる頃には、医療としてはある程度確立したものであった。曲直瀬道三《まなせどうさん》（一五〇七〜九四）などにより、漢方の地盤は形作られていた。かれらの漢方は後世方と呼ばれる。「叔父の玄庵は、昔ながらに脈に触れ、舌を出させて色を見るだけだが、登が上池館で習った医術では、腹を撫で、病気によってはさらに背を見、手足まで見る」とある。中国伝来の漢方では、お腹《なか》の所見は大切にされていなかった。ところが吉益東洞《よしますとうどう》（一七〇二〜七三）などが遥か昔の漢方の古典である傷寒論に帰れと唱え、そんな流派が古方派と呼ばれた。古方派は腹部の診察（腹診）を大切にしたのである。つまり、玄庵は後世方のみを勉強した医師で、立花登は古方も学んでいる医師であるのだ。昔に帰れという古方の方が、後世方よりも新興勢力ということになる。しかし、「これからは和蘭《オランダ》だ。そっちを勉強せんと時世に遅れる」と本文にあるように、時代は着実に蘭学に向かっているのである。

「吉益東洞は、死生は医のあずからざるところにして、疾病《しっぺい》は医のまさに治すべきところなり、と実際的な医術を主張したが、黄山《こうざん》（畑《はた》黄山）は『死生は医のあずからざるところなりと言いて、その弊人の死を視て風花のごとくならしむる』ことは、流涕《りゅうてい》すべき言説だと反駁《はんばく》していた」

と藤沢周平氏は的確に当時の論争を表現する。そして玄庵について、藤沢氏は「人事のおよばない領域というものが見えているはずだった。医術のおよばない無念さと病人に対するあわれみを圧《お》し殺して、叔父はそのあとを天命にゆだねる」と書いてある。ある意味、吉益東洞の言を引用している。しかし、その人事のおよばない領域が、サイエンスの進歩で広がっていくことが、歴史である。人事のおよばない領域を治せるようになった歴史が、医学である。

藤沢氏は若い頃に結核で苦労し、そして晩年は肝炎で入院し、医療の限界を自分の身をもって感じている。そんな彼の願いと諦めが含まれているように、僕には思える。精一杯に生きて、そして潔く死ぬしかない人間の一生をこの物語でも、藤沢氏の生きる姿にも感じるのである。医療は進歩している。藤沢周平氏が患った肺結核は、戦後ストレプトマイシンの登場で治癒《ちゆ》する病気になった。晩年に患った肝炎も、輸血から感染する頻度はほぼゼロになり、つい最近C型肝炎では九〇％以上が治るという特効薬が登場した。

医者として感動する文章は以下である。少々長いが全文を載せる。

「登にも若者らしい野心はある。世に名を知られるほどの医者になりたい、と思うその野心とも、そうなれば（おちえの婿になれば）お別れだ。しかし、そう思う一方で、登には腕のわりにはうだつが上がらないけれども、そのかわり貧乏人から先生、先生と慕われている叔父に、ひそかに共鳴する気持もあった。叔父は金が払えないとわかっている病人も、決して見捨てたりはしない。手を抜かずにじっくりと診て、全力をつくす。あげくの果てに薬代を取りそこねたりするから、叔父は貧しいわけである。むろん叔父は、好んで貧乏人を診るわけではない。金持ちの病人が来れば、大喜びで診る。ただそういう病人は少なくて、貧しい病人が圧倒的に多いというだけの話なのだが、いずれにしても叔父は金持ちも貧乏人も平等に診る。叔父の金の多寡《たか》で病人を区別したのを、登は見たことがない。そして、医の本来はそこにあるのではないかとも思うのだ。飲み助で、決して裕福とは言えない叔父だが、登はその一点で叔父をひそかに尊敬している。跡をついでもよいと思うのはそういうときである。たとえ医の道で名を挙げても、それが富者や権門の脈をとるためだとしたら、ばからしいことだと思う」

この文章の中に、藤沢周平氏が医師に望む姿が描出されていると思って、何度も読み返している。敢えて、僕が言葉を加える必要がないほど、今の医療界にも通じる姿であり、また願いでもある。

一方で藤沢氏は敢えて登に、以下のように言わせる。「時には、みすみす仮病と知りながら、外に出してやることもある。そして外鞘《そとざや》に出た囚人が、いっとき生気を取りもどすのを、身体を診るふうを装いながらたしかめる。それも医だと登は思っていた。そういう連中は、登の診立てからすれば半病人だった。ほっておけば本物の病人になるのだ」仮病と思っても敢えて診察をして、そして本当の病気になるのを防ぐのだという。これぞ医師の姿と思ってしまう。人工知能が発達すれば、医師の仕事の多くはそんな機械でも代用可能かもしれない。しかし、こんな心を診る医療は人工知能ではできないのだ。我々、現代の西洋医も、易々《やすやす》と人工知能に席を譲るつもりもない。

時代は流れる。藤沢周平氏は登に言わせる。「それでいいんだ。むかしのことは忘れた方がいい。人間、いろいろとしくじって、それを肥《こ》やしにどうにか一人前になって行くのだからな」確かにそうだ。医療もたくさんの人々の犠牲の上に成り立っている。失敗の連続の向こうに奇蹟が待っている。そんな医療の進歩を語れば数限りない。そして人も、己の不幸や社会の理不尽・不条理に耐えながら大きくなるのだ。成長するのだ。変わっていくのだ。脱皮していくのだ。最終話「別れゆく季節」では、おちえの幼な馴染のおあきにこんなことも言わせる。「若先生、これでお別れね」「これで、きっとお別れなんだわ」そして登が自分の思いを語る。「何かがいま終るところだと思った。おちえ、おあき、みきなどがかたわらにうろちょろし、どこか猥雑(わいざつ)でそのくせうきうきと楽しかった日日。つぎつぎと立ち現れて来る悪に、精魂をつぎこんで対決したあのとき、このとき。若さにまかせて過ぎて来た日日は終って、ひとそれぞれの、もはや交《まじ》ることも少ない道を歩む季節が来たのだ。おあきはおあきの道を、おちえはおちえの道を。そしておれは上方に旅立たなければならぬ」

四巻を読んで痛快な物語だと思った。そしてじっと頑張っていると力と勇気をもらえる、そんな何かがいつも藤沢周平氏の語りにはある。僕は彼の風景の描写が大好きだ。何気ない文章に精魂を込めているように思える。それは僕がここで語るよりも、是非何度も読んで味わって頂きたい。いつまでも藤沢周平ファンとして、もっと深く、深く文章を読んでいきたいと思っている。

名作あの場面、この台詞

『人間の檻』より

長い間、人間の生死にかかわりあって来た叔父には、おそらく登などよりははるかに明確に、人事のおよばない領域というものが見えているはずだった。医術のおよばない無念さと病人に対するあわれみを圧《お》し殺して、叔父はそのあとを天命にゆだねる。

人事と天命の、その一線に関与した者のある種の諦観《ていかん》ときびしさが叔父の顔に出ていた。叔父は医者だと、あらためて登は思った。

（死病に取り憑かれた病人を語る叔父のきびしい表情に「医者の顔」を見出した登だが、往診と嘘を吐き、酒を飲みに出かけたことを知り、あいた口がふさがらない…）

藤沢周平が紡ぐ「人生の彩り」

『玄鳥』

人間が持つ強さよりも、むしろ弱さのほうが人の心を打つ

（文春文庫）
「玄鳥」「三月の鮠」「闇討ち」「鶺鴒」「浦島」収録。

表題作のほか、うだつの上がらない下級武士の暮らしと心情をつづる物語が主だが、剣の腕前は藩でも一目置かれ、「いざ」というときには普段の姿が嘘のように剣を振るうシーンも描かれる。そんな姿が、上司と部下の板挟みで悩むサラリーマンのこころをくすぐるのかもしれない。誰だって表には出さずとも、「いざ」という局面を切り開く武器を持ちたいと願う……。

「玄鳥《げんちょう》」の女主人公・路《みち》の家では、長らく自宅の門の上につばめが巣をつくっていて、家族みんなが毎春、つばめの来訪を楽しみにしていた。しかし婿入りした路の夫・仲次郎が門はお城からの使者もくぐる場所であるという理由で、つばめの巣を取り払ってしまう。

「つばめのことが、まだ心を去らなかった」と記述されているように、路の結婚は、あまり恵まれたものではない。その路は、剣士として高名だった亡き父から受け継いだ秘伝を、昔の父の弟子に伝える。彼は上意討ちにしくじり、周囲から「役立たず」と嘲笑された人物だったが……そんな彼に、路も娘もこころを寄せていく。しきたりを重んじて燕の巣を壊すよりも、燕の来訪を喜び、子育てと旅立ちを見守れる人間でいたいと、作品が訴えかけているかのようだ。

ほかに、ラストシーンが美しい「三月の鮠《はや》」、男くさい作品だが爽快な後味を残す「闇討ち」、素敵な上司に主人公が励まされる「浦島」など、くっきりと情感が目に浮かぶ作品が並ぶ。なかでも〝気に食わぬ奴〟から金を借り、代わりにお宅の娘を息子の嫁にと所望された主人公の心中を滑稽《こっけい》混じりにつづった「鷦鷯《みそさざい》」は秀逸。機会があれば、山に行って鷦鷯の声を聴いてみたいと思うはずだ。

見る・聴くDATA

オーディオ『玄鳥』
配信：ニッポン放送

『玄鳥』解説

中野孝次【文芸評論家】

藤沢周平の時代小説が好きで、わたしはその全部を読んだ。時代小説がいかに好きでも何から何までその作家の全部を読んだのは藤沢周平が初めてだ。それくらいわたしには彼の小説の世界が好ましいということだが、ではどこが好ましいかといえば、ざっと思いつくままあげてもたとえばこんなところがすぐ頭に浮かぶ。
○文章のよろしさ。——端正でいてメリハリのきいたその文章を読むのが、小説として当然のことながら彼の文学の与える第一の快感である。
○登場人物の人間性。——藤沢周平の小説の登場人物たちには、超人的な剣士もいず、英雄豪傑もいず、みなどちらかといえば無名の下級藩士たちばかりである。つまりふつうの人間ばかりということだ。だから彼らはわれわれと同じ等身大の人物で、さまざまな人間的弱点を持ち、運命に弄《もてあそ》ばれ、剣が強くなるにしても努力によってしか強くなれない。そういうごくふつうの人間であることが藤沢周平の時代小説を共感しうる人間の小説にしている。
○剣の立合いの描写のみごとさ。——時代小説作家は大抵は超人的剣士を登場させ、従ってその剣の立合いも、白刃一閃《いっせん》、目にもとまらぬ早業で敵を倒すといった具合にしか書いていない。が、藤沢周平のは「隠し剣」シリーズに出てくる十七篇の小説ごとにその立合いの描写は具体的で、精妙かつ端正で、大人の読むに耐える叙述をなされている。
○友情。——『蟬しぐれ』の文四郎と逸平と与之助、『三屋清左衛門残日録』の清左衛門と佐伯熊太、「用心棒」シリーズの又八郎と細谷源太夫、これらの人物たちのあいだの友情のあつさを描くことにおいて、藤沢周平は天下一品である。現代小説はなかなかこういう友情の美しさ、たのしさを描くことは出来ないが、この作者は時代小説、すなわち昔の話という特権を利用して実にみごとに描いてみせ、それが小説の大きな魅力になっている。
○自然描写のよさ。——藤沢周平は現代のあらゆる小説家の中でおそらく最も自然描写に巧みな作家である。彼の描く自然——四季折々の山や川や町や野の美しさは、郷愁のようにわれわれに訴えかけてくる。

○食いものの描写のよさ。――しぐれるころのハタハタやくちぼそ、赤蕪《あかかぶ》の漬けもの、そういった北国の食べものを添景に出すのが藤沢周平はうまい。こちらの想像をそそるのみか、郷里の食いものへの憧れを通じて、たとえば又八郎と佐知の秘めた恋をみごとに伝える。

○人間のよろしさ。――そして何よりも藤沢周平の小説のよさは、あらゆるいい小説の例に洩《も》れず、主人公たちの人物の魅力的なことである。苦しいシチュエーションに立たされ、それを切り抜けてゆくたとえば文四郎たちの懸命な生き方が、こちらの心をひきつけるのだ。

○女の姿と心のよさ。――また同じことだが藤沢周平の描く女たちの魅力もその小説の魅力の大きな要素の一つである。彼女たちはみな控え目で、自制心に富み、欲望や感情をむげに出すのをはしたないこととし、献身的で、躾《しつけ》というもののあった時代の日本の女はかくあったかと、われわれの心をゆさぶるのだ。たとえば「用心棒」シリーズの佐知、『三屋清左衛門残日録』の涌井のおかみ・みさ、『泣くな、けい』の下婢《かひ》けい、こういう女たちの人柄のよさは心に刻まれて消えない。たとえば『蟬しぐれ』の最後の、二十年ぶりの一度かぎりの再会のときにお福が文四郎にいう科白《せりふ》、

「文四郎さんの御子が私の子で、私の子供が文四郎さんの御子であるような道はなかったのでしょうか」

この抑えに抑えてきた思いの哀切さは、一度読んだら忘れられぬものである。

まだまだそのほかにも挙げたいものはあり、それらを列挙して一つ一つに注釈をつけていきたい誘惑に駆られるが、今はその場ではない。

が、この士道ものの一冊『玄鳥』にも藤沢周平のそういう特徴はよくあらわれていて、われわれを撃つのはやはりそこである。表題作である『玄鳥』の、不幸な結婚をした女の、粗忽者《そこつもの》だが夫よりははるかに人間らしい昔の父の弟子によせる思いは、読む者の胸にこたえる痛切さにみちている。男を助けるため父の口伝を曾根兵六に伝えたあとの路を作者はこう描いている。

「組屋敷や小禄の藩士の家がかたまっている町は、灯のいろも稀《まれ》で、暗い塀の内にも外にも虫が鳴いていた。そして河岸の道に出ると、今度は馬洗川のせせらぎの音が高く聞こえて来た。橋をわたっているとき、路は不意に眼が涙にうるんで来るのを感じた。すべてが終ったという気持が、にわかに胸にあふれて来たのである。

終ったのは、長い間心の重荷だった父の遺言を兵六に伝えたということだけではなかった。父がいて兄の森之助がいて、妹がいて、屋敷にはしじゅう父の兵法の弟子が出入りし、門の軒にはつばめが巣をつくり、曾根兵六が水たまりを飛びそこねて袴を泥だらけにした。終ったのはそういうものだった。そのころの末次家の屋敷を照らしていた日の光、吹きすぎる風の匂い、そういうものでもあった。」

端正で清潔でしかも情に訴える実にいい文章だと、いま写していても思う。前半にはこの作者得意の自然描写が短い筆の冴えをもって行われ、それが路の心を照らす鏡になる。ここにはめったに表に出てこない鳴るようなものがあるが、これこそが藤沢ぶしの神髄というべきひびきだ。

単にチャンバラがみごとに描かれているからではない。単に北国の自然が美しく描かれ、人々の哀歓が情理をつくして描かれているからではない。彼の小説は必ずこういう人間の心の動きの急所を鮮やかにとらえていて、だからこそ読む者をとらえるのである。時代小説といわず、推理小説といわず、純文学といわず、本来ならば小説の急所とはそれでなければならぬはずだが、それのある小説があまりに少ないから、われわれは藤沢周平の小説に戻ることになるのだ。

『三月の鮠《はや》』のラストシーンも、同じように読む者の胸に哀切の思いをよび起さずにおかない。

「身じろぎもせず、葉津は信次郎を見ている。その姿は紅葉する木木の中で、春先に見た鮠のようにりりしく見えたが、信次郎が近づくと、その目に盛り上がる涙が見えた。」

これもまた実に印象的な、くっきりと心に残る情景である。現代女のように走って胸にとびこんだりしないで、じっと立って感情をこらえ、こらえきれずに涙が盛り上がる。これこそが女、日本の女というものであると、わたしなぞはこの描写にぞっこん参ってしまう。

と同時にむろんその前に、自棄の念から立ち直った信次郎と権力をかさに着て非道を行なった岩上一族の倅《せがれ》勝之進との三本勝負の、これは藤沢周平のあらゆる試合描写の中でも一きわすぐれた描写があればこそ、この最後のシーンがとくにさえざえとひびくのだ。

「日は西に傾きつつあったが、広場を照らしているのは白日の光だった。信次郎と岩上勝之進が歩み寄ると、地面に濃い影が動いた。二人は竹刀を合わせ、鳥飼のはじめの声でするすると後にさがった。

勝之進のさがりが大きく、距離はあっという間に六、七間ほどにひらいた。信次郎はじっと相手を凝視した。湧き上がる闘争心をむしろ静めて、無心の境地を保とうとした。

不意に勝之進の五体が鳥のように膨らんだ。と思う間もなく、勝之進は足音も立てずに走って来た。竹刀は高く右肩に上がり、腰はぴたりと据わって、それでいて風のように速い見事な走りだった。

信次郎は目を大きく瞠《みは》って待った。そして殺到して来た勝之進の竹刀を、一歩だけ強く踏みこんで迎え撃った。

からからと竹刀が鳴った。」

これならばわかる、と藤沢周平のこういう描写を読むたびに思う。目に見えるが如くとはこのことで、ここに神秘めかしたもの、不明なものは一切ない。鍛えぬいた肉体の動きだけがあって、いかにも人間どうしの戦いであると感じさせる。こういう描写を知ったあとでは、昔ながらのあのチャンバラ場面の描き方——吉川英治、五味康祐、柴田錬三郎から池波正太郎にいたる剣豪小説作家のあれ——は、バッタバッタとなぎ倒す式で、いかにも張り扇的だと思わずにいられない。

それからどの小説においてもこれあるがゆえに小説の背景が明らかになる、あの独特の自然描写。実はわたしはつい二、三日前、かの海坂《うなさか》藩という美しい名の北国の藩の城下町のモデルとなったはずの鶴岡に行って来たばかりで、それだけになおさらそ

の自然描写に感じ入ってしまうのだが、『鷦鷯《みそさざい》』の冒頭のあの叙述、

「今日は一日中薄ぐもりで、昼過ぎからはほんの少し日射しがちらついたりしているが、昨日、一昨日の二日間は、時雨が降ってはやみ降ってはやみする陰鬱な空模様で、ことに昨日は、日暮になるとそれまで降っていた雨がとうとう霰《あられ》から霙《みぞれ》に変った。背中のあたりがいやに冷えると思いながら板戸を閉めに立つと、薄暗い地面を打ち叩いているのは霰まじりの雨だったのである。」

まったくこのとおりであった。時雨《しぐれ》はさあーっとやって来てはすぐあがるが空は低く雲がたちこめたまま、また時雨が来て、そのうち真白い霰にそれは変り、北国の冬が来たことを感じさせた。小説の背景にとり入れている。藤沢周平はそういう季節の変り目にとくに敏感で、うまく小説の背景にとり入れている。この『鷦鷯』でも、団扇《うちわ》作りの内職をしなければ暮してゆけぬ下級武士の、誇りは高いが寒々しい暮しをこの冬に入る描写でどれほど鮮やかに描いていることか。

しかもこの『鷦鷯』の新左衛門は貧乏だがむやみと誇り高く、古風で、その心根と現実とのギャップが小説に一種ユーモアの味わいを生んでいる。金貸の倅と自分の娘が気易く話しているのにムカッ腹を立て、やがてその倅が剣の達者であるのを知って見直す。その心変りのプロセスが小説の見せ場だが、藤沢周平はそういう状況が好ま

しいらしく、『臍曲《へそ》がり新左』の同名の主人公・新左衛門がやはりそういう頑固《がんこ》者として描かれ、滑稽《こっけい》な味わいを生むのに成功している。わたしは『臍曲がり新左』は何度読んだかしれないが、何度読んでもこの小説には笑ってしまう。

藤沢周平の小説世界にいつからユーモアの味がにじみだしたか、『用心棒日月抄』の時分からではないかと思うが、今ではその小説に欠かせぬ味付けになっている。すっとぼけたようなその味を出すことが、この小説家はとくにうまい。『浦島』の呑み助孫六もそういった人物で、彼が商人から酒に誘われ、きっぱりと固辞しながらなお酒にひかれているさまが、こんなふうに書かれている。

「問題は、声は大きく態度は厳然としているにもかかわらず、孫六の腰が少しも上がらないことだった。御手洗孫六は無類の酒好きである。美濃屋はそのことを知っているから一杯すすめるのだが、美濃屋のひと声は、猫の近くに不用意に山から伐って来たまたたびの束を置いたようなものだった。」

そしてその孫六が酒の上での失敗を十八年後に無実と認められ勘定方に戻ったものの若僧らにバカにされて、またガブのみしてさわぐところ、

《「貴様ら、日ごろこの御手洗孫六を見くびってくれているが、その礼に今夜は取っておきの無眼流の腕を拝ませてやろう。さあ、出て来い」

酒がとくとくと音を立てて身体を駆け回っていた。孫六は愉快だった。こんないい気分になったのはひさしぶりである。
「出て来て勝負せんか、腰抜けめ」
普請場で鍛えた孫六の胴間声は、町の隅隅までひびきわたった。》
そして刀を抜いたところを勘定奉行につかまってどやしつけられる孫六は、まったくどうしようもないダメ侍だが、そのダメさ加減こそがまさに人間の味として読む者に共感を与えるのである。これがただ強いだけの侍だったら面白くもおかしくもあるまい。

これを一言でいえば、藤沢周平はかつてあった日本と日本人の美しい面を描き出す作家だということになる。だれも昔の日本がどうであったか知るはずはないが、藤沢周平は小説家の特権によって想像力でそれを作りだし、これが私の信ずるわれわれの先祖だと示す。それが読む者の心をとらえ動かすのは、まさにここに描かれたものこそ現代に最も欠けているものだからだろう。たとえば女性像一つをとっても、その心根の勁《つよ》さ、慎しみ、自制心、思いやりの深さ、けなげさは、われわれが日常見ることあまりに少ないもので、凜《りん》たる気品をたたえたその姿に惹《ひ》かれないわけにいかないのである。新渡戸稲造《にとべいなぞう》はその著『武士道』の中で、かつての士にとって最も重んじられたのは廉恥心《れんちしん》であったとし、こう言っている。

——武士の教育において守るべき第一の点は品性を建つるにあり、思想、知識、弁論等知的才能は重んぜられなかった。

——廉恥心は少年の教育において養成せらるべき最初の徳の一つであった。

——虚言遁辞《とんじ》はともに卑怯《ひきょう》と看做《みな》された。

こういうかつての武士を支えた精神的支柱は、その基本的骨骼《こっかく》をそのまま藤沢周平の世界に見ることができる。彼らは人間的欠陥にみちているが、欠陥にもかかわらず肝心の面は実に清々しく、凜としている。われわれは藤沢周平の描いた人物たちの幾人かを、まざまざと目に思い浮かべ、彼らを支える論理的骨骼のみごとさを嘆賞せずにいられない。

とともに、何度もいうようだが、そこに流れる男と男の友情、男と女の抑制された慕情の美しさに、われわれは今に失われたものを見、憧れをもって眺めずにいられない。この世界の人情のよさ、自然の美しさ、それを感じれば、ああここに美しい日本があると言わざるを得ないのだ。

ただその藤沢文学にただ一つわたしの気にかかる所がある。それは表記に関わるもので、藤沢周平は木木、代代、近近、隅隅というように語を律儀に重ねて書く。それがわたしには気になってならず、読み乍《なが》ら心の中で、木々、代々、近々、隅々と直さずにいられないのだ。

書斎は聖域。邪魔せぬよう家族は
細心の注意を払っていた。

藤沢周平が紡ぐ「人生の彩り」

『刺客 用心棒日月抄』

男も女も、人間はみなずるく、それでいて優しく、はかない

(新潮文庫)
「用心棒日月抄」シリーズ
『用心棒日月抄』
『孤剣 用心棒日月抄』
『刺客 用心棒日月抄』
『凶刃 用心棒日月抄』
(全四巻)

「用心棒日月抄《じつげつしょう》」シリーズは四巻の長編シリーズ。各巻が独立しているが、主人公青江又八郎の活躍が軸であるのは共通している。又八郎は、海坂藩を脱藩して江戸に出てきて用心棒をする。二巻目からは「脱藩」というのは仮の姿で「藩の密命」を帯びたものになる。

しかし藩からの御手当はごく些細《ささい》で、金がないために始終、腹を減らしている。剣を構えると無類の働きをする又八郎だが、その一方で食事を抜くこともしばしばで、腹が減って力が入らず、かろうじて相手を倒すこともある、いささか情けないヒーローでもある。糊口《ここう》をしのぐために口入屋を頼り、用心棒稼業に身をやつす。しかし、そんな〝等身大のヒーロー〟だからこそ、かえって共感を覚える。

又八郎は全巻終了までに都合三回脱藩して、常に政争に巻き込まれる。その展開もそれぞれ、読者を飽きさせないが、その又八郎に、影のように日向《ひなた》のように、最初は敵として、やがて味方として登場する女性が誠に魅力的だ。佐知という藩の忍びの組織「嗅足組《かぎあしぐみ》」の頭《かしら》の娘で美貌の人。又八郎は一刀流の免許皆伝の持ち主だが、その討手《うって》の一員として佐知が登場する。彼女は短刀を見事に使う。又八郎との立ち合いの場面、ふとしたはずみで佐知が誤って自らの短刀で自分を傷つけてしまう。重傷を負った彼女を又八郎が必死の看病で助け、後に恋に落ちる……。

こんな鮮烈な出会いを経て、互いに助け合い、信頼し合う男女の姿が、このシリーズのもう一つのモチーフ。実は又八郎は国元に妻のある身。にもかかわらず、江戸では別の恋に身を焦がす……いや、単なる〝恋〟以上のものがそこにある。

見る・聴くDATA

ドラマ『**腕におぼえあり**』
DVD：NHK エンタープライズ

『刺客　用心棒日月抄』解説

常盤新平【作家・翻訳家】

用心棒シリーズの魅力の一つは、佐知という女にある。佐知という女はいいなあとある友人が嘆息するように言ったのを聞いたことがある。ちょうど『孤剣』が新潮文庫になったころだった。佐知に惹《ひ》かれて『用心棒日月抄《じつげつしょう》』（新潮文庫）や『孤剣』を読みかえす読者はきっと多いと思う。藤沢文学の読みどころは、男と女の哀切な関係である。

佐知は『用心棒日月抄』の「最後の用心棒」にはじめて姿を見せる。赤穂《あこう》浪士が吉《き》良上野介《らこうずけのすけ》を討ってまもなく、帰国の命令がくだった青江又八郎が東北の小藩に帰る途中、彼を狙《ねら》う女刺客がいた。『用心棒日月抄』の最後の一編である。女は短剣の名手であるが、又八郎が剣をふるって、女の左腕を斬《き》ったつぎの瞬間、彼女は倒れ、短剣が彼女の腿《もも》のつけ根に深ぶかと突きささっていた。又八郎は彼女を助け、一軒の百姓家にかつぎこんで、城下の医者にみせるように頼む。そのときの又八郎の印象――

「二十すぎの、身体《からだ》つきにまだ若さを残す女だった。そして武家の女だった。一瞥《いちべつ》しただけだが、ややきつい顔だちながら美貌《びぼう》だった」

その女はただ、佐知、と名のる。

郷里に帰った又八郎を待っていたのは、家を捨てて彼の祖母と住んでいた婚約者の由亀《ゆき》である。又八郎は陰謀に荷担した由亀の父を斬って脱藩、江戸で用心棒の仕事をするはめになったのだが、彼女の父親は息を引きとる間ぎわに、又八郎を頼れと由亀に言いのこしていた。江戸に逃げたとき、二十六歳だった「長身で、彫りが深い男くさい顔」の、「痩《や》せて見えるが、肩幅は十分に広く精悍《せいかん》な身体つき」の又八郎はいまや禄高《ろくだか》百石、馬廻《まわ》り組の二十八歳である。

『用心棒日月抄』は又八郎と由亀の幸福な夫婦生活で終っている。しかし、作者はこの十編で終らないことを暗示するような大富静馬という人物を「最後の用心棒」に登場させ、江戸で知りあった、六人の子持ちの浪人、細谷源太夫《げんだゆう》の「吉蔵《きちぞう》ともども、来るべき再会を祈り上げ候《そうろう》」という手紙を紹介している。

「諸職口入れ」の吉蔵は狸《たぬき》そっくりの丸顔、五十ぐらいの年配に見える色の黒い、一体に無愛想な男である。この男の店で又八郎が知り合い親しくなったのが細谷浪人である。

『用心棒日月抄』はおそらく「小説新潮」連載のころから好評で、作者もたしかな手ごたえを感じ、連載がすすむうちに、『孤剣』の構想がつぎつぎに生れてきたのだろう。『孤剣』では、又八郎は佐知と再会し、彼女の協力を得て、藩主殺害の陰謀を証拠だてる連判状や手紙などの書類を持ち去った大富静馬を追いつめてゆく。もちろん、こんども脱藩というかたちをとったから（ただし、元家老の命令で）、用心棒の仕事で食いつないでいかなければならない。

稼業《かぎょう》が用心棒だから、又八郎の住む世界は殺伐として、はなはだ物騒であるが、しかしなぜかほのかに明るくロマンチックである。又八郎の存在そのものが周囲を明るくしているように思われる。名うての剣の使い手から書類を奪うという密命を帯びながらも、又八郎は風来坊のように気ままに生きている。それに、佐知が又八郎に影のように寄りそっている。

又八郎と佐知は似合いの男女だが、どちらもおそろしくストイックだ。そこにこの物語のすがすがしさがあるようでもある。佐知は江戸時代のいわばキャリア・ウーマンであるが、可憐《かれん》であり、その可憐なところを失わず、読みすすむにしたがって、いっそう可憐になってゆく。それで、私たち読者はますます佐知に惹かれるのである。

私たち読者が知った女性たちははじめこそ可憐であったが、月日がたつにつれて、きっと私たちが悪いのだろう、彼女たちは怪物と化してゆく。

藤沢氏の小説のなかの女たちはみな可憐な魅力がある。又八郎の妻となる由亀にしても可憐でひたむきな女である。また『獄医立花登手控え』（全四冊　文春文庫・講談社文庫）に登場するおちえという娘ははじめはお転婆《てんば》であるが、可憐な女へと変身してゆく。

『孤剣』の最後の物語、「春のわかれ」では又八郎は首尾よく大富静馬を討ちはたし、汐留橋《しおどめばし》で佐知に「ご厄介《やっかい》になった。忘れぬ」と別れを告げる。しかし、――

「佐知は放心したように又八郎を見つめただけだった。手を放して、又八郎は背を向けた。しばらく行って振りむくと、河岸《かし》のうす闇《やみ》の中に、まだ佐知が立っているのが見えた。

ほかに人影はなく、佐知ひとりだった。凝然と動かないその姿に、胸打つさびしさがあらわれている。又八郎は、立ちどまったまま、しばらくその姿を眺《なが》めたが、不意に足を返して佐知の方にもどった。

長い間せきとめられていたものが、一ぺんに胸に溢《あふ》れるのを感じていた。いそぎ足に近づいて手をさしのべると、吸い寄せられるように佐知も身体を寄せて来た。又八郎はためらいなく佐知の肩を抱いた。しっかりと抱き合ったあと、又八郎はそのまま包みこむように佐知の身体を抱え、無言でいま出て来た町の方にもどった。

佐知は、すなおに又八郎に身体をあずけて歩いていた。一度だけ、すすり泣く声を洩《も》らし、両手で顔を覆《おお》った」

甘美なラヴ・シーンだと思う。佐知の魅力がこの文章に溢れているようだ。時代小説でこのようなシーンを描けるのは、藤沢氏ひとりではあるまいか。

そして、用心棒シリーズ三冊目のこの『刺客』では、わが青江又八郎は三たび脱藩して、江戸でまた細谷源太夫と用心棒をつとめる。こんどは、佐知が率いる嗅足組《かぎあしぐみ》を守るためである。佐知の父親の名前もここで明らかにされるし、嗅足組の内実もくわしく読者に知らされる。

単行本の『刺客』には「あとがき」があって、作者は「このシリーズ小説はこのへんで終るわけである」と書かれている。実は、用心棒シリーズはもともと「忠臣蔵を横から眺めるという体裁をとった最初の一冊だけで終るはずだった小説」だという。藤沢氏がこのシリーズを書きつづける気になったのは、「ひとえに編集者のそそのかしによるもの」だそうであるが、編集者が「そそのかし」たのはひとえに評判がよかったからだ。圧倒的な好評といってもよかろう。そうでなければ、編集者はそそのかしたりしない。

『刺客』を読みおえたとき、このつづきをもっと読みたいと思った。この作者ならまだ書けることがあるはずだと無理を承知でお願いしたくなった。というのも、佐知のその後を知りたいからである。藤沢氏は「あとがき」に書いておられる。

「小説は終っても作中人物に対する親しみは残っていて、ある日ふと、この小説には後日談があるかも知れない、などという妄想《もうそう》がうかんできたりする。後日談であるその小説は、陰の組の解体をタテ糸にし、中年になった青江又八郎と佐知の再会と真の別離をヨコ糸にする長い物語になるだろう……」

用心棒シリーズは小説を読む楽しみをたっぷり味える連作短編である。しかし、このシリーズが藤沢氏にとって「転機の作物」になった重要な作品であることも指摘しておかなければならない。『用心棒日月抄』、『孤剣』、『刺客』を読んで、気がつかれたかと思うが、小説の雰囲気《ふんいき》がしだいに明るくなっているのである。氏の随筆集『小説の周辺』（潮出版社・文春文庫）に「一枚の写真から」と「転機の作物」という二編が収められている。それぞれ『用心棒日月抄』と『孤剣』の単行本出版に先立って「波」に書かれたエッセーである。

藤沢氏は小説を書きはじめたころ、「暗い色合いの小説ばかり」を書いていて、ハッピーエンドが書けなかった。人には言えない鬱屈《うっくつ》した気持があって、その鬱屈の吐け口である小説が暗い内容になるのはいたしかたなかったと氏は回想している。「私の初期の小説は、時代小説という物語の形を借りた私小説といったものだったろう」と藤沢氏は「転機の作物」に書かれている。しかし、人に読まれるということをはっきりと意識するようになったとき、氏の小説はごく自然にユーモアの要素がはいりこんできたのだった。このユーモアの要素を意識的にとりいれたのが『用心棒日月抄』なのである。

『用心棒日月抄』や『孤剣』では、吉蔵や細谷浪人が滑稽《こっけい》である。又八郎は作者と同じく鬱屈しているが、小説を書きはじめたころの藤沢氏ほどではない。又八郎には藩に対する恨みがある。それが鬱屈となっているのであるが、『刺客』ではその鬱屈から又八郎がしだいに解放されていくのがわかる。又八郎は男として成長してゆくのである。『用心棒日月抄』のころと『刺客』の又八郎は明らかにちがっている。

エッセー集の『小説の周辺』を読んで知ったのだけれど、藤沢氏は驚くほどに翻訳小説を読んでおられる。日本の小説はいうまでもない。翻訳家の端くれである私としては、これはたいへん嬉《うれ》しいことである。しかし、翻訳を業とする私は、実をいえば、チャンドラーやハメットよりも藤沢氏の小説が好きである。氏独特のしっとりとした雰囲気が私にはこたえられないのである。氏の代表作の一つといってもいい『海鳴り』をなんど読みかえしたことだろう。

用心棒シリーズはうまくすると再開されるかもしれないと聞いている。もちろん、たしかなことはわからない。『刺客』が出版されてから、早くも二年たっている。後日談はまだ早いという気がする。又八郎が四たびなんらかの理由で脱藩し、再び浪々の身となった細谷源太夫とともに、吉蔵の店を訪ねてもらいたいのである。又八郎の江戸の妻になりたいと言って笑った佐知のことをもっと知りたいのである。

（昭和六十二年一月）

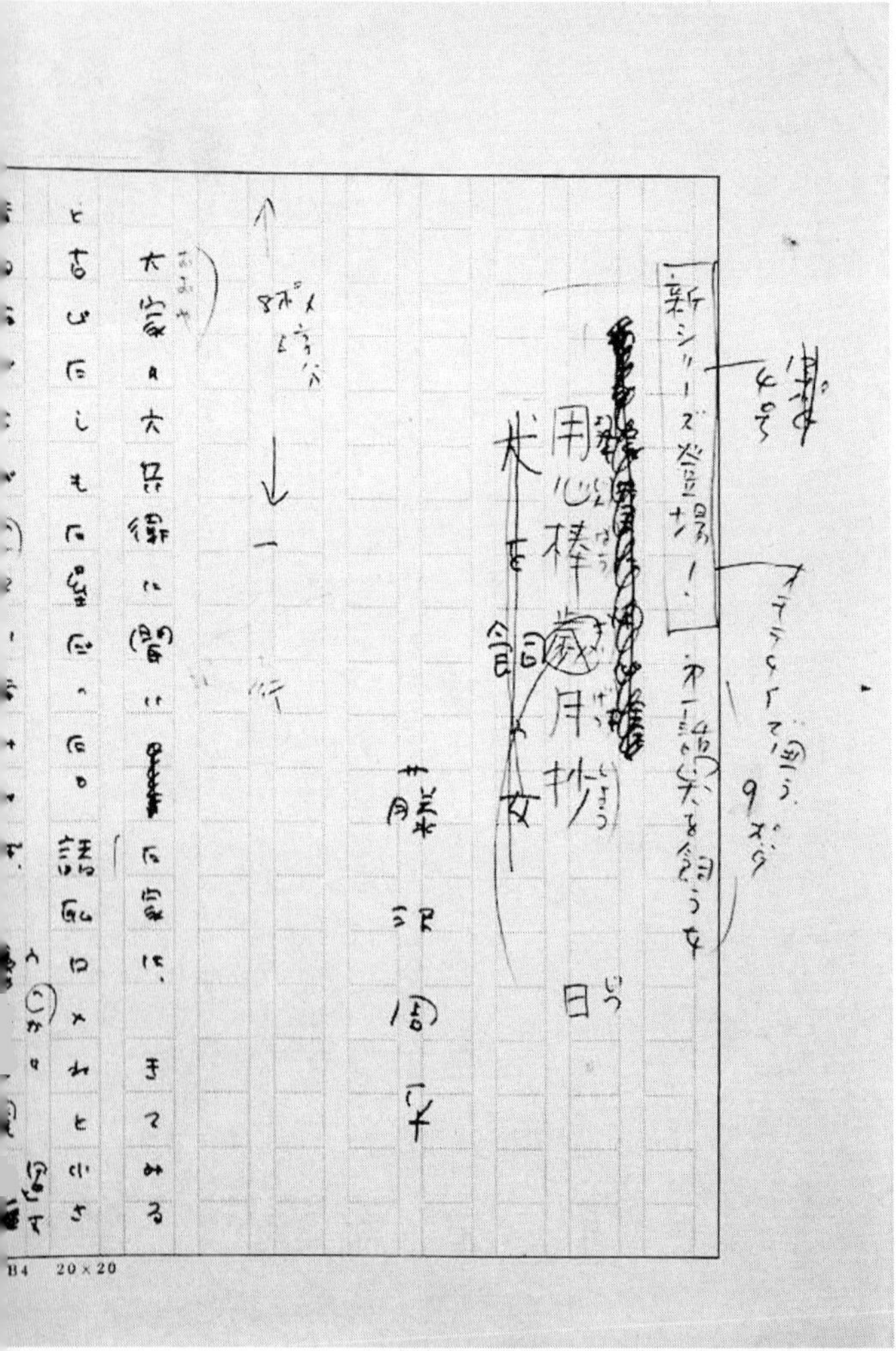
新シリーズ登場！

用心棒日月抄

犬を飼う女

藤沢周平

『用心棒 日月抄』第一話「犬を飼う女」自筆原稿

●ところは、は。階が騒々しくなるとそれを知へは〃く

話いはいしているのは食堂で、店側はいつも関係者で

ある。家は大きく、間にはさまって、戸を閉じてい

て、ひっそり音もない。

―留守か。

と青江又八郎は思った。

しかし試みにこっそりと格子戸を引いてみると、戸

は難なく開いて、正面に坐ってこちらを向い

ている男とばったり顔が合った。細面で五十ぐらいの

女顔にみえる色の黒い男である。一瞬又八郎

藤沢周平が紡ぐ「人生の彩り」

『秘太刀馬の骨』

〝本当の武器〟

「ここぞ」のときに発揮されるものこそが

（文春文庫）

浅沼半十郎は、藩の家老・小出帯刀から、彼の甥《おい》の石橋銀次郎とともに秘太刀「馬の骨」の後継者を探せという命《めい》を受けた。この秘太刀は、数年前に起きた望月家老暗殺に使われた疑いがあり、「不伝流」矢野道場の創始者が、藩主が暴れ馬に襲われた際に馬の首を斬って藩主を救ったという技。矢野道場の人間に極秘で相伝されているため、継承者は明らかになっていない。

銀次郎は秘伝を受け継いだ候補を六人に絞り込み、一人ひとりと実際に立ち会って確かめることを決意する。もちろん、立ち会う以上、無傷でいられる保障はない。立ち合いを拒む者に対しては、それぞれの素性や弱みを調べ、半ば脅すようにして立ち合いを強要する銀次郎。

この作品の面白いところは、そもそも、なぜこの秘太刀を探さなければならないのかが判然としないこと。家老の小出は、望月家老の暗殺に自分が関わっているという噂があるので、身の潔白を証明するために、事件の真相究明に乗り出したいという。しかし、やがてその言葉を素直に受け取れない出来事が次々と出現し、やがて、この探索の裏には、藩上層部の派閥争いがあることがわかってくる……。

「秘太刀」とは、実際に剣を交えた者同士しか味わうことができない秘中の秘である。銀次郎はやがて、秘太刀をこの目で見たいという欲望を満たすために、勝負に挑むようになっていく。そして自らが磨いてきた技でどう太刀打ちできるか試したいと願う。

それは派閥争いなどとは無縁の世界に生き、純粋に技術や技能を磨いてきた人間の「本能」というべきものなのかもしれない。

見る・聴くDATA

ドラマ『秘太刀馬の骨』
DVD：NHKエンタープライズ

『秘太刀馬の骨』解説にかえて

意外な「犯人」異説の愉しみ

出久根達郎【作家】

十代の終りから二十代後半にかけて、私は剣道の町道場に熱心に通っていた。師は柳沼鉄水といい、流儀は北辰《ほくしん》一刀流である。柳沼先生は北辰一刀流の六代目であった。道場を東武水明館という。先生は水戸の東武館で修行されたのである。

籠手《こて》の柳沼、で有名であった。打ち込んでくる相手の竹刀《しない》の切っ先を、同じく竹刀の先で「くるくると巻いて」しまい、あっと思った時には、相手のそれを天井にすっ飛ばしている。私もしばしば、天井にまっすぐはね上げられる竹刀を実見した。竹刀を手放した者は、「脳天がしびれるほど」の衝撃を小手に覚えた、と言っていた。先生の手首のひねりが、よほど強靱であったようだ。

私は首尾よく弟子にしてもらえたが、技量の方はからきし駄目で、もっぱら稽古のあとの、酒の相手をつとめていた。先生は聞こえた酒豪であった。酒の好きな者は、目の前に人がいないと酒がうまくない。先生がその伝で、若造の私は「お間《あい》」であるが、酔ってご機嫌の師は、稽古の折のきびしさはどこへやら、話上手で、ばかな質問をしても、目くじらを立てることはなかった。ある時、どう気が向かれたか、門外不出の北辰一刀流伝書を、奥から出してこられて、私たちに見せて下さった。古代裂《こだいぎれ》で表装された巻物である。巻子《かんす》には、むずかしい漢字が並んでいる。北辰一刀流の型の名称であるが、最後の方に、秘剣だか秘太刀だったか記されていて、三本の名が出ていた。

そのひとつに、虎飛だったか、虎走だったか、とにかく虎のつく二文字が、墨で記されていたのを覚えている。いや、こうして文字に書いてみると、果たして虎だったかどうか、こころもとない。動物に違いなかったが、虎ではなかったかも知れぬ。北辰一刀流の解説書を開けばはっきりするのだが、あいにく手元にない。昔と違い、現代では口伝といえども活字化されて、一般人に供されている。

ただ、当時、先生は、秘太刀について問うた私に、それは教えたり教えられたりするものではない、とおっしゃった。それほど微妙な技であって、生涯一度、何かの折に、何気なく、後継者に伝えるのだ、とそんな風に話された。何かの折に何気なく、という言葉が、耳に残っている。

前説が長すぎた。さて秘太刀「馬の骨」である。馬の骨、という名称が、決して奇抜なものでないことは、私の話でおわかりだろう。剣術の技の名は、一読、意味がわからない。わからないからよいわけで、名称から簡単に仕組みが推量されるようだと、秘伝にならぬ。

たとえば新陰流という流儀の技の名を、直木三十五の著作から引用してみる。

「新陰之流、猿飛目録　一、猿飛　一、猿廻　一、小陰　一、同影　一、浮舟　一、浦波」

以上が初歩の技術名とのことである。「極意之巻」というのが、秘太刀のことであろうか。これには三光之利と記されている。

「馬の骨」は、手綱を離れて突進してくる病馬に立ちはだかった、矢野惣蔵の機転の剣名である。

すなわち、馬は惣蔵に嚙みつこうとする。惣蔵は二度三度とかわす。馬はいらだって、竿立ちになる。そして抱きこむように惣蔵の上に前脚を振りおろす。

「そのとき惣蔵の身体が右から左にすばやく動いた。振りおろした馬の脚の前、首の下を搔いくぐったように見えた。搔いくぐって馬の左側に立ったときには、惣蔵の刀は鞘におさまっていた」

馬は、首の骨を両断されていた。これが秘太刀「馬の骨」である。馬の首の骨を斬ったので、かく命名されたのである。惣蔵から数えて現在は三代目の藤蔵の時代だが、その後この剣法は誰も目にしたことがない。誰に伝わっているものか、わからない。しかし幻の剣法でないことは確かである。

藤蔵の父の高弟が、五人、現存している。五人の中のだれかが、ひそかに受けついだらしい。それは、だれだろう。

矢野家の現当主を含めて六人に、一人ずつ試合をいどみ、技を見るしか法はない。「教えたり教えられたりする技でない」ので、「何かの折」を作って、真剣勝負に等しい勝負をいどみ、「何気なく」秘太刀の手筋を見なければならぬ。

藤沢さんの小説は、この「何かの折」「何気なく」探ることが眼目となっている。「何気なく」とは言い条、人によっては事が容易に運ばない。仕掛けなければならない。

そして、ついに、「馬の骨」の真の伝授者が判明する。

それは、まことに意外な人物であった。

と、ここまで書いてよいものだろうか。推理小説の解説で、犯人の名を明かしてはならぬのは、当り前の鉄則である。藤沢さんのこの小説においても、それは守られるべきだろう。けれども、――ああ、なんという衝動だろう。私は「まことに意外な人物」のことを語りたくてならない。

本文の前にこの解説をお読みの読者は、ここでどうか中断していただきたい。本文を読んで然るのち、このあとに目を通していただきたい。その方が興味が倍になるはずである。

本文を読了されたあなたは、当然「意外な人物」の正体を知られた。

だが、本当に知られたであろうか？　あなたは、もしかして、勘違いをなされていますまいか。失礼。いやこのようなくどい念を押すのは、この私も最初そうだったからである。

秘太刀「馬の骨」の遣い手は、一体だれであったか？

私は間違っていたのである。馬の骨をたたき斬った剣だから、そう命名した。と思っていたのだが、実は、この名には別の意味があったのだ。「どこの馬の骨ともわからぬ人」などと言う。素性の知れぬ、あるいは、つまらぬ人という意味だろう。どこにでもいる平凡な人、という意味合いもあるかも知れない。

秘太刀の名称とばかり思いこんでいたが、実は、この小説の「意外な人物」を示唆《しさ》するキーワードであったのだ。

具体的に名指しする必要はあるまい。もう、おわかりであろう。

「……牛若丸のような身のこなしでその刃の下を掻いくぐられました。そしてすれ違った二人が振りむいたとたん……またしても風のように走り寄ると、今度はぴしりと音がひびいたほどに強く、相手の籠手を打たれました」

私は自信をもって言うが、読者の大半が、「真の犯人」を間違えて読まれていたはずである。

それはともかく、本書は藤沢さんの傑作の一つであることは間違いない。最後の一行の、世にも美しい、胸に迫る文章が、何よりもそれを証明する。

名作あの場面、この台詞

『秘太刀馬の骨』より

小出家、内藤家の、ひとかたならぬ複雑な家の内情にくらべれば、まだわが家の悩みは小さく、単純だという気がしてくる。

（家柄が高く、豊かな家にもそれなりの悩みがある。それに比べれば、些細な夫婦喧嘩をしていられるわが家のありようが、案外にいいのかもしれない。）

ちょっとはにかんだようなダンディーな姿

藤沢周平が紡ぐ「人生の彩り」

『隠し剣孤影抄』『隠し剣秋風抄』

「味方」を頼るな、結局は自分ひとりで闘う覚悟が必要になる

（文春文庫）
『隠し剣孤影抄』
「邪剣竜尾返し」「臆病剣松風」「暗殺剣虎ノ眼」「必死剣鳥刺し」「隠し剣鬼ノ爪」「女人剣さざ波」「悲運剣芦刈り」「宿命剣鬼走り」
『隠し剣秋風抄』
「酒乱剣石割り」「汚名剣双燕」「女難剣雷切り」「陽狂剣かげろう」「偏屈剣蟇ノ舌」「好色剣流水」「暗黒剣千鳥」「孤立剣残月」「盲目剣谺返し」

「隠し剣」シリーズは作品数十七本。一種の「剣客小説」として『孤影抄』と『秋風抄』の二冊にまとめられている。「隠し剣」とは剣の奥義、つまり門外不出の技である。連作の主人公はいずれも剣の名手。その技を駆使して藩命に命をかける一方で、剣を振るうことに懐疑を抱いたりする。鬼のように秘技を振るう一方で、人としての弱みを見せたりする。そこが藤沢作品らしいところでもある。

作家の出久根達郎氏が、『藤沢周平のツボ』（朝日新聞出版）でこう書いている。

「本シリーズは『竜尾返し』『松風』『虎ノ眼』『鳥刺し』等の名の秘剣にまつわる物語だが、面白いことに、各タイトルの上半分「邪剣」「臆病剣」「暗殺剣」「必死剣」などの剣名が、物語の内容と、主人公の運命や性格を表している」

「藤沢周平は、坂東妻三郎の映画を見て、この本を書きだした」という説があるが、往年のスクリーンの名優の殺陣《たて》と合わせながら、この視点で「秘剣の名称」に着目し、技の特徴を追ってみるのも興味深い。「ひとつひとつの秘剣の型を考えるのは、概して言えばたのしい作業だった」と、作者自身も記し、そしてこう続けている。

「ここには私のこのあとの武家小説に共通する微禄の藩士、秘剣、お家騒動といった要素がすべて顔を出し、私の剣客小説の原型をなしているという意味で、愛着が深い短篇集になっている」（「自作再見――隠し剣シリーズ」）

見る・聴くDATA

映画『隠し剣鬼の爪』『武士の一分』
DVD、Blue-ray：松竹

『必死剣鳥刺し』
DVD、Blue-ray：ポニーキャニオン

オーディオ「必死剣鳥刺し」CD、「隠し剣鬼の爪」「必死剣鳥刺し」「孤立剣残月」「女難剣雷切り」「暗黒剣千鳥」「盲目剣谺返し」
（「藤沢周平傑作選」より）配信：ともにNHKサービスセンター

藤沢周平
自作を語る

『隠し剣秋風抄』あとがき

郷里に帰って一日、二日経《た》つと、私の話し言葉は自然にむこうの言葉にもどってい る。そうなる方が話すのに楽である。ところが昨年、生まれた村で小さな会合があって、そこで村の言葉で挨拶をしたら、あとでさっきの言葉は村ではもう使うひとがいない、懐しい言葉を聞いたと言われた。これはいささかショックだった。浦島太郎というのはこれだな、と思った。

郷里の言葉も、日に日に変化したり、長い間には消滅したりする。ことにテレビの普及は、村の言葉を加速度的に変えつつあって、私が二十過ぎまで使っていた言葉のいくつかは、もはや時代遅れになっているのである。

しかし私は、自分の中にある郷里の言葉をそう簡単には捨てる気になれない。それらの言葉を手がかりに、私はものを感じたり考えたりし、つまりは世界を認識したのであり、言葉はそういうものとして、いまも私の中に生き残っているからである。

同じように私は、子供のころに冬の夜道を三キロも歩いて、村の小学校に映画を見に行ったことが忘れられない。その映画は阪東妻三郎が二役を演じる『魔像』だった。私は兄のうしろから雪の道を歩きながら、見て来た映画の興奮がさめやらず、寒さと睡気《ねむけ》を忘れていた。そのときも私は、多分映像というものによって別の新しい世界に眼をひらかれたのであろう。その世界は、やはりほかのものに代替出来ないものとして、私の中に残った。

この小説集のルーツは、さかのぼるとそのへんまで行くようである。小説の締切りは、たいていは苦痛と一緒にやって来るのであるが、その意味では、この中の何篇かはめずらしく楽しみながら書いたと言える。

それは三カ月に一作という、ほどのよい間隔で書けたこととも無関係ではなく、そういうのんびりした小説が、いつの間にかたまって小説集になるのは書き手にとってしあわせな状況ではないかと思う。この小説を書かせてくれた方方と本にまとめてくれた方方に感謝をささげる。

昭和五十六年一月

藤沢周平

名作あの場面、この台詞

『隠し剣鬼ノ爪』より

——剣鬼だ。
狭間はおれと立ち合うために牢を破ったのか、と思った。胴ぶるいがこみあげてきたのを腹に力を入れて圧し殺してから、宗蔵も刀を抜き草地に踏み込んだ。そこは相手を斃さなければ出ることが出来ない死地だった。

(牢破りをした狭間が討手に宗蔵を指名してきた。宗蔵の秘剣「鬼ノ爪」を破る工夫を考え続けていたというが、その秘剣は狭間も思いもよらないものだった……。)

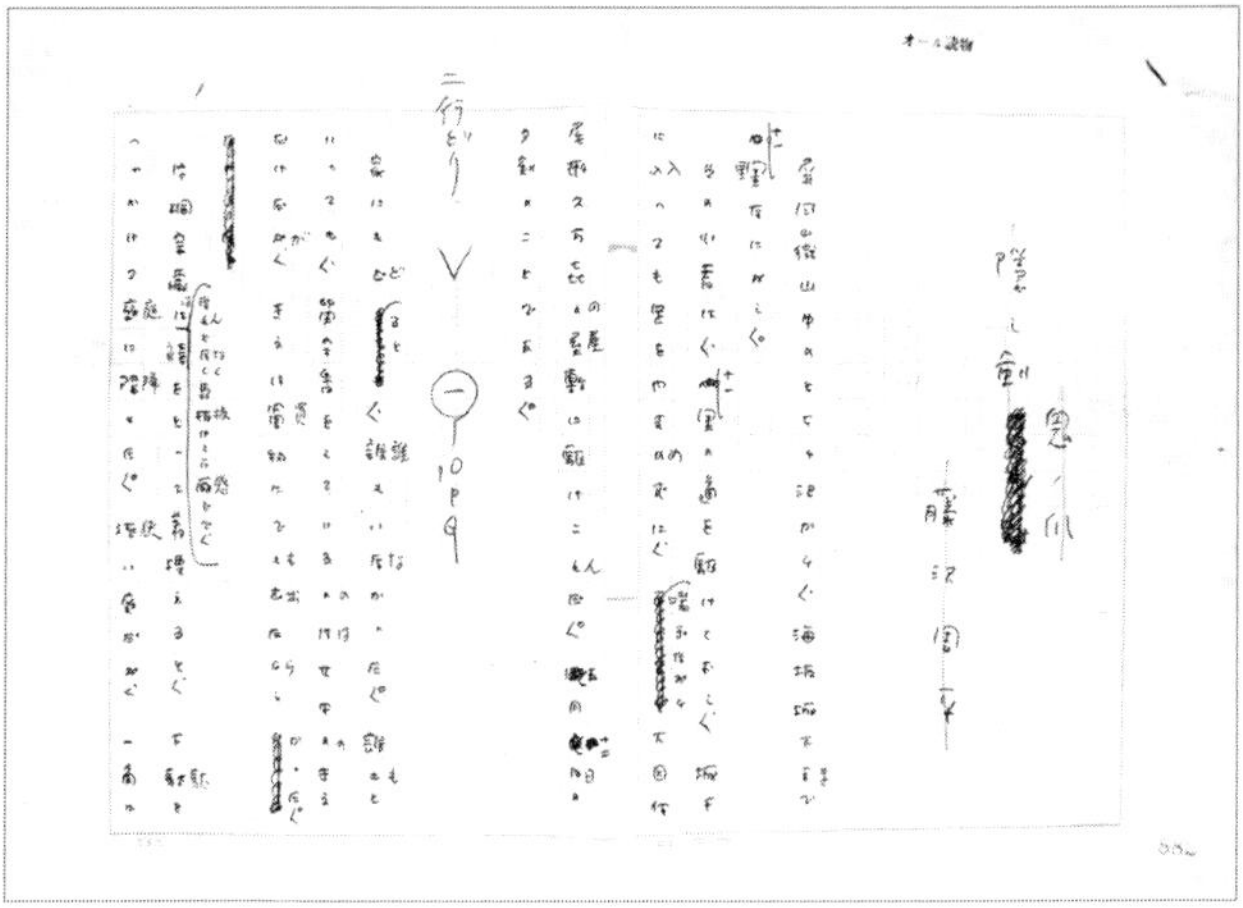

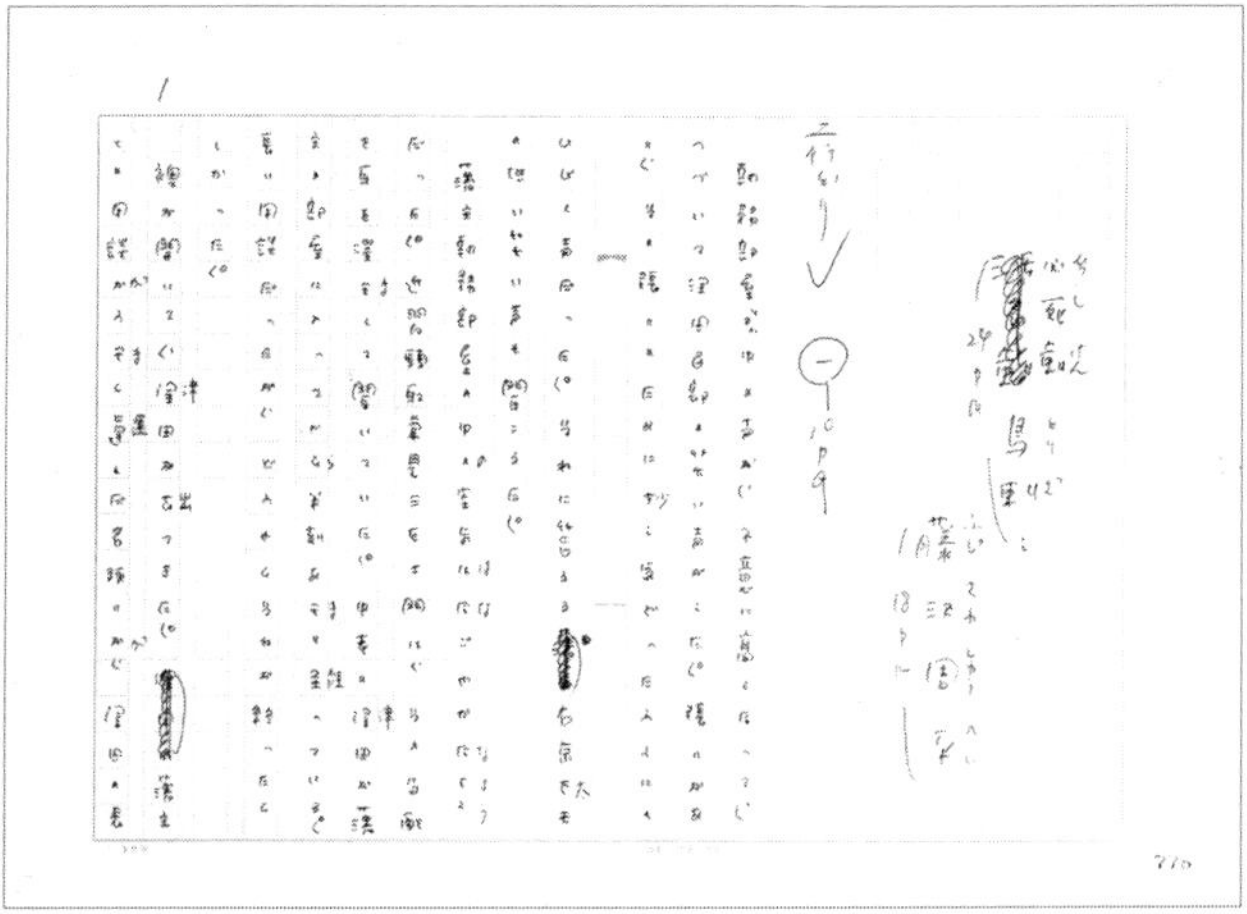

「隠し剣鬼の爪」(上)、「必死剣鳥刺し」(下)の自筆原稿

藤沢周平が紡ぐ「人生の彩り」

『ささやく河』

粋《いき》さや男気、友情、ユーモアを持たない奴は「人間」とは呼べない！

彫師伊之助捕物覚え

（新潮文庫）
「彫師伊之助捕物覚え」シリーズ
『消えた女』『漆黒の霧の中で』
『ささやく河』（全三巻）

「彫師伊之助捕物覚え」シリーズは、『消えた女』『漆黒の霧の中で』『ささやく河』の三部作となっている。主人公の伊之助は以前、本業の彫師（浮世絵などの版木を彫る職人）のかたわら、下っ引をつとめ、その後、本職の彫師を休業し、凄腕《すごうで》の岡っ引きになった。

しかしある事件をきっかけに捕物の仕事から手を引いたが、事件が起きるたびに知り合いの定町廻り同心に頼まれ、事件解決に駆り出されてしまうのだ。

ちょくちょく仕事をさぼるので本業の彫師の親方ににらまれ、その眼をかすめながら捜査に精出す伊之助。その〝身軽さ〟が、管理社会の息苦しさにあえぐ現代人には、うらやましく思えるほどである。愚痴をこぼしながらも、事件解決のヒントが浮かぶと遮二無二突っ走ってしまう姿は、やはり岡っ引き稼業の経験があるからなのかもしれない。

伊之助は、幼馴染《おさななじみ》のおまさがやっている一膳飯屋で飯を食い、酒を飲む。もちろんおまさとは深い仲だが、関係に踏ん切りをつけられないでいる。かつては女房と一緒に暮らしていた伊之助だが、女房は男と一緒に出奔《しゅっぽん》し、あげくに心中してしまった。こころにそんな傷を抱えていることもあって、「そろそろ、どうだい？」と言いたげにもたれかかるおまさを、邪険に押し返してしまうのだ。こんな〝つかず離れず〟の関係は、現代でもたくさん見られそうである。

『ささやく河』では、島帰りの男が刺殺された事件を伊之助が洗う。すると二十五年前の「押し込み強盗」の一件が浮かんでくるが……。読者が一緒に謎を解いていく醍醐味を味わえる長編ミステリーの傑作で、江戸の庶民の息遣いが伝わってくる作品。

『ささやく河』解説

関川夏央【作家】

『ささやく河』は彫師伊之助を主人公とする藤沢周平のハードボイルド・シリーズ三作目である。

一九八五年十月号の雑誌「波」で作者はこの作品についてつぎのように語っている。

「伊之助は、元凄腕《すごうで》の岡っ引で、逃げた女房《にょうぼう》が男と心中したという過去の影を引きずっており、天真爛漫《てんしんらんまん》な岡っ引ではない。半七にしても銭形平次にしてもそういう余分なものはない普通の岡っ引で、職業として成り立っている人を主人公にしているのですが、この伊之助は岡っ引が職業ではない。過去とのつながりでもってこつこつやっている。こういう点も捕物帳の常道とはちょっと違うものになっています。ハードボイルドの私立探偵《たんてい》の感覚です。

でも、正直に言いますとハードボイルドは少し無理なんで、江戸情緒とつかないところがありますね。日本の風土そのものが湿ったもので、人情などで動くところがあるのに反して、ハードボイルドは非情を前提にしている。だからハードボイルドはそんなに強調しない方がいいのではないかという気もしますけれど、この連作の趣旨としてはそういったものが底のほうにあるわけで、よくも悪くもその設定が作品に影響していると思います。」

簡にして要を得た解説になっていて、「よくも悪くも」という部分を除けば（「悪くも」という点は見当たらないから）これ以上の「解説」は屋上に屋を重ねる憾《うら》みがあるだろう。そこでここでは「ハードボイルド小説」とはなにかということについてだけ多少考えてみたいと思う。

ハードボイルドとは、第一に苦労人の小説ではないだろうか。

よくいわれることだが、ハードボイルドの主人公、すなわち「探偵」は自己の内部に社会通念とは必ずしも一致しない規範を持っている。ただし彼は非常識人であってはならない。世間智《ち》の集積としての常識や法を一定程度尊重する健全さを示しながら、場合によっては自己の内部の規範をそれに優先させるのである。その規範とは主人公の生活史上の経験と苦労、すなわち「過去」によってかたちづくられたものである。「伊之助は親もいなければ女房、子供もいない、一人暮らしである。亀沢町の福助店《だな》という、名前は福々しいが建物は古びてお粗末な裏店に住んで、さほどに暮らしに金がかかるわけではない。峰吉の酒好き、圭太の博奕《ばくち》好きといった、金のかかる道楽を抱えているわけでもなかった。

要するに、そんなに汗だくになって金を稼《かせ》ぐことはない、気楽といえば気楽、さびしいといえばさびしいような身分なのだが、親方の藤蔵が仕事気違いだった「過去」のせいでいまはこんな境遇、こんな心境のうちに日を費しているが、彼は決してペシミストでもニヒリストでもない。ただ年齢の割には静謐《せいひつ》な精神の上に、諦念《ていねん》めいた感情を薄皮のようにかぶせているだけである。

彼はたしかに不運だったが、そのことは彼を「非情の男」にはしない。できれば非情に徹したいと思う心の動きは、実は宿命のように内部に抱えこんでしまったやわらかい心を、つまりは情に流されかねない自分を警戒して促されるのである。かりに主人公がそのもくろみどおり、非情に徹しようとして非情を物語世界のなかでつらぬいてしまうとしたら、それは超人小説であってハードボイルド小説とはもはやいえないだろう。

たとえば「男が誰《だれ》にも頼らないで生きることは、自分が吸う空気よりも大切だ」というハードボイルドの基本理念もまた、友情や恋愛に過大な期待を抱きがちな主人公の、すなわち苦労人の自戒の言葉にほかならない。主人公が内部にかかえこんだ規範から、粋《いき》や男気、または同性愛に限りなく近づいた友情、ユーモアと言葉選びを重んじる感覚など、種々の文化的特性によって束縛された若干のトーンの差を差引いて素数を割出してみれば、情に流されない、人情にほだされない「探偵」はハードボイルド世界には住めないのである。世界中の苦労人はみなおなじ心の動きかたをする、といってしまってもかまわない。

第二にハードボイルドは大都市の小説である。

大都市は無数の見知らぬ同士の集合体である。「探偵」は群衆を分けて歩き、手がかりをもとめては未知の人にあえて接触し、話すのである。誰かの話からつぎに会うべき人物をたぐり寄せ、再び話を聞き出す。そのくり返しがハードボイルド小説の骨格である。ハードボイルド小説を暴力描写小説と混同してはならない。しいていうならばインタビューの集積がハードボイルド小説をかたちづくるのであり、その巧拙こそが作品としての味わいの濃淡を決める。

〈「しかし、おまえさんたちは、どういう筋道から、おれが伊豆屋を殺したんじゃねえかなどと疑ってるんだい」

「……」

「この分だと、長六殺しもおれにかぶさって来そうだな」

「そう言っているひともいます」

「とんでもねえ見当違《ちげ》えだ」

「しかし、押し込みの三人組というのがありますからね」

これで叩《たた》き出されるかなとひそかに身構えたが、鳥蔵は今度も動かなかった。伊之助を見据えたまま、おまえさん方の筋というのはそんなものかいと言った。

「そいつがえらい見当違えだというのだ。長六と伊豆屋、それにこのおれをいれて三人組というのは人数があってこたえられねえだろうが、少々考えが甘くはねえか」

「そうですか」

「そうとも、どこに眼をつけていやがる。長六にしろ伊豆屋にしろ、押し込みなんか出来るタマじゃなかったことはちゃんとしたところで聞けばすぐにわかることだ。もっとしっかりと聞いて回りな」〉

藤沢周平のダイヤローグのうまさは定評がある。この小説でもその技は遺憾なく発揮されて、定町回り同心石塚宗平、松井町のめし屋のおまさ、彫師の親方藤蔵、版木の納入先の鼻六らなじみの登場人物たちのほかに、つぎつぎと浮かびあがってくる群衆のなかの顔が結像し、コントラストあざやかに紙面に定着されるのである。

江戸は、世界でもたぐいまれな確固とした封建制が生みだした近世の世界的大都会である。すでに宗教的理念だけでは律しきれない無名の大群衆と都市機能を擁していた。都市があれば犯罪がある。多数の孤独な心があり、孤独をいとう心情もまた蔓延《まんえん》している。考えてみれば、これほどハードボイルド的な環境なのに、不思議なことにいままでかえりみられなかった時代と場所は他にはなかった。

この小説には地口《じぐち》やウィットが少ない、洒落《しゃれ》たもののいいやたとえがダイヤローグ中を横行しないからハードボイルド小説ではない、と考える向きがあるとしたら、それは短慮である。多民族国家、というより多様な言語を母語としたひとびとの集ったアメリカ社会は、その文化的特徴もしくは束縛の結果、共通の概念を得るためにもののたとえや言葉のいいかえを多用せざるを得なかったのでもあるのだ。また、いわゆる「非情な文体」は、二十世紀に入って都市に移民が集中した結果のアメリカ語の変質を忠実に反映したものだともいえる。

一方、単民族社会、というより、確固とした共通母語の上に築かれ、階級によってのみ使用語彙《ごい》を多少違えた日本近世社会においては、アメリカン・ハードボイルドに見られるようなことばづかいや発想はほとんど意味がない。まさに本書の伊之助のように、けれんのない言葉をたたみかけ、相手の顔色を読みながら押し引きして事実を探り出していく方が有効である、というより、それ以外の方法はふさわしくないのである。

伊之助は江戸の町をたゆみなく歩く。多くの通りを歩き過ぎ、多くの橋を渡る。江戸の空に季節を読んで、水面《みなも》に屈託やあきらめ、それから希望を溶かす。この小説を読むとき、江戸は水の町なのだとわかる。そして、口には出さないが、伊之助が江戸の町並を愛していることもにじむようにわかる。それは藤沢周平の江戸に対する執着であり愛でもある。これがやはりハードボイルドの最大の要件ではなかろうか。

そこにはさまざまな感情が織りあげる人間の劇がある。「人情」の交差がある。江戸の河のせせらぎは「過去」をささやいている。過去をどう清算し、どう心のつかえをとるのかが問題であり、それこそがハードボイルドと呼ばれる都会小説群の主題なのである。清算する勇気を持たない都会人が「探偵」であり、その勇気を持ち得たものがときには「犯人」であったりするわけだが、探偵は犯人を憎むのではなく、ひそかにたたえ、われ知らず嫉妬《しっと》さえするのだ。

新奇を追っていてもむしろ新味はない。それはしばしば古風で落着いたよそおいをまとった手練の技の陰にある。わたしたちはひさしく待望していたハードボイルド小説をついにここに見出《みいだ》したのである。

（昭和六十三年八月）

原稿執筆の際に文鎮として使った鍔

あらすじと解説で読む「生きるヒント」②

悲哀と不条理の人生にもある一筋の「光」

インタビュー
藤沢文学の魅力を語る④

人に対する眼差しの優しさ、そして自然の描写が素敵です！

竹下景子【俳優】

「どんなに不幸があっても、人生は存外悪いものではない」

藤沢先生の故郷、鶴岡にうかがって、『花のあと』の朗読をしたことがあります。庄内はいいところですね。のんびりした田園地帯が広がっていて、藤沢先生だけでなく、私にとっても故郷のような場所なんだなと感じました。

人と人とのつながりが濃いですね。風土的には厳しいところですが、だからこそでしょうね、人々の気持ちが温かい。親族はもちろんのこと、地域の人々がみな、支え合って営みを続けている。日本人が本来抱いていた「そういうつながりのなかで、人は生かされていく」という精神を感じさせる土地。そんななつかしさを、しみじみ感じます。

庄内だけでなく藤沢作品は、そんなしっとりとした、生活の音が自然に耳に届いてくるような静かなたたずまいを感じさせます。江戸の町にも、多くの作品の舞台になっている「海坂《うなさか》」城下でも、そこに行きかう人は、ときに喧噪《けんそう》もあるけれど、遠くから下駄の音が響いてくるような、静寂な雰囲気が醸し出されている。そんな心地よい趣きを味わえるのも、藤沢作品の醍醐味《だいごみ》だと思います。

私は西田敏行さんと一緒に『新・日曜名作座』の朗読を十年続けています。そこで藤沢作品を読んでいると、登場人物のほとんどは下級武士や市井《しせい》の人など、無名で私たちとなんら変わらない人たちであることに気づきます。藤沢先生は、そんな庶民のささやかな暮らしぶりをすくい上げてきた人で、そこでは絶望や、思いもよらない不幸に遭遇したりしますが、結末では必ず「薄明かり」のような、うっすらと明るいものが見え隠れする。

あるとき、「それが藤沢先生の温かさ、人に対する優しさの投影」なのだと気づきました。それは、いま生きている私たちに向けられた「いとおしさ」のようなものであり、「ささやかに」生きていくことの大切さを教えてくれるものだという気がします。

人の一生には、いいことも悪いこともありますが、でもそれに負けずに生きていかなければなりません。たとえ衝撃的な出来事があっても、「それでもやっぱり人は生きていくものなのだ」というのが、藤沢先生のメッセージでしょうか。ホッとします。「どんなに不幸に思えても、生きてさえいれば、人生は存外悪いものでもない」と、教えられたような気がします。

藤沢先生はよく「普通が一番」と語っていたそうですね。遠藤展子《のぶこ》さんがまとめた『藤沢周平　遺された手帳』を拝読していると、文学者としての顔以上に、家庭人としての生き方がよく描かれています。亡くなった奥様のことを記した部分などは、胸がしめつけられるような思いで読みました。そんなつらい経験も作品世界の糧になっているのでしょう。ご自身の不幸さえも昇華して、見事に作品に反映されています。「人生って、いいものなんだな」と感じさせてくれる。ですから、人生の傍《かたわら》に藤沢作品があるというのはとても幸せなことだと、私はしみじみ感じています。

登場人物の心情を映し出す「自然描写」の味わい

実は、私が一番好きな作品は『蟬しぐれ』なんです。NHKのドラマで、内野聖陽さんが演じた文四郎の母親役の登世を演じたということもあります。その母親は、ちょっと近寄りがたい雰囲気の人で、毅然《きぜん》としていて、少し距離を置いて子供を見ている母親……やりがいのあった役でした。でも実生活では、私は、あんな厳しい母親にはなれませんけれどね（笑）。

でも、母親の眼を通してあのドラマを見ていくと、文四郎の成長、少年時代から青年になるまでの友情、ほのかな恋、ひとつひとつのエピソードがくっきりしていて、文学作品として以上に、文四郎のまっすぐな生き方、清廉な志に心打たれます。うちにも息子が二人いますが、「絶対読みなさい」と、すすめていたほどですよ。

思い出深い朗読ＣＤには*『夜の道』という作品があります。山田洋次監督が選んだ作品を監督ご自身の演出で朗読させていただきました。おすぎという若い娘は、幼い頃にさらわれたらしい経歴があって、養父に育てられていた。そこである日、長い間、さらわれた娘を捜していた〝母親〟と出会う。でも自分が本当の娘かどうかわからない……ドラマチックな作品です。娘を捜していたのは裕福な商家のおかみさんなのですが、亭主はとっくにあきらめていて、妻に対して冷淡。そんな夫婦の実像や、もしかしたら〝産みの母〟かもしれない女性とのやりとりを、山田監督が細かく指導してくださった作品。忘れられない一本です。

よく「今度、何かやるとしたら、どんな役を演じたいですか?」と聞かれますが、藤沢作品ならどれでも出たい。でもとくに、短編に登場する人物を演じたいですね。

藤沢先生は短編の名手で、登場人物それぞれが魅力たっぷり。「自分だったらどう演じるかな」なんて考えながら読んでいます。

その意味でも、『江戸おんな絵姿十二景』**の主人公を演じられたらいいですね。この本は、片側に江戸の浮世絵が掲載され、それにヒントを得た小説が散りばめられている一冊ですが、浮世絵のモデルになった女性たちのキャラクターがきちんと描き分けられています。「七変化」以上の「十二変化」。十二人を演じ分けることができたらと思うと、わくわくします。

ちなみに私は、藤沢作品を読むなら、景色などの情景描写をじっくり味わうようにしています。どの作品も、時折描写される空の色や、夕焼けを映した川面の色などが、登場人物の心情を実によく映しだしていて、とても美しく、繊細です。

たとえば『小ぬか雨』には、主人公の「おすみ」が、不意に舞い込んできた新七という若者をかくまい、そして別れるシーンがあります。男は人を殺め、そしていま自首しようとしている。おすみは橋の上で新七に抱擁され、そして、走り去っていく新七を見つめています。

「――小ぬか雨というんだわ。

橋を降りて、ふと空を見上げながら、おすみはそう思った。新七という若者と別れた夜、そういう雨が降っていたことを忘れまいと思った。」

都会に住んでいると、季節の移ろいや時間にも鈍感になり、風の色や、木々のさざめくような音を味わう感覚が失われていきます。でも日本人はつい最近まで、季節や自然を感じながら生活していたはず。藤沢作品は、日本人が本来持っている、そういう感受性や細やかさを取り戻させてくれるように思います。

物語の面白さはもちろんですが、それとは別に、背景に描かれる光や雨、風などの描写に、少し心を留めてもらえば、作品世界がいっそう豊かになり、また身近に感じられて、ますます魅力が増していくのではないでしょうか。

私自身も、これからはそんなふうに感じられる暮らしがしたいなと思っています。そういう自然に包まれて呼吸している自分を見つめながら、じっくり作品を味わいたいですね。（談）

＊『夜の道』は『時雨みち』（新潮文庫）に収録。
＊＊『江戸おんな絵姿十二景』は文藝春秋発行。本文のみは『日暮れ竹河岸』（文春文庫）にもあり。

竹下景子（たけした・けいこ）

1953年愛知県生まれ。おとめ座。73年NHKテレビ『波の塔』でデビュー。以後、映画やドラマ出演だけでなく、TBSテレビ『クイズダービー』などでも人気。「男はつらいよシリーズ」「北の国からシリーズ」など出演作多数。NHKラジオ『新日曜名作座』では俳優の西田敏行と一緒に朗読を担当。趣味は長唄、三味線、スキューバダイビング。

※『新日曜名作座』の詳細はhttps://www.nhk.or.jp/audio/html_me/で。

名作あの場面、この台詞
「夜の道」より

「それから、十五年……」

おのぶは不意に手で顔を覆った。すすり泣く声が、手の中から洩れた。

「おばさん」

「おすぎさん、あなた……」

おのぶは、手をはずすと涙によごれた顔のままで、じっとおすぎを見た。

「ここに立って、何か思い出すことはありませんか。あたしには、あのときのおすみが、あなただと思えて仕方ないのです。」


（糸問屋の家内・おのぶはおすぎが幼いときに別れた実の母だというのだが…）

藤沢周平が紡ぐ「人生の彩り」

『驟り雨』

人のあさましさ、醜さを見るからこそ、人は人に優しくなれる

（新潮文庫）「驟り雨」「贈り物」「うしろ姿」「ちくしょう!」「人殺し」「朝焼け」「遅いしあわせ」「運の尽き」「捨てた女」「泣かない女」収録。

『驟《はし》り雨《あめ》』の主人公は盗っ人。本職は研《と》ぎ屋だが、夜になると〝悪い血〟にそそのかされるように盗みに入りたくなる。今晩も目星をつけた商家に盗みに入ろうとしたところ、あいにくの雨にたたられて、八幡様の軒下で雨宿りをすることにした。するとそこに、幼い娘の手を引いた母子がやってくる。母親は病で仕事に就けず、薬代にも事欠いて、困った挙句に別れた亭主のところに金の無心《むしん》に行き、けんもほろろに追い返されてしまったのだ。その亭主はこの親子を捨てて、若い女のもとに走ったらしい。

「もったいねえことをしやがる」と男は思った。というのも、男の女房は身ごもって体が弱っていたところに風邪をひき、高熱を伴ってあっという間に旅立ってしまったのだ。そんなある日、男がある店の前を通りかかると、紅白の幕が張り巡らされ、な

かから笑い声が聞こえる。

「何をうれしそうに笑ってやがる。

と思った。自分でも理不尽だと思いながら、嘉吉は、胸の奥から噴き上げて来る暗い怒りを、押えることが出来なかった。それは強いて理屈づければ、世のしあわせなものに対する怒りといったものだったのである」と記述されている。

しかし結局、男は親子を家まで送っていく。盗みに入ろうとしたことは忘れて、男は女を背負って歩く。「前にもそんなふうに、三人で夜道を歩いたことがあったような気がして来た」という男のセリフが〝未来〟を予感させる。

「雨はすっかりやんで、夜空に星が光りはじめていた」という最後の一文が、男とこの親子の、希望を象徴している。

見る・聴くDATA

ドラマ『**遅いしあわせ**』
DVD：ポニーキャニオン

オーディオ「**遅いしあわせ**」「**運の尽き**」
配信：NHKサービスセンター

「**驟り雨**」「**朝焼け**」「**泣かない女**」
CD：新潮CD、新潮社

『驟り雨』解説

原田康子【作家】

大都市は作家にとって、興趣に富んだ舞台になりうる要素を抱えこんである。億万長者から文無しまで、大都市にはじつにさまざまな階層の人びとがひしめいている。時代小説のすぐれた書き手である藤沢周平氏が大都市を舞台にした作品を書くとすれば、江戸ということになるのは当然であろう。

現代の東京がそうであるように、かつての江戸も世界屈指の大都会であった。「紙と木でつくられた都市」と紅毛碧眼《こうもうへきがん》の人が書きのこしたこの町には、上は将軍から下は非人と呼ばれる人間あつかいをされない人びとまでが住んでいた。

しかしながら、藤沢氏がこの短篇集の舞台としたのは武家街ではない。大店《おおだな》が軒をつらねる表通りでもない。収録作品のほとんどは、江戸下町の陽もささないような裏長屋が舞台である。いってみれば、かならずしも幸福とはいえない名も無き庶民の生きざまに、作者の視線は注がれている。

『贈り物』の主人公、作十は盗賊であった過去を秘めて、長屋に住みついている孤独な老人である。はしっこかった彼も死病に取りつかれて、口を糊《のり》するための日雇い仕事もままならない。偏屈な老人は、痛みにおそわれても世間に白い目を向けているが、そんな彼を親身になって介抱してくれた女がいる。おなじ長屋に住むおうめである。

おうめは、亭主に逃げられた子持ちの三十女である。それだけでも充分に不幸であるが、亭主が遊所に借金を残していたために、彼女は窮地に立たされることになる。借金を返さないかぎり、おうめは娼婦《しょうふ》としてはたらかなくてはならない。作十はおうめを救うべく、昔の相棒をそそのかして久びさに盗みをはたらく。題名が示すとおり、作十は盗んだ金をおうめに手渡したものの、盗みにはいった旗本屋敷で深手を負い、長屋へもどった直後に死ぬ。

人情話と言ってしまえばそれまでであろうが、この一篇が胸を打つのは死を賭《と》した作十の行為そのものではない。事件のあとのおうめの気もちのうごきである。

おうめは、たずねて来た岡っ引きに、知らぬ存ぜぬの一点張りで押し通す。作十の最後の忠告に従ったわけだけれど、じつは金を手放したくなかったおのれの本心に思いあたる。

〈かわいそうに、とおうめはつぶやいた。たかがその程度の女なのに、作十は家ものぞいちゃいけないなどとあたしをかばって、暗いところで一人で死んで行ったのだ〉

おうめのこの独白と彼女の流す涙によって、作十の人間像は生彩を増し、読む者の共感をさそうのである。

この短篇集には盗《ぬす》っ人《と》を主人公にした作品が、もう一つ収められている。表題作の『驟《はし》り雨』がそれである。

『驟り雨』の主人公は、盗みが専門ではない。嘉吉というこの男の本業は研ぎ屋である。日中は研ぎの仕事に身を入れているが、ときに血がさわいで盗みをはたらく。そういう悪癖の持主である。

話は神社ともいえない小さな八幡《はちまん》さまの周辺で終始する。押し入ろうとする家を目前にしながら、嘉吉は八幡さまの軒下で雨を避けている。道ばたの社《やしろ》は、盗びとならずとも雨宿りには恰好《かっこう》である。嘉吉は、そこで人間の種々相を見ることになる。

女が身ごもったと知るや、うろたえ、よそよそしく声のかわる男。これは若旦那《わかだんな》と奉公人のカップルである。そうかと思うと、二人の博奕《ばくち》打ちもやってくる。これらは金をめぐって言い争ったあげく、一方がアイクチをぬいて相手を刺すしまつである。刺した男は、倒れた男を置き捨てて逃げ去る。死体がそこらにころがっていては、嘉吉としては迷惑このうえもない。男はどうやら命を取りとめたらしく、よろめきながら遠ざかって行く。

やがて、雨も小やみになり、嘉吉が仕事に取りかかろうとしているところへ、また二つの人影が近づいて来て、社の軒下に腰を据えてしまう。おさない娘と若い母親の二人づれである。母親は病んでいる。病気のため内職もできず、恥をしのんで逃げた夫のところへ金を無心に行った帰途である。境内から立ち去ろうとする母親の足取りはおぼつかない。嘉吉は、思わず母娘《おやこ》の前に姿をあらわし、母親を背負って帰途につく。

人びとのあさましさ、みにくさを見たことによって、母娘を送りとどける結果となった嘉吉の刻々の心の変化を、作者は余計な説明を加えずにえがきだす。嘉吉が目にし、耳にするのは人びとの声音と雨音であり、闇《やみ》の中に光る雨脚である。映像美にあふれたモノクロ映画を思わせる佳篇である。

もしかすると、背負って帰った女と嘉吉のあいだに愛が芽ばえるかもしれない。読み終えて、そんな感じを受けたけれど、それにしても、この作品集の中の女たちは、おおむねあわれである。それは、やはり江戸期という時代の必然なのかもしれない。

江戸時代は、士農工商の身分制度が人びとを律していた。女が、思うように生きがたい時代であった。貧しい生活の中にも幸福はあったろうが、それは家族の心が寄り添っていた場合である。女の幸不幸は、男によって左右されていたと言ってもよいであろう。頭がにぶいばかりに夫に去られる『捨てた女』のふき、足がわるいゆえに夫を失いかけた『泣かない女』のお才、男をおもいながらも、別れ話にさらりと応じた『朝焼け』のお品、いずれもあわれである。

『ちきしょう!』のおしゅんとなると、あわれを通り越して悲惨である。

この女は夜鷹《よたか》である。器量こそよいものの、不器用で気ばたらきもないおしゅんは、夫と死別したあと、夜鷹になるほかはなかったのである。三歳になる子供を抱えた女である。

その子が熱を出したために、薬代ほしさにおしゅんは必死に客をさがす。やっとつかまえた客は、身なりのよい若い男である。ところが男は、あそんだ金をはらわずに逃げて行く。おしゅんが茫然《ぼうぜん》として帰宅すると、子供は息を引きとるまぎわだった。

逃げた客は万次郎といって、紙問屋の息子である。岡場所の女のもとに通いつめる息子に親は当惑し、妓楼《ぎろう》に手をまわして女をよそに移してしまう。その腹いせに有金をつかいはたして飲んだ帰途、おしゅんに袖《そで》を引かれたのである。万次郎は腰の定まらない男で、やがて親のきめた許嫁《いいなずけ》に気もちを移し、頻繁《ひんぱん》に外で落ち合うようになる。

水茶屋に向う万次郎の姿を見かけたおしゅんは、やにわにかんざしを彼の首に突き立てる。

男を傷つけたおしゅんはどうなるのか。傷は浅かったのか、深かったのか。作者は何も語ろうとしない。これも人生だというように、作者はかんざしの一閃《いっせん》で、おしゅんの悲劇を浮き彫りにする。

おしゅんとちがって『遅いしあわせ』のおもんは気の勝った江戸の女である。極道者の弟ゆえに婚家を出ざるをえなかった女だけれど、めし屋できりりと立ちはたらいている。弟が金をせびりに来ても、たんかを切って追い返す女である。が、弟は賭場《とば》で三十両もの借金をつくった。おもんは賭場の親分の家に引っ立てられ、借金がわりに女郎に売りとばされそうになる。そこへ駆けつけて来たのは、おもんがひそかにおもいを寄せていた重吉である。

重吉は、おもんがつとめているめし屋の客である。日頃は口数の少ない実直そうな桶《おけ》職人であるが、彼はただ者ではなかった。乾分《こぶん》どもの嘲弄《ちょうろう》に、彼はもろ肌ぬぎになる。重吉の背中には敲《たた》きの刑を受けた痕《あと》があり、腕には入れ墨があった。

過去のある、けれども情と度胸をかねそなえた男と根はまっすぐな江戸の女、そして二人がたどる大川端。収録作品の中で、最も江戸の情緒が濃いのは『遅いしあわせ』であろう。

現代の東京には江戸の情趣はない。義理人情がすたれ切ったとまでは言えないまでも、都市はささくれてゆく一方である。だからこそ、われわれは昔日《せきじつ》の情緒や人情にノスタルジーを感じるのであろう。

居候《いそうろう》の老婆《ろうば》に当惑する気のよい夫婦を描いた『うしろ姿』も気持ちのよい短篇であるが、それよりも痛快なのは『運の尽き』である。

参次郎という若い筆師が、この小説の主人公である。やさ男の彼は女に大モテで、あろくろく仕事もせずに、女あさりに余念がない。米屋の一人娘に手をつけたのも、あそび心に過ぎない。仲間のたまり場の水茶屋で、参次郎が得意顔で米屋の娘について語っていると、米屋の当主の利右衛門があらわれる。山賊のような面《つら》がまえの大男である。やっと婿《むこ》が見つかったと言って、利右衛門は参次郎を米屋につれて行こうとする。参次郎はあらがうが、怪力の親爺《おやじ》には歯が立たない。

その後の参次郎は、力仕事に明けくれる毎日である。一人前の米屋にするためだと親爺は言うが、やさ男の参次郎はたまったものではない。娘に食指がうごくどころではなく、あまりのつらさに逃げ出すと、たちまち親爺につれもどされるしまつである。二年も立つと、参次郎の体はしまり、軽がると米俵をかつげるようになった。利右衛門へのうらみは心中にくすぶっていたが、別れてもよいという娘の言葉にほだされる。娘も匂《にお》うような女にかわっていた。

子の親になる日も近いある日、参次郎は商用で出かけたついでに、昔の仲間のたまり場に立ち寄る。こざっぱりした商人風の参次郎の姿に、仲間は目を見はる。参次郎には、かつての仲間が〈おしなべて人相が悪くなっているように思え〉た。

ぐうたらな若者は、まっとうな生活者になったのである。利右衛門の風貌《ふうぼう》と相まって、この一篇はまことに心たのしい。

（昭和六十年一月）

名作あの場面、この台詞

『遅いしあわせ』より

「じゃ、ここで」

橋のたもとに降りると、重吉はあっさり言ったが、不意におもんの手をとって握った。

「だいぶ辛そうだが、世の中をあきらめちゃいけませんぜ。そのうちには、いいこともありますぜ」

そう言うと、自分の言葉にてれたようにもう一度笑顔をみせると、不意に背を向けて、すたすたと橋を遠ざかって行った。


（やくざな弟のせいで離縁し、勤め先も辞め、人生を諦めかけたおもんに声を掛けた馴染み客の重吉。その優しさにおもんはかえって暗い気持ちになるが……）

インタビュー
藤沢文学の魅力を語る
⑤

「幸せとはなんだろう?」を教えてくれる作品

篠田三郎【俳優】

「いとおしさ」と「いじらしさ」が、たくさん詰まっている

二〇一八年一一月からのNHKテレビ『立花登　青春手控え』でも、前作同様、ナレーションを担当しました。実は一九八二年放送の作品では声だけでなく、画面にも登場しているんですよ。主演の中井貴一さんがNHK初出演・初主演ということで、そのライバルの同心・平塚源太郎役に抜擢《ばってき》されたんです。

私自身も藤沢作品に出演するのは初めてで、藤沢先生がわざわざスタジオに激励に来られて、いささか緊張してご挨拶した覚えがあります。とても優しい印象の方で、「よろしくお願いします」とご挨拶したら、「こちらこそよろしく」と言ってくださった。直接、お目にかかったのはそのときだけですが、いま思えばもっと、いろんなお

話をうかがっていればよかった……。

個人的には『約束』*が好きです。最初に藤沢作品にふれて感動した作品なのですが、幼馴染《おさななじみ》の男女がお互いに奉公に出ることになって、五年後に「萬年橋」の上で再会の約束をするが、二人とも約束した頃とは境遇が違ってしまっていたのです。錺職人《かざりしょくにん》の見習い幸助は、親方の妾《めかけ》といい仲になってしまっているし、お蝶は料理屋に奉公に出た末、春をひさぐ身の上になってしまった……果たして首尾よく再会はかなうのか、読者に気をもませるストーリーです。

昔、木下恵介監督の映画『野菊の墓』を見て、純朴な恋の行方に涙したことがありますが、『約束』もまた、二人が成長していく過程で、世の中の暗闇、人の心の裏にもまれながらも、愛をあきらめず〝約束〟通りに再会していく——明るい希望を感じさせる作品です。

また『雪明かり』と『泣かない女』のCD朗読をさせていただいたこともあって、この二つも思い出深い作品。それ以来、全国各地でこの作品を朗読させていただく機会が増えました。

自慢めくようですが、「あなたの声は藤沢作品に合っている」とよく言われます。家内も、私が家で練習していると、側に来てじっと聴いています。めったに他人を褒めない人がですよ（笑）。どなたかが書いていましたが、「藤沢作品はとても朗読に適

赤川次郎
逃げこんだ花嫁

定価759円（税込）978-4-408-55772-4

女子大生・亜由美のもとに少女が逃げて来た。年上の男と無理に結婚させられそうだと言うのだ。なんと男の年齢は——。人気シリーズ、ユーモアミステリー

加藤 元
ロータス

書き下ろし

定価792円（税込）978-4-408-55765-6

霊感の強いタクシー運転手が、乗客を目的地まで運ぶほんの束の間、車内で語る不思議な出来事は少し怖くてどこか切ない。優しく心を癒やす奇跡の物語に涙！

蒼山 螢
後宮の炎王《こうきゅうのえんおう》

書き下ろし

定価814円（税込）978-4-408-55771-7

幼い頃の記憶がない青年・翔啓は、後宮で女装し皇后に仕える嵐静と出会い、過去の陰謀を知ることに…!? 血湧き肉躍る、珠玉の中華後宮ファンタジー開幕！

南 英男
毒蜜 天敵 決定版

定価858円（税込）978-4-408-55779-3

赤坂で起きた銃殺事件。裏社会の始末屋・多門剛が拳銃入手ルートを探ると、外国の秘密組織と政治家たちを狙う暗殺集団の影。因縁の女スナイパーも現れて…。

ります。

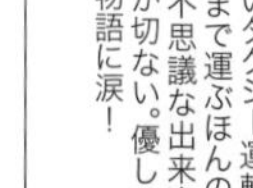

©山下以登

実業之日本社文庫

している」そうです。たしかに、とてもリズムがいい。そんなこともあって、その気になって朗読の仕事をしています。

実は、藤沢作品にゆかりのある俳優たちが藤沢作品を朗読するＣＤ**も出ていて、上川隆也さんが『たそがれ清兵衛』、仲村トオルさんが『必死剣鳥刺し』、村上弘明さんが『小川の辺《ほとり》』。私は『暗殺の年輪』を読ませていただきました。機会があったら、ぜひ聴いてみてください。

一昨年でしたかね、東海地方のある進学校から朗読をしてほしいと依頼がきました。年に一、二度、生徒たちが自主的にいろんな分野の人たちを招いて講演会を開くというのです。

そこで私は『泣かない女』を朗読することになった。でも、どちらかというと不倫が題材で、親方の娘に言い寄られた男が、それまで一緒に暮らしていた女房を捨てようとする話。結末はハッピーエンドなのですが、「中学生にこの作品はいいのかな？」と心配になりました。でももう承諾済みだという。心配して先生に電話したところ、「いまの子たちはテレビで十分免疫ができてますから、そんなこと気にしなくて大丈夫です」と言われて、やることに決めました。

最後のくだりで、男が自分の女房の大切さに気づき、「夫婦ってのはあきらめがかんじんなのだぜ。じたばたしても始まらねえ」という言葉があります。「あれはどういう意味なんでしょうか？」と質問されたときは、少したじろぎました。そういう若い人が、この作品が持つ「いとおしさ」を理解するには時間がかかるでしょうが、育ってくれるとうれしいですね。

人間は、いくつになっても再起ができる！

「立花登」のナレーションをやるにあたって、またこの本を読み返したのですが、藤沢先生は、罪を犯した人たちの背後にひそむ〝不条理〟にメスを入れている。人間は綺麗ごとだけでは生きていけない。闇の部分がある、人には言えないこともあるというのが、藤沢作品の底流にあります。それは藤沢先生の人間性の投影でしょう。ご自身が長い闘病生活の経験があり、だから恵まれない人、弱い人の悲しみや切なさに目が向くんでしょうね。島送りになった恋人を見送る女の切ない心情を描いた場面では、「罪人」と呼ばれ、はからずも罪を犯してしまった人たちを抱き締めてあげるような優しさがあふれています。主人公の立花登は、まるで藤沢先生の分身なんじゃないかなと思うほどです。

これと同じ感覚を、私は『山桜《やまざくら》』という作品に感じます。映画にも主人公の父親役で出演していますが、それとは別に、朗読もやらせていただいています。『山桜』の朗読をやりたいなと思ったのは、音楽家の小室等さんが『わたしの藤沢周平』（文春文庫）という本のなかで、この作品の魅力を語るのを読んだからです。「藤沢さんの作品は、常に〝リセット可能なんだよ、そしてそれは遅すぎることはない〟と言っています。『山桜』でも、物語の終わりは主人公・野江の始まりを提示しているだけで、何の約束もしていないけれど、でも、リセットが可能だということを読み取ることで、僕はとても励まされました」と、小室さんは書いています。これを読んで、ぜひ『山桜』を朗読してみたいと思いました。

藤沢作品の魅力は、面白くてミステリアスで、読んでいて楽しいのはもちろんですが、読み終わった後、心に沁《し》みてきたり、勇気をもらえるからだと思います。「そうか、そうだったんだ」と、ストンと腑《ふ》に落ちる場合もある。小室さんが言うように、「何歳になっても、まだ再生ができる」んです。そういう希望を感じるから、人間は勇気をもって生きていくんです。

すでにいろいろな人が言及していると思いますが、藤沢先生は若くして奥様を亡くされ、幼い展子さんを抱えて、「展子さんがいなければ、もしかしたら後を追っていたかもしれない」というぐらい、深い悲しみを背負われました。しかしそのなかで、

「どん底のなかでもいじけない」「頭を上げて今日も頑張る」という決意を固めたのではないでしょうか。そんな姿勢が作品のなかにも貫かれていて、人に送る温かなまなざしの背後にあるのかもしれません。

こうしたことを頭に入れたら、あとは藤沢ワールドを実際に歩いてみることをおすすめします。実は私は、上野や日本橋界隈《かいわい》などの〝下町〟に長く暮らしているので、作品によく出てくる両国橋や永代橋あたりなどに馴染みが深いんです。作品の舞台と身近なもので、「ここを立花登が歩いたんだな」などと思いながら散策するんです。でも、実によく調べておられますね。本当に感心します。江戸は言うに及ばず、「海坂城下の地理も克明そのもの」と聞いたことがあります。

藤沢ファンなら文庫本を片手に、主人公がたどった道筋を〝探検〟して歩く、これも、藤沢ワールドの、もう一つの楽しみ方になるはずです。

＊『約束』は『橋ものがたり』、『雪明かり』は『時雨のあと』、『泣かない女』は『驟り雨』、『山桜』は『時雨みち』（いずれも新潮文庫）に、それぞれ収録されている。

＊＊『藤沢周平傑作選』（ＮＨＫサービスセンター）。藤沢周平の「海坂もの」四作品を厳選。

篠田三郎
（しのだ・さぶろう）

1948年生まれ。66年大映東京撮影所に入社。映画『雁』でデビュー。『高校生心中・純愛』などの純愛シリーズに出演。やがてテレビに活動の場を広げ、NHK『天下堂々』『ウルトラマンタロウ』などで幅広い人気を得る。『立花登青春手控え』などをはじめ、多くのテレビドラマ、CM、ナレーションなどで活躍。

藤沢周平が紡ぐ「人生の彩り」

『橋ものがたり』

人と人とが出会い、別れる舞台。「橋」にはいまもそんなドラマがある

（新潮文庫・単行本愛蔵版〈実業之日本社刊〉）「約束」「小ぬか雨」「思い違い」「赤い夕日」「小さな橋で」「氷雨降る」「殺すな」「まぼろしの橋」「吹く風は秋」「川霧」収録。

作家で翻訳家の常盤新平氏は「『橋ものがたり』は藤沢作品の入門書」と語っている。

「橋の下には川が流れているわけですが、日が当たってくると川がキラキラ光る。そういう美しい感じが、各篇に出ていると思います。（中略）幸福な結末の小説は、それが自然に見えなければいけない。普通は思うようにはいかず、自分が思い描いた将来とは全然違うところに行ってしまう。たいていの人がそうなのではないでしょうか。だからこそ、最後で心温まる思いにさせてくれる藤沢さんが、いま読まれているのではないか。（中略）これから藤沢さんを読まれる方は、この『橋ものがたり』から始めるといいと思う」（『わたしの藤沢周平』文春文庫）

『橋ものがたり』は、橋を舞台にした連作短編集。五年後に再会する約束を交わした男女の戸惑いを描く『約束』、成功を果たした男の満たされない思いをつづった『氷雨降る』、親方と娘との縁談が持ち上がるが、橋のたもとですれ違った女が忘れられない男が主人公の『思い違い』など、人の情が主軸の物語が並ぶ。

人の情がからむゆえに、それぞれ胸のうちに抱える悩み解決の糸口が見出せないのだが、結末に必ず明るい希望が見えるのが、この連作集の特徴である。その格好の舞台になるのが「橋」。「橋」という世界は、そんなふうに人間の自然な気持ちを呼び覚ます場所のようだ。

だからこれらの作品では、川風が吹き、木の葉が風に舞う情景が目に浮かぶ。水の音も聞こえてくる。そして、好いた人に逢うために急ぎ足で橋を渡る下駄の音も響いてくるようだ。

見る・聴くDATA

ドラマ **「小さな橋で」「吹く風は秋」「小ぬか雨」**
DVD:ポニーキャニオン
「殺すな」
DVD：Happinet

オーディオ **「約束」「赤い夕日」**
CD:新潮CD　山田洋次が選ぶ「藤沢周平傑作選」新潮社
「氷雨降る」「赤い夕日」「殺すな」「川霧」
CD：森繁久彌のNHK日曜名作座 藤沢周平名作選・小学館
「約束」
配信：ニッポン放送

『橋ものがたり』解説

井上ひさし

前夜からの小糠雨《こぬかあめ》が朝になってもまだ降りつづいています。物静かに降る雨が土埃《つちぼこり》といっしょに選挙の宣伝カーからの雑音までも鎮《しず》めてしまったのか、あたりには「豊かな静寂さ」とでもいったようなものが立ちこめています。選挙の宣伝カーからの音を「雑音」といってはいけないのでしょうが、ああ一途《いちず》に候補者の氏名ばかり連呼されると、そのうちどうでもよくなる。どうでもよい音になった途端、それはただの雑音に堕《お》ちてしまいます。ぼくらがつい聞き耳を立ててしまうようなことを候補者たちがどうして喋《しゃべ》ろうとしないのか、じつに不思議です。が、それはとにかく、その日のうちに仕上げなければならない急ぎの仕事もなく、新聞を眺めながらゆっくり朝食をしたため、やがて、

「こういう日こそかねてから懸案の、戯曲の筋立てを考えよう」

と殊勝にも思い立ち、番茶の入った湯呑《ゆのみ》を持って仕事部屋へ向います。勝手から仕事部屋までの廊下の左側は本棚になっていて、ここには小説本が詰め込んである。ところで、こういうのんびりした日に、この本棚の前を通るのはあぶない。小説本に捕まってせっかくの一日をまるまる棒に振ってしまうことがよくあるからです。そこで本棚から目をそらしながら、その廊下を通りすぎようとする。だが、この日は仕事部屋に入る半歩手前でふっと視線を前方へ戻してしまいました。そのとき左目の端に新潮文庫本の『秘剣・柳生《やぎゅう》連也斎』という背文字がちらと入ってきた。

（五味康祐《やすすけ》の剣豪小説の結末は、曖昧《あいまい》なままで読者の判断にまかされることが多いが、あれはなぜだろう）

そんな疑問が湧《わ》いて『秘剣・柳生連也斎』を抜いて……、あっと気がつくともう一時間たっています。これはいかんと慌《あわ》てた拍子に湯呑を落し、濡《ぬ》れた廊下を拭《ふ》くために勝手へ雑巾《ぞうきん》を取りに戻るときには、えいもう毒くわば皿までだと度胸が定まっている。雑巾といっしょに座布団《ざぶとん》を運んで来、本式に腰を据えて五味康祐を読みはじめる。もう何度も繰返して読んでいるので活字を追う目の動きははやい。『薄桜記』から『柳生武芸帳』へと移る。この大作は周知のように未完です。だから後をひく。そこで『代表作時代小説』（日本文藝家協会編・東京文藝社刊）の並べてある棚の前に立ち、五味作品の拾い読みにかかります。そして、この『代表作時代小説』というシリーズ本が、じつは罠《わな》なのです。

このシリーズ本は、昭和三十年度に発表された短篇《たんぺん》時代小説の傑作を十八篇まとめたものを第一集とし、現在は二十五集まで刊行されておりますが、選《よ》りすぐったものを集めてありますから、どれを読んでもおもしろい。そこで五味作品を拾い読みしたあとは、当然のようにこのシリーズ本のあちこちを読み散らすことになります。

そしてこの日はなぜだか、藤沢周平の時代小説がぴしゃりと胸におさまるようでした。そこで『代表作時代小説』を全部、書棚におさめて、かわりに藤沢周平の小説本を一冊のこらず引っぱり出して読みはじめました。

つまり、だれかの小説が気になる。そのだれかの小説を、書架にある分、全部、走り読みする。それでも足らずに、そのだれかの小説を『代表作時代小説』や『現代の小説』(三一書房からシリーズ化されている)などのアンソロジーの中にまで探す。とそのうちにこのアンソロジーの中にその日の気分にふさわしい別の作家をみつけ、その別の作家のものを集中して読みはじめる。いってみればアンソロジーが気ままな小説読みの旅の中継駅、乗換駅になるわけです。

まず最初にアンソロジーを拾い読みし、その日の気分にあった作家をみつけ、その作家のものを集中的に読んでその日を送る。というのが、普通のやり方なのかもしれませんが、ぼくの場合は甲という作家のものをアンソロジーの中にまで追い、そのアンソロジーの中で乙という作家に乗り換えるということが多いようです。

さて藤沢周平の小説は、ごぞんじのように大別して五つのジャンルにわけることができます。まず『一茶』『檻車墨河《かんしゃぼくが》を渡る』のような史伝もの、第二に直木賞受賞作『暗殺の年輪』のような御家《おいえ》騒動もの、第三が『鱗雲《うろこぐも》』のような下級武士の恋を描いた青春もの、そして第四が職人人情もの、第五が市井《しせい》人情もの。大ざっぱですが、とりあえず以上の五つに分けた上で、故植草甚一《じんいち》氏風にいえば「雨の静かに降る日は、藤沢周平の職人人情もの、市井人情ものが一番ぴったりだ」ということになりましょうか。

最近まとまった『橋ものがたり』などは、梅雨どきの土曜の午後のひとときを過すのにはもってこいです。この小説集は橋にまつわる十の短篇を集めたものですが、まずこの着眼に唸《うな》らされました。江戸期の橋は、現在《いま》の省線の駅のようなもの、人びとは橋を目あてに集まり、待ち合わせ、そして散らばり去ります。人びとの離合集散が多いということは、それだけ紡ぎ出される「物語」の数も多いわけで、作者はこの橋の役割を充分に承知した上で、物語作者としての腕を縦横にふるっています。

たとえば『思い違い』という佳篇の主舞台は両国橋ですが、指物師《さしものし》の源作という若者が、朝夕、この橋にかかるたびに、キョロキョロする。というのは、源作は両国橋の上で、近ごろきまったように一人の若い娘とすれちがうからです。朝夕、その娘の顔を拝まないとどうも気がおさまらない。そこでついキョロキョロしてしまう。

ところでその娘は、朝は川向うから橋を渡って来て両国広小路の人ごみに消える、そして夕方は両国広小路の人の波のなかから姿を現わし、橋を渡って川向うへ去る。それで源作は、

《……川向うに家があって、両国広小路界隈《かいわい》か神田の辺に、通い勤めしている娘だろう》

と見当をつけています。ところが、作者は、「朝になると人びとは勤め先に向い、夕方になると人びとは家へ帰る」という常識を逆手にとって、みごとなまでに小手のきいたわざをぼくら読者に見せてくれます。

これ以上書くと、これからお読みになる方の楽しみを奪うことになりますから控えますが、この娘の通勤の仕方には、ポーやチェスタトンのそれに匹敵するようなトリックが仕掛けてあり、あッといわせられます。そして結末がまた泣けるのです。まことにすがすがしい甘さ。読み終えてしばらくは、人を信じてみようという気持になります。

大衆小説の変質は、読者が小説に物語の祖型を求めなくなった途端にはじまったというのが、ぼくの意見です。では読者は物語のかわりに小説になにを求めたのか。情報です。つまり、読者はいつの頃からか物語よりも情報を読みたがりはじめた。作者の方も読者の好みの変化をいちはやく見抜いて、時代小説の中にさえ各種の情報を盛り込むようになりました。

そうやって成功した小説もたくさんありますし、ぼくはここでその功罪を気短かに問おうとしているわけではありません。ただ藤沢周平を読むたびに、大衆小説家のひとりとして、物語の再創造や文体の練り上げにもっと意を注ぐべきだと反省させられる、ということを言いたかったのです。

藤沢周平の時代小説を読み耽《ふけ》っているうちにその日は暮れ、戯曲の筋立ては後日まわしになってしまいましたが、むろんぼくにはなんの後悔もありません。あてもなく書物の間をただよって、その日の気分次第である作家の世界に遊ぶ。これこそ読書というものでしょうし、そのよろこびのために書物は決して処分しないと鉄則を守っているのですから。

（「週刊文春」昭和五十五年六月十九日号に発表され、文藝春秋刊『本の枕草紙』に収録された〝アンソロジーは中継駅〟の全文を再録しました）

柳橋の船宿を取材する周平

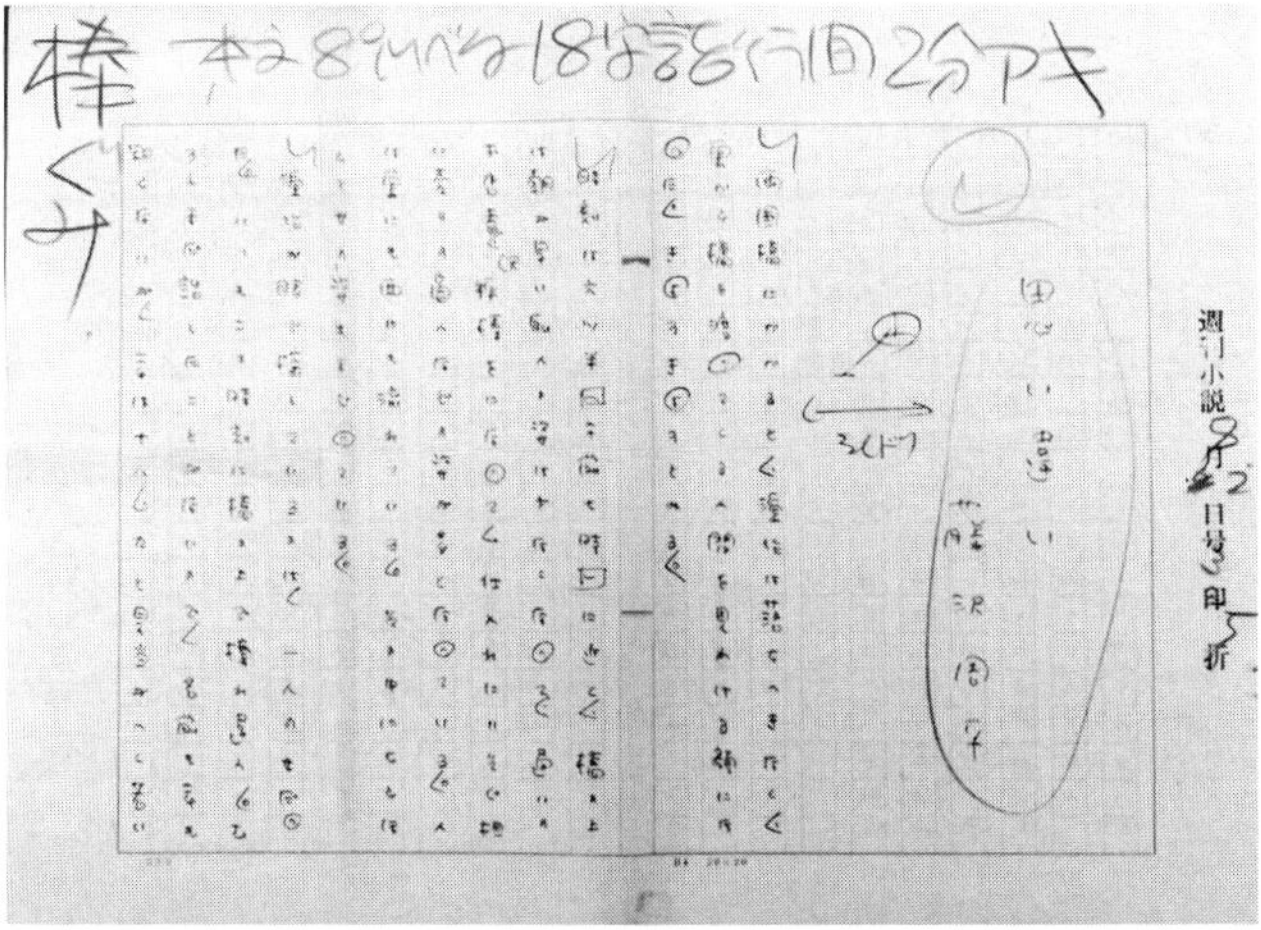

『橋ものがたり』所収「思い違い」の自筆原稿

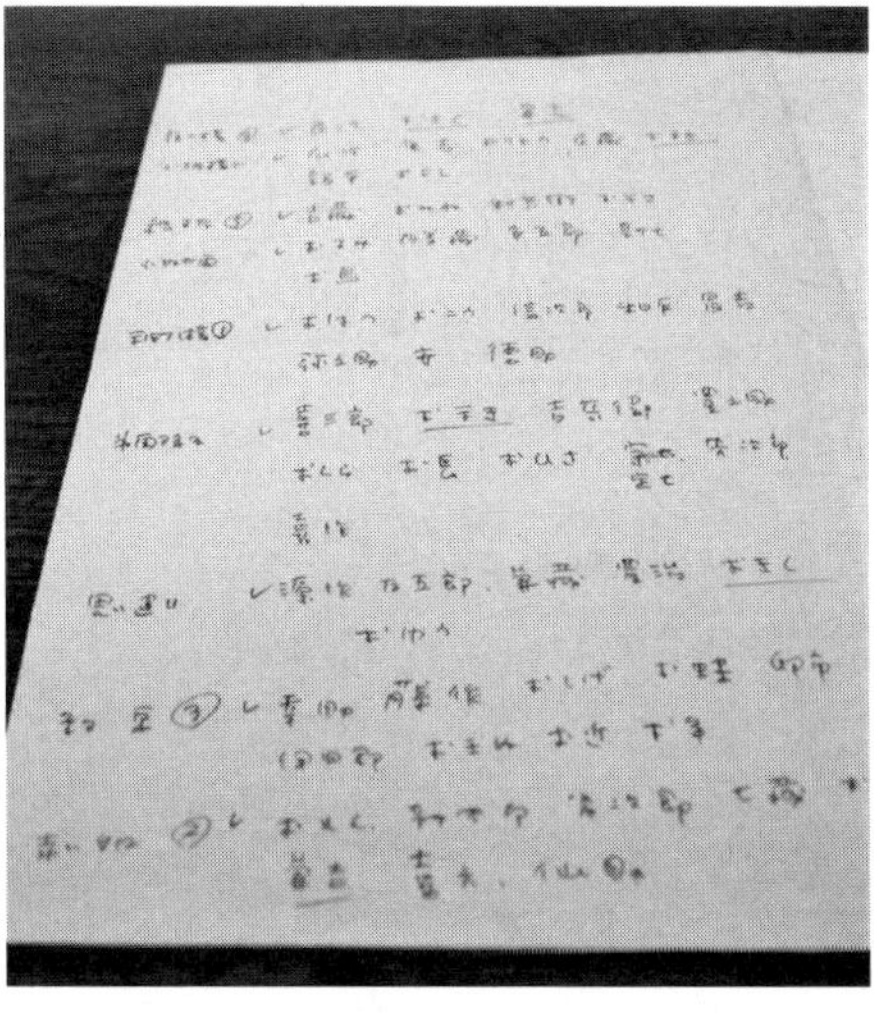

「橋ものがたり」登場人物名が書かれた執筆メモ

インタビュー
藤沢文学の魅力を語る
⑥

失敗や挫折を胸に刻みながら、生き抜いていく覚悟

松平定知
【元NHKアナウンサー・京都造形芸術大学教授】

朗読前、事前に〝泣いておく〟ことにしています

藤沢作品との出合いは、一九八九年の春のこと。当時、私はNHK『モーニングワイド』という番組のキャスターをしていました。毎朝三時半起き、五時NHK入り。本番を終えても、翌日の打ち合わせや下準備など、その日の仕事が一段落して局を出るのが夕方五時半頃、自宅に戻って風呂に入って、食事が終わって、テレビを視たり、本を読んだり、なんだかかんだで就寝は十一時過ぎといった生活パターンで、平均睡眠時間は四時間半ほどという毎日。

初めのうちは張り切ってますから体力も持ちますけれど、これが二年三年と続くと、必ず、身体にガタが来るなあと思い、ひと月ほど経《た》った頃から、昼食後、NHKの仮

眠室で一時間ほど仮眠をとることにしたのです。そんなある日、仮眠室の二段ベッドの上に置かれてあった古い週刊誌を何気なく取ってみました。『週刊小説』という雑誌でしたが、それを、読むともなくぱらぱらと繰っておりましたら、そこに、藤沢さんの短編『踊る手』*が載っていました。時代小説ってあまり読んだことなかったし、その日も、まったくの冷やかしで読み始めたのですが、これがどうしたことか、とてつもなくいいんです。裏店《うらだな》に住む男一家が、祖母を一人残して夜逃げをしてしまう。憐れんだ長屋の住人たちが交代で食事の世話をするが、おばあさんは食べようとしない。そこで母親に頼まれた長屋の坊やが世話すると、やっと食べてくれるようになった。しばらくして、こっそりと迎えに来た息子にそのおばあさんが背負われて去っていくのですが、その息子と一緒に長屋を出ていくのがうれしくて、息子にオブられたまま、おばあさんの手は息子の背中で、ひょいひょいと動くのですね。その、本当にうれしそうなおばあさんの姿を見た坊やは、なんだかうれしくなって、自分もひょいひょいと手を動かして踊りながら自分の家に帰って行った、という筋なのですが、なんだか、涙が止まらなかったんです。

それからすぐにＮＨＫ内の本屋さんに行って、そこにある藤沢作品を全部買いました。仕事の時以外はずうっと、藤沢作品を読んでいました。

そのうち私は、「この朝の番組が終わったら、こんな素晴らしい世界を日本中にご紹介する番組を作りたいな」と、思うようになりました。それも、一切の「音楽なし、擬音なし、効果音なし」で、私の声と間《ま》と息遣いだけで、〝藤沢作品を読む〟という朗読番組です。しかもそれは、一言一句、原文のまま。送り手側、つまり、NHKの都合で決めた時間に合わせて作品を削ることは絶対せずに、そっくりそのまま、藤沢さんがお書きになった文章通りに全部読む、「完全朗読」です。そのことを、年に一度提出する「考課表」に書いて提出したんです。しかし、何度提案しても悉《ことごと》くボツ。一年過ぎ、二年過ぎ、私も意地になって、めげずに書き続けたら、二〇〇四年になって「じゃあ、試しに、ゴールデンウィーク特集として、ちょっと、やってみますか」ということになりました。「きたきたきたーッ」って思いで、周到に準備して収録に臨みました。「リスナーの共感を得たら、夏休み特集や歳末特集もできるし、うまくいったら翌年春からレギュラー番組化も」という番組制作者の発言もあって、とにかく、必死でつとめました。おかげさまで、それぞれの関門をクリアー出来て、二〇〇五年の「ラジオ深夜便」での放送枠を確保できました。レギュラー枠なので『蟬しぐれ』や『三屋清左衛門残日録』、あるいは『用心棒日月抄』と言った長編も全編、放送可能です。この番組は、結局、NHK退局後も含めて、七年間続きました。そんな経験を糧にして、私は「藤沢作品の朗読」をライフワークと定め、いまに至っています。

　藤沢作品は「海坂藩《うなさかはん》もの」「剣客もの」「江戸市井《えどしせい》もの」と、大きく三つに分けられます。それぞれに味わい深いものがありますが、「どうしても一つ」と問われれば、私は市井もので十の短編からなる『橋ものがたり』を挙げます。そこに収録されている『約束』なんて、読むたびに泣いてしまう。

　幼友達の男女が別れ別れになって、五年後に再会を約束する話です。長い時間、橋の上で待っていて、ようやく女が現れた。「きれいになったなあ」と抱いて唇を奪おうとしたら、慌てて女が逃げる。そして欄干《らんかん》に手をかけながら、「近寄らないで、わたしは穢《けが》れた女なのよ」と言う。彼女は体を売って生きてきたんですね。たじろぐ男に向かって「でも今日会えたことはうれしかった」と言いながら帰っていく。女も「五年経ったら会えるんだ」という約束を励みに、毎日を生きてきた。しかし約束の日、せっかく再会したのに、相手を拒否してしまったのです。

　翌朝、いつものように台所におり、かまどに火をくべているときに「これからどうしよう」と考えるのです。いままでは「五年後に逢おう」という一言に望みをかけて生きてきた。でも、その望みが消えてしまったいま、これから何を支えに生きていけばいいんだろう……そう考えながら土間に座っていると、がらっと玄関が開いて、朝の日の光の中に男が立ってる。女は呆然《ぼうぜん》と彼を見て、それから「ちょっと洗濯物を置いてくる」と言って外に出ていく。なかなか帰って来ない。心配になって見に行こうとすると、台所から女の忍び泣く声が聞こえてくる。その声はやがて号泣に変わっていった……このシーンで、私はいつも涙を浮かべてしまうのです。「きたきたきたーッ」ってね。でも朗読のときは、読んでる本人が泣くわけにはいかないので、朗読前に必ずそれを音読して読んで、事前に泣いておくことにしています（笑）。

藤沢さんは「情景描写の名人」で、目をつぶるとその絵が浮かんでくる。朗読する際には、聴いてくださっている方にもその光景が浮かぶように、淡々と読まなければなりません。とても、音読しながら泣いているわけにはいかないんです（笑）。

「普通が一番」の背後にある優しい視線

藤沢作品は、登場人物が最後にどうなるかは、ほとんど示されていません。「それから先は読者のご判断でどうぞ」というのが執筆スタイルです。「私はあなたを応援します。でも、私の応援もこれまで。あと、どういう人生を切り開いていくかは、あなたの今後の考え方次第」というメッセージなんだと思います。決して「上から目線」ではなく、徹底的に「弱い者側」を応援する優しい視線があるから、読後感がほんのりするんです。

もちろん優しさだけではなく、藤沢さんは信念の人でもあります。たとえば長女の遠藤展子《のぶこ》さんが書いていらっしゃいますが、藤沢さんの最晩年、病院に見舞いに行った展子さんは病室のベッドの上で正座して、ご飯を一粒ずつ、口のなかに入れておられた藤沢さんをご覧になったそうです。その姿を見て展子さんは、「いつもお父さんがいうのは、このことか」と思い当たった。

「農家の方々が丹精込めてつくったものをぞんざいに扱ってはいけない。どんなことでも、最後まで最善を尽くす、それが生きている人の義務なんだ」

また藤沢さんは「普通が一番」を信条にしておられました。藤沢作品にはいろいろな悩みを抱える人が登場しますけどみなヒョイとしたことでそうなってしまった人たちで、総じて、もともとはごくごく普通の生き方をしていた人たちです。みんな気が小さくて、おどおどしながら、でもみんな、一所懸命生きている人たちです。展子さんは、ベッドに正座して少しずつご飯を口に運ぶ父親の姿に、大金持ちでも権力者でもない、「普通の人」の「一生懸命生きている」姿を見た、とおっしゃるのです。「いい話だなあ」と思いました。

もちろん〝普通に〟と思って生きてきても、人生は山あり谷ありです。でも、そんななかで、現実と何とかギリギリ折り合いをつけて生きていくのが人生なんだ、と藤沢さんはおっしゃるのです……。でも、一方で「いつまでも過去を引きずっていては生きてはいけないから、失敗や挫折なんてきれいさっぱりと忘れて、新たな気持で新しい人生に立ち向かえ」という人もいます。これはこれで一理ありますけれど、現実問題としては結構難しいものです。それが出来る人は、相当強い人で、多くの人は、そう簡単にはいかないものです。

作家の宮部みゆきさんは、かつてこういう意味のことをおっしゃいました。「人間、五〇年、六〇年と生きてくれば、思い出したくない過去、消してしまいたい過去の一つや二つあるものだ。それらをそう簡単にきれいさっぱり忘れることは出来ないのだから、それを引きずりながら、その過去を引き受けて生きることも大切。そこから逃げないという覚悟も必要かもしれない。そして、そうやって生きてきた結果、その先に小さな幸せや小さな理解が生まれたとしたら、それはもう、誰に遠慮することなく『その人』が大手を広げて、しっかり摑んでいいんです。一生懸命に生きる人にやさしい、それが藤沢ワールドです」。落合恵子さんも「一生懸命生きてきて、いろんな失敗やいじめを体験するかもしれないけれど、でも、最後に、『生きてるってことはそんなに捨てたもんじゃない』と思える人生でなければおかしいという主張が、藤沢先生にはある」と仰っています。これが、全作品に流れる藤沢さんの思想です。

庄内には「片むちょ」という言葉があります。いわゆる「意固地」のこと。藤沢さんはその代表格で、「世間で立派だとか、世間でいいと喧伝《けんでん》されるものを、私はいいと思ったことがない。お金がたくさんあることとか地位が高いこととかを、偉いことだとはちっとも思ったことはない」「たとえば一生懸命春先に蒔《ま》いた種が冷害に遭って、秋に惨憺《さんたん》たる光景を目にして呆然としても、やがて、溜息をつきながら『また来年。初めからやろう』と立ち直ろうとする農民。或いは、来る日も来る日も、淡々と桶の箍《たが》を打っている人たち。そういう人を、私は偉いと思う」

つまり藤沢さんは、一所懸命生きている人の味方。だから、ちゃらんぽらんな人や嘘つきが大嫌い。自分の出世、保身だけを願って、権力者の言動をあさましく忖度《そんたく》する人間。こういう不義の人は、藤沢さんにとっては最も唾棄《だき》すべき存在で、そういう輩に向ける目は、とても厳しいのです。

それは言い換えると「品格」です。金や地位がなくても品格を持って生きる。「その品格こそが、一等大切なんだ」ということを、藤沢さんは作品を通して語っていらっしゃるように思うんです。

評論家の佐高信《さたかまこと》さんが、かつてこんなことを話してくださいました。

「雪の原野に立ち尽くす迷子の子供がいたとして、これを助けようとしない大人はまずいません。でもその助け方にも二通りあって、ひとつは、その子を咄嗟《とっさ》に毛布でくるんで自分の車に連れていき、自分の家に着くと、すぐ暖炉の横に立たせて、温かい牛乳を飲ませるという処し方。もちろんこれも素晴らしい人助けですが、藤沢さんのやり方は違うと思う。まあ、彼には車も暖炉もないかもしれませんが、彼なら、まず、その子供のところに一目散に走って行って抱きしめると思うんです。そして寒さに震えて泣いてる子供を抱き締めて、周りの雪を彼にまぶしながら必死に身体をさすると思うんです。まず、自分の手で抱きしめて自分の手でさする。つまり、なにより先に、人間の温もりで暖めてあげようという思い。その思いが子供に伝わり、子供は元気を取り戻す。藤沢さんの場合は、これです」

藤沢文学の、体のなかからじわっと温まるような読後感の源を見た思いでした。

＊『踊る手』は『夜消える』（文春文庫）に収録。

松平定知

（まつだいら・さだとも）

元NHKアナウンサー、京都造形芸術大学教授、東京芸術学舎教授。1944年生まれ。早稲田大学卒業後、NHK入局。夜7時のニュース、『モーニングワイド』『ニュース11』などのニュース番組、『連想ゲーム』『NHKスペシャル』『その時歴史が動いた』などの司会で好評を博す。2007年、NHK退局。ドラマ『下町ロケット』（TBS系列）のナレーションを務め、NHK連続ドラマ小説『あさが来た』に役者として出演するなど、多彩な活動を展開。また、ことばの魅力を伝える活動として、読み聞かせや朗読会を全国各地で開いている。

名作あの場面、この台詞

『約束』より

まともな道に戻れるかも知れない、というときが、誰にも一度や二度はあるもんなんだ。だが、そんないい折りが、ちょいちょいあるというもんじゃないよ。

（娼婦に身を落とした身の上を恥じ、再会の約束を破ったお蝶に、同僚のお近がかける言葉）

心の奥に悔いを抱えた浪人（中村梅雀）と訳ありの男女の心模様を描く
時代劇専門チャンネル オリジナル時代劇「殺すな」（2022年）より
出演：中村梅雀／柄本佑／安藤サクラほか　監督：井上昭　脚本：中村努

『橋ものがたり』文庫版（新潮社刊）と単行本愛蔵版（実業之日本社刊）

藤沢周平が紡ぐ「人生の彩り」

『闇の梯子』

闇へと向かう梯子は、降りるのに〝覚悟〟がいらないのが怖い！

（文春文庫）「父と呼べ」「闇の梯子」「入墨」「相模守は無害」「紅の記憶」収録。

「闇の梯子《はしご》」の主人公清次は腕のよい彫師《ほりし》。将来に夢を抱いて修業に励む毎日だったが、女房のおたみが病で倒れた。たちの悪い病のようだった。そんな折、清次は版元から頼まれごとをされる。「二十両の金を預けるから、黙って取りにきてくれた男に渡してくれ」というもの。何か因縁がありそうだが、渡す相手の一員に、故郷から出奔《しゅっぽん》して行方知らずだった兄、弥之助がいた。版元は、兄を含む仲間に弱みを握られ、ゆすられていたのだった……。

結局、清次は、預かった金を渡さず、版元にも返さないうちに、おたみの薬代に消えた。二十両という大金を横領し、後ろに手が回らないかとおびえる清次。でも、おたみの薬代は、まだいくらあっても足りない。順調だった人生が突然、暗転していく様は、誰の人生にも起こりうること。「いつ自分にも」と、読む者は身につまされる。

また、島送りになりそうな物盗りの子どもを預かり、我が子のように育てる夫婦の話を描く「父《ちゃん》と呼べ」は人情味あふれる話。やがて母親が迎えに来て、別れざるをえず、子どもが去って行った家のなかで、夫婦がお互いをいたわりあう……。

「入墨」は、姉妹で切り盛りする店に、ろくでなしの父親が帰ってきた。姉のお島は父を毛嫌いし、店への出入りを嫌がった。そんな折、お島のかつての情夫である乙次郎が帰ってきたことから巻き起こるひと騒動……。

そのほか「海坂もの」と思われる武家もの「相模守《さがみのかみ》は無害」「紅《べに》の記憶」もペーソスに富んだ筆致で読みごたえ十分だ。

見る・聴くDATA

オーディオ「父と呼べ」
配信：ニッポン放送

『闇の梯子』解説

梯子の下の深い闇

関川夏央【作家】

短編集『闇の梯子』の収録作は、おそらく一九七四年はじめの『入墨』をのぞいて、七三年に書かれた。七三年は藤沢周平、四十五歳の年である。

『闇の梯子』は、七一年から七三年の作品を集めた『暗殺の年輪』、『又蔵の火』につぐ三冊目の短編集だ。最初の『暗殺の年輪』には、『溟《くら》い海』『囮』『黒い縄』、短期間のうちに直木賞候補となった三作と、七三年夏に受賞した表題作がおさめられている。しかし題名がしめすように、暗い味わいの作品群である。

『溟い海』は事実上のデビュー作で、七一年に『オール讀物』新人賞を受けた。いわゆる剣豪小説は衰えたが、おもに文化・文政年間の江戸文明爛熟期《らんじゅくき》を時間的舞台にとる時代小説が確立する以前である。少なくとも、九〇年代以降の隆盛は、誰も想像していない。

私は『溟い海』を貸本屋から借りてきた新刊雑誌で読んだ。そして大いに感心した。それはひと口にいって、老いた天才葛飾北斎《かつしかほくさい》が安藤広重の若い才能に嫉妬する物語である。そのあまり、北斎は広重に闇討ちをかけようとさえする。

うまい。しかし暗い。それが私の感想であった。腕は確かだが、この暗さ重たさではあまり売れないだろう、というのが南京豆《なんきんまめ》をかじりつつページをめくった私の見通しで、二十一歳の私はすでに「いっぱし」であった。

その作家が七六年に『用心棒日月抄《じつげつしょう》』を書き、七七年には『春秋山伏記』を書いて、達者な手腕はそのまま、五十歳を前に明るい作風に転じるとはまさに驚きであった。だが読者として振り返ってみれば、この作家の「風景」が遠望できる。「暗さ」のわけも作風転換の理由も、なんとなくではあるけれど、わかる気がする。

表題作『闇の梯子』の主人公清次は、まだ若い彫師、つまり木版画の版下職人である。女房おたみと裏長屋住まいで、子供はいない。しかし彼には希望がある。

一枚絵の注文もとって、江戸で押しも押されもしない版木師になる。弟子を養い、やがて彫清の看板をあげる。おたみはおかみさんと呼ばれ、小まめに弟子たちの面倒をみて慕われるだろう。子供は男と女が一人ずついる。(『闇の梯子』)

だが平穏な日常のすぐそばに、悪意が息を殺してひそんでいた。

ある日、おたみが腹の痛みを訴えた。吐いたものの中に血が混じっている。たんなる腹痛ではなさそうだ。数日前からだという。

なぜ早くいわない、と清次がなじると、おたみは「だって、そのうちに治ると思ったもの」と甘えるようにこたえた。

清次は布団の中に手をさし込んで腹を探った。おたみの腹は、血の色を失って少し尖《とが》って見える顔を裏切って、豊かに熱かった。

「このあたりか」

「もう少し右みたいだ」

くすぐったい、とおたみはまた甘えた声を出した。滑らかな肌は、清次の掌の下で抵抗もなく幾ヵ所か凹んだが、結局どこが痛いのか、はっきりした場所はわからなかった。

清次は、版元から二十両の金を託され、とりにきた相手に黙って渡してくれればいい、といわれた。禁制の書物をひそかに開版した版元が、脅されたのである。指定の場所に出向いた清次は、そこで思いがけなく兄・弥之助と再会した。

下野《しもつけ》の百姓の長男であった弥之助は、放蕩《ほうとう》を重ねた末に一町三反の田畑と家屋敷を潰《つぶ》して出奔した。弥之助二十四、清次は十三のときである。だが清次には、家の行く末に不安を抱いても、兄を憎んだ記憶はない。

江戸へ出て二十歳になった年にも、清次は浅草広小路の雑踏の中で弥之助を見かけたことがあった。以来五年、三十六になった兄の小鬢《こびん》には白髪がふえ、額には深い皺《しわ》が刻まれている。

弥之助にも意外だったのだろう。おまえが使いじゃ受けとるわけにはいかない、と恐喝したはずの金を清次に返した。そのはからいに不満な仲間が抜いた匕首《あいくち》を、玄人《くろうと》らしい身のこなしであしらった弥之助は、ほんの四、五間先にたたずんでいるばかりだ。なのに、もう「そこは別の世界」なのだった。

医者は、おたみの病気に治療の手立てはないといった。すでに腹中の腫物《はれもの》が壊死《えし》しているという。

清次が帰ったとき、眠っているはずのおたみが茶の間の壁際に蹲《うずくま》っていた。清次は顔色をかえて、おたみのそばに寄った。

「ああ、あんた」

おたみはゆっくり顔を挙げ、舌ったるい口調で呟くと微笑した。その微笑は清次の胸を切り裂いた。おたみの顔は黄ばみ、頬は殺《そ》げて哀れに面変りしていたが、笑顔は子供のようにあどけなかった。

「眼が覚めて、呼んでも、あんたがいないから……」

おたみは息が切れるらしく、ひと言ずつ言葉を区切って訴えた。


清次は高価な薬を手に入れた。効くかどうかはわからないが、すがる思いなのだ。その代金に、いわくつきの二十両が投じられた。

清次は、金を依頼主の版元には返さなかったのである。事情を説明しようとすれば兄のことを話さなければならないが、それはできない。そしていま、二十両を費消しつくしたことが知られれば手が後ろに廻る。

それでも薬価は追いつかない。おたみの命《めい》は旦夕《たんせき》に迫っている。追いつめられた清次は、高い手間賃の仕事に手を出した。高いのは、お上《かみ》の許しを得ていない違法な版下だからだ。

清次は幻影を見た。地上から地下へと垂れ下がる、細く長い梯子の幻影である。

「梯子の下は闇に包まれて何も見えない。その梯子を降りかけている自分の姿が見えた」

それは、兄弥之助が降りて行った「闇の梯子」であった。


藤沢周平には七歳上の長兄がいる。

終戦直後、末は戦死と思いさだめていた命を返された藤沢周平は、それまで考えもしなかった進学を決意した。昭和二十一年春、山形師範の試験を受けて合格した。しかし、出征した兄が復員してこない。兄が不在のままでは、自分が家の仕事、農業をやるほかない。

あきらめかけていた昭和二十一年五月、家の戸口に立った兄が、敬礼をしながら「ただいま帰りました」と叫んだ。迎えた弟は、涙をとめることができなかった。北支から南方に送られる直前にチフスにかかって上海で入院、結果として生還することができたのだという。弟は進学した。その年の山形師範の入学が、たまたま五月だったことが幸いした。

昭和二十四年春に師範卒業、生家から遠からぬ湯田川中学校の教員となったが、昭和二十六年春、学校の集団検診で肺結核が発見され、休職して療養生活に入った。当初は地元鶴岡で通院治療した。

その晩春のことである。屋敷内の木を切り倒す兄の姿を見た。足元には白い辛夷《こぶし》の花が散らばっている。兄が鋸《のこ》を入れようとすると、木は微かに身顫《みぶる》いして朝露をこぼした。

三十歳の兄は、背後に近づいた二十三歳の弟に気づいた。

不意に鋸から手を離して、弥之助は清次に向かい合っていた。多分その時、清次の眼には兄を非難する色があったのだろう。十三の清次にも、兄が最後の樹を伐り倒して、金に換えようとしていることが解っていたからである。弥之助は黙って弟を見つめると、「飯は喰ったか」と優しい声で言った。（中略）清次がうなずくと、弥之助は鋸を樹の幹に喰い込ませたまま、黙って家の方に立去った。

このくだりは藤沢周平の実体験そのままである。

ただし、実兄は木を売ろうとしていたのではなかった。その頃、自家で使う燃料は山の柴だった。事業がうまくいかず借金をふくらませた実兄は、刈った柴を背負って村の中をとおりたくなかったので、屋敷内の木を焚《た》きものにしようとしたのである。

藤沢周平の病気にはかばかしい改善が見られず、医師に勧められて東京の療養所に入ったのは五三年はじめ、二十五歳のときである。兄は十四時間かかる長旅に付き添った。東村山に着くと、兄はそのまま鶴岡に帰って行った。

診療所からの退所は五七年晩秋だが、やはり借金のためかその少し前頃、兄は生家を出奔して上京したようである。弟は心当たりを探して兄を見つけ出し、鶴岡に連れ帰った。そんな弟に、ひそかに感謝した。

おたみには、藤沢周平の最初の妻の色濃い反映がある。

最初の妻は、藤沢周平が勤務していた当時の新制湯田川中学の生徒であった。担任したことはなかったが、姉が湯田川小学校の教師で、その夫は師範同窓、かつ中学の同僚教員だったので記憶はあった。三回もの外科手術を受けた藤沢周平を、東京で勤めていた彼女が見舞ったのは、姉と義兄にいわれたからだろう。

当初は元生徒としてのみ見ていた。見舞いが重なるうち別の感情も芽生えたが、やがて彼女は故郷に帰った。結婚の準備だろうと藤沢周平は思った。

退院後の就職運動のために帰郷してみると、意外にも彼女はまだひとりものだった。結婚したのは彼が故郷での教員生活継続をあきらめ、業界紙で働いていた五九年夏である。

翌年、別の業界紙に移って、そこで一応生活の安定を得た。六二年頃から小説を書くようになり、六三年には読売新聞の短篇小説賞に応募して選外佳作となった。妻は夫が、余業として小説を書くことを好ましく思っていた。

六三年二月に長女が生まれた。妻が胃の烈しい痛みを訴えたのはその年の六月であった。

病状が奔馬のごとく進行したさまは、『闇の梯子』のおたみとまったく同じである。絶望と診断された。しかし藤沢周平はあきらめきれなかった。入院した大学病院では「民間療法」を認めなかったので、別の大学病院に転院した。高価な薬を買い、妻に注射した。そのため会社に月給の前借をし、借金もつくった。

しかし妻は発病からわずか五ヵ月、誕生日前の娘を残して亡くなった。二十八歳であった。

このとき藤沢周平もまた、「闇に降りる梯子」の幻影を見たであろう。清次はその梯子を下りて行ったが、藤沢周平は降りなかった。

もともとそういうタイプの人ではなかっただけでなく、娘の存在がそれを許さなかった。そして、仕事と会社の同僚たちが、三十五歳で子持ちのやもめとなった彼を支えた。

その後も小説を書いて新人賞に応募しつづけたのは、経済のためでも気晴らしのためでもなかった。それは自らを救い、「闇の梯子」から遠ざかるための手だてであった。筆名とした藤沢は、亡き妻の生まれ育った集落の名前である。下町育ちの、なにごとも苦にしない女性と再婚し、死んだ妻のためにつくった借金を返し終わっても、藤沢周平の屈託は吐き出しつくせなかった。初期作品がはらむ暗さの原因は、そこにあった。

それが七六年から作風が明るくかわった。最初の妻の死から十三年後のことである。かわらなかったのは、まるで「版下職人」のように仕事をする作家の、その態度だけであった。

表題作をはじめとする『闇の梯子』の作品群は、「私小説」を嫌った作家が書いた「私的」時代小説の代表作である。同時にそれは、藤沢周平が藤沢周平となるためにはどうしても通過しなければならなかった、暗い手掘りの隧道《ずいどう》であった。

名作あの場面、この台詞

『闇の梯子』より

鋭い悲しみが、清次の胸を突き刺してきた。その微笑から、おたみがいま、清次の知らない世界に足を踏み込んだことを感じたのである。

（病に冒され死期が迫った妻を看病し、清次は薬代を稼ぐために悪の道に踏み出した。）

「暗殺の年輪」で直木賞を受賞した頃の周平。

藤沢周平が
紡ぐ
「人生の彩り」

「小川の辺」

人生は思い通りにならない。
でも悲しみと喜びは紙一重

（新潮文庫『闇の穴』所収）
「木綿触れ」「小川の辺」「闇の穴」「閉ざされた口」「狂気」「荒れ野」「夜が軋む」収録。

『闇の穴』は七編の短編を集めた作品集。表題作は、裏店に暮らす職人の女房のところに、別れた亭主がひょっこり顔を出すことから始まる一種のサスペンス。人が誰も抱える「こころの闇」を穴からのぞき込むような趣きがある作品である。

「小川の辺《ほとり》」は映画化もされたので、ご存じの方も多いはず。海坂藩士・戌井朔之助《いぬいさくのすけ》は、藩政を批判し脱藩した友人佐久間森衛の討手《うって》を命じられるが、森衛には朔之助の妹の田鶴《たず》も同行していた。田鶴は朔之助とともに剣を学んだ女剣士。兄妹での斬り合いにためらうが主命は拒否できない。やむなく両名が潜んでいるという行徳《ぎょうとく》に向かう。そして同道していた若党の新蔵が小川の辺にある隠れ家を見つけてきた。田鶴の留守を見計らって、佐久間に勝負を挑む朔之助。緊迫した斬り合いの後、ようやく佐久間を打ち果したが、その場を去ろうとするそのとき、田鶴が戻ってきてしまう……。

　題名にある通り、この作品の舞台は小川の「辺」である。朔之助は幼い頃、田鶴と一緒に川に遊びに行き、増水で溺《おぼ》れそうな田鶴を助けようとして拒絶された経験を持つ。しかし田鶴は、兄弟同様に育った新蔵にはこころを寄せていたのだ。そして朔之助は、一人になった田鶴を新蔵にまかせることにする。二人は川の側の小屋に消えていき、橋の下で水が音をたてて流れている。

「つくりものの小説を書いているときにも、私はそのなかで郷里の風景を綴《つづ》っていることがある」と作者は言い、「静かな雪の夜道とか、葦切《よしきり》が終日さえずりつづける川べりとか、雑多な風景がその中に詰め込まれている」と書いている。兄妹という、ごく身近で、かつ他人である人間の生き方、微妙なこころの揺れを〝郷里の川〟の思い出に込めているかのようだ。

見る・聴くDATA

映画『小川の辺』
DVD:バンダイナムコフィルムワークス

オーディオ「小川の辺」
CD:「藤沢周平傑作選」より・NHKサービスセンター

「小川の辺」
配信：NHKサービスセンター

『闇の穴』解説

藤田昌司【文芸評論家】

冒頭の作品の書き出しの部分を読んだ瞬間、あ、これは鶴岡――とぼくは直感した。だから「あとがき」に、〈つくりものの小説を書いているときにも、私はそのなかで郷里の風景を綴《つづ》っていることがある〉と書かれているのを読んで、やっぱり――と得心が行ったのである。

藤沢さんの生まれ故郷・山形県鶴岡市に、ぼくは十五年ほど前、約一年間だが、住んだことがある。〝東北の小京都〟といわれる静かなたたずまいの城下町である。〈結城《ゆうき》友助が住む組長屋は、城から南西の方角にあたる曲師《まげし》町にある。城下町のはずれに近く、そこまでくると、五層の城の天守は、町々の木立にさえぎられて見えなくなる〉と、『木綿触れ』は書き出されている。

庄内藩の城下町であった鶴岡市にいま、城の建物は残っていないが、城趾《じょうし》が市の中心にある。平城《ひらじろ》であった。城下町の常で、城趾をめぐる街衢《がいく》は迷路のようになっている。碁盤の目とは程遠い。この道を行けば市の中心に到達するだろうと思って行くと、どんどん外《そ》れてしまう。敵の兵馬の進攻を妨げるため、わざとわかりにくい設計にしてあるのだ。このことは加賀百万石の城下町金沢などでも同じである。城下町のはずれからは、もう天守閣も見えないというのが、城下町の街路づくりのノウハウであった。

こうした町の光景は、作者の脳裡《のうり》に焼き付いていて、眼を閉じればたちまち生き生きとよみがえってくるのだろう。それだけでなく、雪の夜道とか、葦切《よしきり》がさえずり続ける川べりとか、野を染める落日の光とか、少年の日の光景が、いまも私の中に生き続けていると、作者は「あとがき」で語っている。

それらの原風景のなかでも、とりわけ重要な意味をもっているのが、川と橋ではないか、とぼくは考えている。川と橋は、藤沢文学の世界を内側から支えている心象風景ではないかと。

藤沢さんが生まれ育った鶴岡市には、内川《うちかわ》という幅四、五メートルの川が貫流している。花の季節、城趾は桜の名所となるが、ほどなく散り降る夥《おびただ》しい花びらは、たちまち堀を美しく染め、やがてこの内川へと流れ出、花の葬列となって日本海へ注いで行く。

市の北の外れには、豊かな水量をたたえた赤川が庄内平野を潤《うるお》し続け、そしてその北方には、〝五月雨《さみだれ》をあつめてはやし〟最上川《もがみがわ》が雄大な流れを見せている。それら幾筋もの川の流れは、四季折々、装《よそお》いを変えながら、作者の原風景として息づいているに違いない。

こうした視点で見ると、この作品集にも、幾筋もの川が流れていることを、読者は知るであろう。

例えば、『木綿触れ』。子を失って悲嘆にくれている妻を励まそうと、苦しい生活の中から差し繰って絹の着物を作らせた親切が仇《あだ》となり、代官所勤め当時の上役に妻をもてあそばれ、それが原因で妻は自殺を遂げるという下級武士の無念と悲劇を描いたこの作品において、妻が身を投げるのは村を流れる川である。

『小川の辺《ほとり》』も、川が重要な舞台となっている。この作品は脱藩して江戸へ逃亡した義弟を、主命によって討手《うって》として斬《き》らなければならない武士の不条理を描いている。しかも義弟と共に逃亡した実妹もろとも討たねばならなくなるという苦悩が描かれているわけだ。江戸に程近い村の小川の辺の一軒家でひそやかに暮らしている二人は、遂《つい》に発見される。激しい斬り合いの末、義弟は討たれる。それを目撃した妹が狂乱したごとく気合を発して斬り込んでくる……。だが、兄妹相搏《きょうだいあいう》つ一瞬の光景は急転換する。討手の助ッ人《すけと》として付いて来た若党によって、妹は助けられるのだ。

〈橋を渡るとき振り返ると、立ち上がった田鶴《たず》が新蔵に肩を抱かれて、隠れ家の方に歩いて行くところだった。橋の下で豊かな川水が軽やかな音を立てていた〉とこの作品は終わっているが、二人を結びつけたものが、幼いころの郷里の川であったことを伏線に置き、運命的な結末を見せているのである。

表題作『闇の穴《やみのあな》』の川は神田川《かんだ》である。この小説は、江戸の路地裏に住む職人の女房を主人公にした、ちょっとミステリアスな、しゃれた味わいのある作品だが、この女房がだれかに尾行されていると感じるのは、人影も疎《まば》らな神田川沿いの和泉橋《いずみ》の近くである。そして、不気味な男に託された謎《なぞ》の紙包みを取り出して、細かく引き裂いて捨ててしまうのは両国橋の上である。このように、ミステリアスなこの短編でも、重要な節目節目が、川を舞台にしているのは興味深いことだ。

次は『閉ざされた口』。偶然、殺人の現場を目撃したため、その恐怖心から失語症にかかってしまった子供を抱えて働く薄幸な長屋の寡婦《かふ》が主人公だ。

〈およう を預けると、おすまはいそぎ足に町を抜け、大川端に出ると、青物河岸《がし》から大川橋にむかった。柔らかい春の風が足もとをなぶって通り過ぎる。前褄《まえづま》をおさえな

がら、小刻みに足を動かして行くおすまの姿は、茶屋勤めの女のものになっている〉

おすまは、なりゆきで客とも寝る女になっている。一軒もたせるから妾《めかけ》にならないかと口説《くど》いた男と寝てしまった後、子供のことを思いながら、身の不幸を嘆き涙をあふれさせるのも、大川橋の上である。そしてこの薄幸な寡婦が、一度諦《あきら》めた人並みのくらしをしたいというささやかな希望がよみがえってくる結びの感動的な場面も、橋の上である。川と橋はこの小説の起承転結を象徴しているのだ。

『狂気』の主題も勿論《もちろん》、橋によって支えられている。この小説は推理小説で言う倒叙法の捕り物帳であるが、木場では分限者《ぶげんしゃ》で通る材木問屋の主人が幼女殺しとなるきっかけは、橋の上から母娘《おやこ》の諍《いさか》いを見たことにある。置き去られた娘を親切ごころから保護してやろうとして劣情のとりこになり、川べりの草むらの中で姦《おか》したうえ殺してしまうのである。

さて、『荒れ野』と『夜が軋《きし》む』の二編はいささか趣が違うので後述するが、これまで述べた五編は、このように、いわば〝川と橋のある風景〟といえるのである。

なぜ、川なのか。なぜ、橋なのか。

川はわれわれ日本人にとって、無常観の象徴なのである。日本人がいまも親しんでいる古典文学に鴨長明《かものちょうめい》の『方丈記』がある。その書き出しは余りにも有名だ。

〈ゆく河の流れは絶えずして、しかも、もとの水にあらず。よどみに浮ぶうたかたは、かつ消え、かつ結びて、久しくとどまりたる例《ためし》なし。世の中にある、人と栖《すみか》と、またかくのごとし〉

川は人の世の無常の表象として、われわれの内部に宿っているといえる。一切万物は生滅変転し、常住することを知らない。うつし世のすべてのものは移り変わる。とりわけ人の身ほどはかないものはない。例えば『木綿触れ』の足軽の妻が、村の裕福な長人《おとな》の家から窮屈な下士の家に嫁入りし、やっと幸せになったのも束《つか》の間《ま》、生まれた赤ン坊に死なれて悲嘆にくれ、その心の傷がようやく癒《い》えようとしていた矢先、自殺に追い込まれてしまうように。藤沢さんはそのような人生の哀《かな》しみを、共感をもって描く作家なのだ。

そしてまた、川はわれわれ日本人にとって、断念の場でもある。紀元前、カエサルはローマに進攻しようとした時、「骰子《さい》は投げられた」と叫んでルビコン川を押し渡った。以来〝ルビコン川を渡る〟はヨーロッパ人にとり、重大な決断の言葉となっている。われわれ日本人に、こうした川のイメージはない。むしろ、お染久松の悲しい恋物語に描かれているような、断念のイメージである。すべてを諦め、川に身を投げるというように。そこに思い描かれる表象は、理不尽な支配に屈し、小さな幸せや喜びも束の間、生命を脅《おび》やかされるという下級武士や市井《しせい》の庶民の人生であろう。これもまた、藤沢文学の世界である。

第三点。川は江戸時代まで、生活そのものであった。昨今はモータリゼーション時代となり、都会の川は埋め立てられてしまったが、往時それは、交通網であり、憩《いこ》いの場であり、漁業の場でもあった。庶民生活を描く時、川は欠かせない背景であったといえる。

川といえば当然橋が出てくるわけだが、ここに託される心象は、川とは少し違うだろう。藤沢さんには『橋ものがたり』（新潮文庫）という橋にちなんだ作品集があるが、この作品集でも橋がさまざまの場で描かれている。ある時は思案の橋であり、ある時は決断の橋である。ある時は悪の契機となる橋である。橋は文字通り二つの世界の架け橋なのだ。苦界《くがい》に身を沈めなければならない娘が泣き渡る橋もあるだろう。苦界を色里として楽しむ遊客がその橋を渡る時は〝思案橋〟と呼ばれる。ぼくはかつてある都市で、面影橋という名の小さな橋に、若い男女が橋の上から二人の面影を川面《かわも》に映す情景を想像したことがある。だが、名前の由来は、刑場に曳《ひ》かれてゆく者が縄を打たれたまま、最後の現《うつ》し身《み》のわが顔を映して見るところにあると聞いて、愕然《がくぜん》とした。この橋は、生死を分ける橋だったのだ。藤沢文学の世界に橋が多く描かれるのも、そうした悲劇的な心象のゆえであろうと思われるのだ。

最後に、『荒れ野』と『夜が軋む』について触れたい。この二編も、藤沢さんの原風景を色濃く映していると思うが、前五編と違う点は、雪国の民話の味わいを伝えてくれる点である。このような民間伝承があるかどうか、ぼくは寡聞《かぶん》にして知らないし、おそらく藤沢さんの創作に違いないと思うのだが、ここに伝えられる味わいは、雪の降る夜など、囲炉裏を囲んで老人が子供らに語り聞かせる大人のメルヘンの味わいなのである。

（昭和六十年七月）

名作あの場面、この台詞　『小川の辺』より

――あのひとは、花のようだった。
と新蔵は思った。するとさっき見た、頬のあたりが悴《やつ》れた田鶴が浮かび、田鶴を襲った運命の過酷さに、新蔵は胸が詰るのを感じた。

（逃亡先での田鶴の姿を思い出すうち、嫁入りする三日前に禁断の関係を持った納屋での記憶が、新蔵の胸の中にどっと走り込んできた。）

隅田川・両国橋の袂に立つ周平。

「溟い海」「暗殺の年輪」

嫉妬や焦りの気持ちは、いまの自分の立ち位置を教えてくれる大事なもの

（文春文庫『暗殺の年輪』所収「黒い縄」「暗殺の年輪」「ただ一撃」「溟い海」「囮」収録。）

文庫版『暗殺の年輪』には、「暗殺の年輪」という直木賞受賞作と、「溟《くら》い海」という『オール讀物』新人賞受賞作品が収められている。藤沢ファン必携の一冊だ。「溟い海」は江戸の絵師・葛飾北斎がモデル。かつて北斎が描いた「冨嶽三十六景」は売れに売れたのに、その次の「冨嶽百景」は売れなかったという話から始まる。

それに対し、まだ若い安藤広重が「東海道五十三次」を書いて評判になった。北斎はまだあいつは風景を描く人間じゃねえと、くさす。その言葉に、自分の衰えを感じた焦りと、若い才能への嫉妬の気持ちが、見事に表現されている。そして北斎は、ごろつきを頼んで広重を襲わせることを企《たくら》むが、最後に断念し、描きかけの海鵜《うみう》の絵のある家に戻る。その「溟い海」に飛ぶ鵜の姿が、晩年の北斎の姿を象徴しているよう

に思える。

「暗殺の年輪」は武家もので「海坂藩」という北国の藩が舞台になっている。これ以来、作者は「海坂藩もの」を生み出し続けるが、本作はその記念碑的作品といってよいだろう。

主人公・馨之介《けいのすけ》の父は、かつて権力者の中老・嶺岡兵庫を暗殺しようとして失敗し、横死《おうし》した。お家断絶、場合によっては息子も断罪のところ、なぜか存続を許された。幼かった馨之介に周囲は真相を知らせず、ある種の愍笑《びんしょう》の眼を向ける。やがて馨之介は、家老たちから政敵である兵庫暗殺を示唆されるなかで、その理由を知る。実は家を存続させるために、母が兵庫に身を売ったのだ。いったんは断った馨之介だったが、背景を知って単身、兵庫を討つ。権力の横暴さと、それに立ち向かう下級武士の意地が炸裂する作品である。

見る・聴くDATA

オーディオ「暗殺の年輪」
CD：「藤沢周平傑作選」より・NHKサービスセンター

「『溟い海』の背景」

好き嫌いは別にして、いちばん忘れがたい小説をあげるとすれば、私の場合やはり『オール讀物』の新人賞をもらった『溟い海』ということになろう。

三十代のおしまいごろから四十代のはじめにかけて、私はかなりしつこい鬱屈《うっくつ》をかかえて暮らしていた。鬱屈といっても、仕事や世の中に対する不満といったものではなく、まったく私的な中身のものだった。私的なものだったが、私はそれを通して世の中に絶望し、またそういう自分自身にも愛想をつかしていた。

そういう場合、手っとり早い解消の方法として、酒を飲むとか、飲んだあげく親しい人間に洗いざらい鬱屈をぶちまけるやり方があるだろう。だが私は古い教育をうけたせいか、そういうやり方は男らしくないと考えるような人間だった。自分の問題は自分で処理すべきだと思っていた。当時はまだ、そういう考え方が出来る気力と体力があったのだろう。

　さて、そういう気持のありようは、べつに小説に結びつくとは限らないわけだが、私の場合は、小説を書く作業につながった。

『溟い海』は、そんなぐあいで出来上がった小説である。書いているときには気づかなかったが、活字になったものを読むと、いかにも鬱屈をかかえたまま四十を過ぎ、そろそろ先も見えて来た中年サラリーマンが書いた小説になっていたようである。主人公の北斎は、あちこちで私自身の自画像になっていた。

　新人賞の入選通知を受けた夜のことを、よくおぼえている。その前に文藝春秋から連絡があって、その夜の所在をはっきりしておくように言われたが、結果がわかる時間帯は、私は普通は通勤電車の中にいる。そこで私は勤め先で連絡を受けることにし、残業をしながら当落の通知を待った。

　ほかにも残業の人がいたが、七時を過ぎると残っているのは臼倉社長と私だけになった。入選の知らせが来たのは何時ごろだったろうか。電話が終わったあと、私は一瞬茫然《ぼうぜん》とし、それから受話器をおくと帰り支度をはじめた。

　すると社長も帰り支度をはじめて、「ちょっと一杯やって帰りましょうか」と言った。私は社長と一緒に昭和通りの歩道橋をわたると、向かい側の銀座八丁目にある、うまいさつま揚げを喰わせる店に入った。

入選の喜びが湧いて来たのは、そうしてしばらく酒を飲んだあとだった。私は小説を書くしかないような、根深い鬱屈をかかえていたのだが、その小説が日の目を見ることがあるかどうかは、いささか疑わしい気持でいたのである。それが現実のものになったことが、やっと信じられた。

私は席を立って家に電話した。しかしある面《おも》はゆい気持から、臼倉社長には話さなかった。私は入選の知らせを受けた小説が、自分のどういうところから出て来たかを十分承知していたし、また勤めと小説を混同すべきでないとも思っていたのである。

社長と別れて新橋から乗った電車は空いていた。いささかの酔いに身をまかせながら、私は勤めのかたわら一年に一篇ぐらい、どこかに作品を発表出来たらいいと思った。それ以上のことを望んでいなかった。


（『週刊文春』昭和五十四年十月四日）

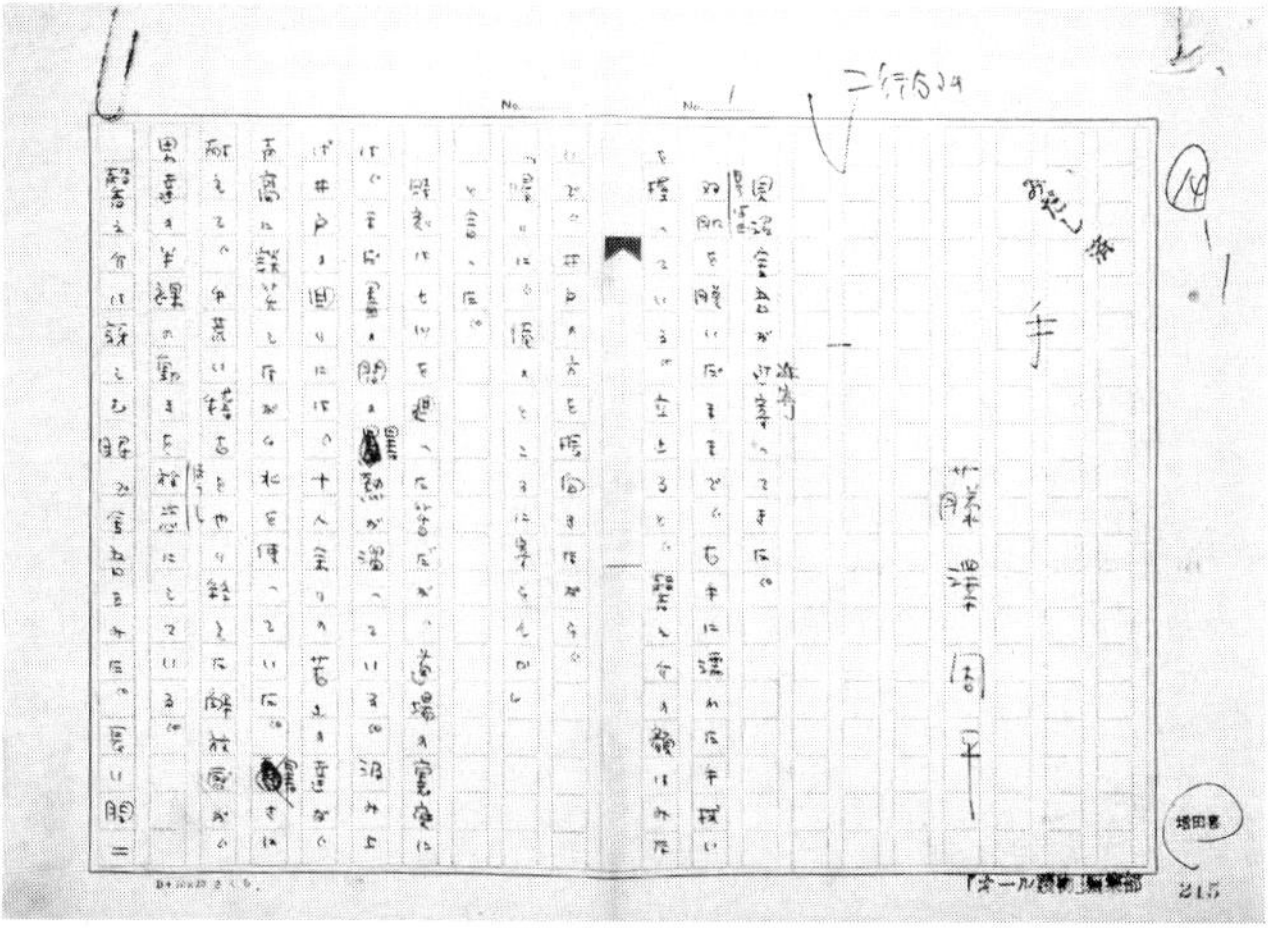

『暗殺の年輪』の自筆原稿（改題前は「手」というタイトル）

インタビュー
藤沢文学の魅力を語る⑦

藤沢文学の愉しみはつきない

湯川 豊【文芸評論家】

「いい文章」が何を生み出したか

藤沢周平の小説を賞賛するとき、いちばん多く使われる言葉は「文章がいい」というものではないかと思われます。そして、確かに文章がいいなあとみんなが感じるのだから、納得したような気になります。わかったような気分にはなるのですが、ちょっと突き詰めて考えてみると、「文章がいい」というその評語の本当の意味は、簡単ではないどころではなく、なかなか難しいんですね。

というのも、文章がいいということは、小説から離れて存在しているわけじゃないからです。文章がいいのなら、それ自体がその小説の価値といえるのです。

登場人物が織りなすある場面が、文章で正確に描かれる。読者は文章を読むことで、そういう場面を体験する。この体験は読者にとって、人生の実体験とならぶ、もう一つの体験になり、場合によってそれは一つの発見にもなります。小説の文章は、読者にそのような発見をもたらしてくれるものです。

藤沢周平の小説でも、いうまでもなく、そのような発見があります、たとえば『蟬しぐれ』は、主人公の牧文四郎と、親友である小和田逸平、島崎与之助という三人の友情物語であるいっぽう、文四郎とふく（のちのお福さま）の恋物語でもあるわけですが、その恋の語られ方に、大きな特徴があります、

小説の冒頭、十五歳の文四郎と、十二歳のふくの間に起こる小さな事件が語られる。普請組《ふしんぐみ》の裏庭に小さな川が流れていて、川のほとりでふくが、蛇に指を嚙まれ、その指の血を文四郎が強く吸ってやる。夏の朝のひとときの、小さな出来事。それが静かな文章で、眼に見えるように語られます。

そして、この場面は、文四郎が年月を重ねて成長する間に、心のなかで強く、大きく育っていくのです。

文四郎とふくの間の出来事は、ほかに二つの場面が語られるだけ。合わせて三つの場面があるだけなんですが、最初の指の血を吸ってやる場面と同じように、それらの出来事が、文四郎の心のなかで育ち続け、恋と呼ぶのがふさわしいような強い思いに

なるんですね。

ふくは江戸の藩邸につとめ、やがて藩主の寵姫《ちょうき》になります。二人は、青春の長い時間、会うことすらありません。しかし、文四郎のなかで恋が育ってゆき、クライマックスの、夜の五間川《ごけん》を舟で下って危機を脱するシーンで、ふくのなかでも、文四郎への恋の思いが育っていたのが判明します、

少年と少女の、たった三つの場面があるだけなんです。それが実に魅力的に、また正確に描かれることで、読者のなかで、文四郎の恋心が育っていくのが発見されるんです。そういう仕掛けが、またそれを的確に描く文章が、『蟬しぐれ』を、日本文学のなかでもまれに見るような青春文学にしているんです。

「文章がいい」という、その内実は、ストーリーの展開と緊密に結びつきながら、ある場面を読者に体験させ、読者はその体験のなかで、登場人物のものでありながら、自分のものでもあるような、人生の意味を発見する。それが「いい文章を読む」ということの意味だと思うんです。

ついでに申しますと、日本文学の世界では、時代小説はエンタテインメントである、というのが常識みたいになっていますね。まあ、歴史的経緯からいっても、そう思われがちであるのは否定できません。時代小説は、講談みたいなものと深い縁を結びな

がら生まれてきたようないきさつがあります。

しかし、藤沢周平文学を考えるときは、そういう紋切り型の発想から離れなければならない、と私は思っています。

『義民が駆ける』や『漆の実のみのる国』のような歴史小説、『白き瓶《かめ》』や『一茶』のような伝記小説——これこそが面白いと同時に、正真正銘の文学というしかありません。藤沢周平の「いい文章」は、そのような確固とした文学の山脈を生み出したのです。

ところで、私が文庫本で解説を担当した藤沢周平の歴史小説集『逆軍の旗』について、とりわけ明智光秀について話せということですね。

この作品では、藤沢周平の信長という人物に対する見方がよく投影されています。藤沢さんは「徳川家康の徳」というエッセイで家康をほめていますが、いっぽうで「信長嫌い」だったようです。

若い頃は、信長を一種の天才として評価し、外に向かって国を開く進取の気性を評価していたようですが、実像を知れば知るほど、嫌悪の対象になっていったようです。「狂気に近いような傲慢《ごうまん》さがある」と表現をしていて、さらに「とにかく人間を殺しすぎる」ともいっています。

たとえば比叡山焼き討ちでも一向一揆平定でも、不必要に多数の人間を殺戮《さつりく》している。光秀はそんな信長の〝狂気〟が自分自身を破滅に追い込むことを知って、またひいては世に害をなすと考えて、謀反を企てたというのが、藤沢さんのこの小説のモチーフになっている。「土を洗い落としたあとに、白い根をみるように、権力者の中に次第に露出してくる狂気は無気味だった」と書いています。

藤沢さんは、光秀が「信長にとって代わろう」とか「天下を取ろうと思っていた」とは考えていない。その証拠に、信長を抹殺した後、逃げもしないし、戦《いくさ》の準備もしない。ただ呆然としていたというシーンで作品を終えている。徹頭徹尾「信長に対する恐怖だけがあり、それを取り除くことだけを考えた。野心はみじんも持たなかった」という視点で描いているのが斬新です。

もう一編、『闇の歯車』*もテレビドラマになるんですか？

これは江戸の町を舞台にした犯罪小説ですが、文体もストーリー展開も、どことなくダシール・ハメットやレイモン・チャンドラーといった、アメリカの本格ハードボイルド作家を彷彿《ほうふつ》させる、それほど質が高い作品だと思っています。現代を舞台にしたハードボイルド小説でも、日本にはこれに匹敵するほどのものはない――そう思えるほどの作品です。

上からの視線で人間を見ない

亡くなった作家の丸元淑生《よしお》さんが「骨を噛む哀惜」というエッセイ（『藤沢周平のすべて』文春文庫に収録）で、藤沢周平について書いています。『溟《くら》い海』という、藤沢さんが最初の直木賞候補になった作品があります。江戸の浮世絵師・葛飾北斎を描いた小説ですが、丸元は「北斎の心理を説明しているので、この小説を読むのがつらい」というんですよ。たしかに、藤沢さんは他の作品では主人公や登場人物の心理描写と行動は描くものの、心理説明はしていない。

「しかし心理説明をしない形で小説を書くのでは、なかなか直木賞に届かないから、仕方なくそれをやったのが『溟い海』であろう。自分は『溟い海』のその箇所を読むのがつらいから、長いこと読まないでいた」という意味のことを、丸元淑生は書いています。

これは「藤沢周平の姿勢とは何か?」を、実によく物語っています。「読者に何かを説明する」というのは、いわば〝上からの視線〟。自分の世界を上から下に説明することです。藤沢周平はそういうことをやろうとしない。心理や行動の描写、もちろん風景描写もする。しかしそこから先は読者の想像力にまかせる。そういう書き方なんですね。

藤沢作品のなかで、市井《しせい》ものと呼ばれるジャンルがありますが、これは安易にハッピーエンドにならないんです。穏やかな結末や、なんとなく幸福感に包まれて終わるものもありますが、作品の多くは〝これから〟を暗示させる終わり方。市井ものに関しては、その傾向が強い。

それは、江戸という時代を舞台にして、現代人に問題を突き付けているからです。「自分は市井小説というものを、普遍的な人間性をテーマにした小説であると考えている。エンターテイメントというよりは、人間とは何かを考える場所にしているのだ」という一文があり、そこでは「普遍的な人間性を扱うからには、現代にヒントを得て江戸時代の小説を書いても格別不都合なことはあるまい」とも書いています。『橋ものがたり』などは実に柔らかな終わり方で、包んでいる空気は暖かいですよ。「いま住んでいる世界が地獄だ」とは思わせない。生きていくことの素晴らしさ、生きることの喜びも描かれるが、それでもこの先、人生はずっと続いていくし、これからも生きざまのドラマが繰り返される。そういう視線が生きています。

「藤沢周平は人間を慈しみの眼で見ている」という評価があります。その通りでもあるんでしょうが、しかしあの優しさの裏側に、実はとても厳しいリアリズムが潜んでいると、私は思います。それだけ厳しく、社会というもの、そしてそのなかで苦悩する人間を見ているからこそ、ああいった包み込むような優しさが醸し出されてくるのではないでしょうか。

私は『別冊文藝春秋』という雑誌を担当していたことがあります。担当編集者とは別に、折々藤沢さんのお宅に、ご挨拶や執筆のお願いに伺ったことがあります。そこで書いていただいたのが『三屋清左衛門残日録』。ですからあの作品に対する思い入れは特別に深いものがあります。

「残日録」というのは秀逸のタイトルですね。いまでいえばサラリーマンの定年後の物語ですが、作品のなかで「これは日記ではない」と、物語のなかで嫁を相手に説明している。「日残リテ暮ルルニ未ダ遠シ」だから「残日録」なんですね。

短編で好きなのは『山桜』、それに『花のあと』。女性が主人公ですが、その凛《りん》とした生き方に惹《ひ》かれます。そこはかとない色気を醸し出す点も、藤沢ワールドの真骨頂です。

＊『闇の歯車』＝BSスカパー「時代劇専門チャンネル」などで二〇一九年放送。橋爪功ほか出演。

湯川豊（ゆかわ・ゆたか）

1938年新潟市生まれ。64年慶應義塾大学卒業後、文藝春秋入社。『文学界』編集長などを経て、取締役・編集総局長。2002年退社後、東海大学文学部教授などをつとめる。近著に『一度は読んでおきたい現代の名短篇』（小学館新書）、『植村直己・夢の軌跡』（文春文庫）、『海坂藩に吹く風　藤沢周平を読む』（文藝春秋）などがある。

居酒屋で会った謎の男・伊兵衛（橋爪功）から現金強奪の誘いを受けた左之助（瑛太〈永山瑛太〉）の運命は…　時代劇専門チャンネル オリジナル時代劇「闇の歯車」（2019年）より。

出演：瑛太（永山瑛太）／橋爪功／緒形直人　監督：山下智彦　脚本：金子成人　©2019「闇の歯車」製作委員会

藤沢周平が紡ぐ「人生の彩り」

『闇の歯車』

男は往々にして〝おとなしい女〟によって破滅の道を転がり落ちていく

（文春文庫・講談社文庫）

伊兵衛という押し込み強盗の頭目が、深川蜆川《しじみがわ》の川端にある一杯飲み屋に顔を出し、四人の仲間をスカウトするところから、物語は始まる。伊兵衛は、仲間にプロを使わない。素人《しろうと》でめぼしい人間を選び、一度きりで組織をつくり、金を分けたら、あとはおたがいに見ず知らずの他人となる約束だ。しかも伊兵衛が偉いのは、押し込みに入っても決して人を殺《あや》めたり、傷つけたりしないこと。また押し込みの時間も、「ふつうは真夜中」という常識を破って、日暮れ時という意表を突いた時間である。

スカウトされたのは、いずれも訳ありの人物ばかり。まずは博打《ばくち》狂いの元檜物師《ひものし》。次は元は侍だが同僚の妻と駆け落ちして江戸に潜んでいる浪人者。その女は胸を病んで余命いくばくもない。そして「江戸所払い」が解けて戻ってきた元建具職人。最後は老舗《しにせ》商家の跡取りの若旦那。四人はこの飲み屋の常連だが、おたがいに言葉を交わしたことがなく、それぞれの素性を知らない。それが伊兵衛の付け目。まるで現代の犯罪組織と共通するようだ。
　この伊兵衛が四人を誘い込み、目当ての大店《おおだな》を襲って、六百五十両を見事頂戴するまでの計略の見事さ、深謀遠慮を織り交ぜたストーリー展開には舌を巻く。しかも、仲間として誘われた四人は、考え方や暮らしぶりが詳細に描かれるのに、頭目の伊兵衛に関しては過去が語られず、いま現在の行動しか記述されない。伊兵衛というのは、いったいどんな人物なのか、そして最後の目的はどこにあるのか？　謎が謎を呼ぶ長編ハードボイルド、あるいは藤沢周平ならではのピカレスクロマンである！

見る・聴くDATA

ドラマ『闇の歯車』
DVD:Happinet

『闇の歯車』解説

藤沢ハードボイルドの世界

湯川 豊【文芸評論家】

『闇の歯車』を読みはじめて、すぐに気づくことがある。文体が違う。いつもの藤沢周平の文章とはだいぶ違っている。抑制と透明感のある文章ではなく、打ちこむような、あるいはたたみかけるような、速度のある強い語り口で小説がはじまり、その調子がずっとつづいてゆくのである。

そういう文体で、長屋の畳の上に仰向けに寝ころがった左之助という男の、心の動きとその後の起きあがっての行動が語られる。その左之助の行動は、ずいぶん危ういものだ。賭場《とば》にいる一石屋という金貸しが出てくるのを待って、いうことを聞かせるために匕首《あいくち》で相手の腿《もも》を刺す。左之助の談判の中身は、ある商家に貸した金の取り立てを半年待て、ということだ。奇怪にして不思議な脅迫なのである。

それが最初の章である「誘う男」の出だしである。話の裏側に闇があり、その闇のうえに、いわばハードボイルド推理小説ふうの文体がある。

ハメットにはじまり、チャンドラーで新しい文学ともなったアメリカのハードボイルド小説という言葉を、藤沢周平の時代小説に用いるのは、あまりに安易と思われそうだな、という危惧《きぐ》が私にはある。しかしいっぽうで、乾いて強い文体に驚嘆したうえで、チャンドラーを想起せずにはいられないということがあって、ハードボイルドという言葉を使ってしまうのだ。藤沢周平はハメットやチャンドラーのかなり熱心な読者だったという証言もあることだし、この言葉を使うことが許されるのではないかと、自分勝手に思ったりもしている。

ただし、ハードボイルド推理小説は、大方が探偵役（主として私立探偵）の語り、あるいはその視点から書かれている。この小説では、たとえば左之助は岡っ引のような探索者ではない。取調べを受ける側にいる、怪しげな人間のひとりなのだ。

すなわちこれは江戸の町を舞台にした、ハードボイルド調の犯罪小説。いつもの藤沢周平とは違う、それにふさわしい工夫をこらした文体と小説の骨組がある。私たち読者は、そんなふうに思いながら有無をいわせぬストーリーの展開に引きずられてゆくのである。

さらに同じような手法で、三人の男が紹介される。いや、紹介される、という言葉は適当ではない。男たちの担っている不運の人生の、それぞれの場面に私たちは連れこまれるのである。

伊黒清十郎は、重い病いを患っている妻をもつ浪人。道場の代稽古などをして生活の資を得ている生真面目な男だが、いかなるときも病妻の苦しみが忘れられない。妻を看《み》ている医者に、酒を飲みに行く余裕があるなら溜《たま》っている治療代を払えと嫌味をいわれても、「おかめ」という小さな居酒屋で気持をまぎらわすことを止められない。医者がさらにいうには、ご新造の労咳《ろうがい》はなおりにくいところまで進んでいる。薬を飲むより、海辺の村へでも連れていって養生させるほうがいいのではないか。しかし伊黒にそんな金はない。静江という人の妻と相思相愛になり、脱藩して二人で江戸の町中に移り住んだ。明日をも知れぬ日々を生きている。

弥十は、白髪が目立つ年寄り。元建具職だが、三十年も前に博奕《ばくち》のからんだ喧嘩《けんか》で人を刺し、江戸払いになった。五年前に江戸に帰ってきて、娘夫婦の家に住んでいる厄介者。もうひと旗あげたいと思いつつなす術《すべ》なく、居酒屋「おかめ」で飲んだくれ、娘夫婦を困らせている。

仙太郎は、夜具を商っている兵庫屋の若旦那。魅力ある許嫁《いいなずけ》がいるのだが、三つ年上の料理屋の女中と深い仲になっている。おきぬという、美貌で淫蕩《いんとう》なその年増女から逃れられず、進退きわまっている。ここでの男女の描写が濃密で凄絶。「別れるなんて言ったら、殺す」という女の科白《せりふ》を背負って、仙太郎はこれまた「おかめ」の看板までいる客なのだ。

この三人に左之助を加えた四人が、「おかめ」の夜遅くまでいる常連客なのだが、互いに声をかけあうこともなく、皆ひとりずつで、勝手に酒を飲んでいる。ただし四人を束ねて、自分の思い通りの力にしようとする者がいて、伊兵衛という五十がらみの男がそれ。表向きは金貸しだが、本業は盗人《ぬすっと》。四人べつべつに平然と自分が盗人であるのを打ち明けて、協力すれば五十両、百両の分け前を渡すともちかける。伊兵衛は四人の現状を詳しく調べあげていて、その弱点をちらつかせながら、金で釣るのである。四人は、伊兵衛の誘いに乗る。

以上のように、私が事改めて登場人物たちをここで確認したのは、この犯罪小説がいかに独創的な構成をもっているか、ということをいいたいためであった。蜆川《しじみがわ》のほとりにある「おかめ」という小さな居酒屋に、四人の市井に生きる男たちがいて（浪人も一人まじるが）、それを伊兵衛という狐のようにしたたかな男が束ねて、押し込みをやろうとする。伊兵衛以外は全員シロウトだから、盗みのあとですぐに解散すれば、けっして足はつかない。じつにしたたかな押し込みのくわだてなのだ。

このくわだてを書くには、それをやる人間の側から描くしかない。居酒屋の客の四人が、互いによく知らないままに強盗をするなんて、あまりにつごうのいい方便ではないか、とそれだけ聞けばそう考える人がいるかもしれないが、四人の不運を背負っている人間の描き方には痛切なものがあって、私は十分に説得された。

では、この犯罪を捜査する側の人物はいないのかというと、ちゃんと存在している。南町奉行所の新関多仲《にいぜきたちゅう》という定町廻り同心と、岡っ引の芝蔵である。新関は、伊兵衛という一見商人風の男が漂わせている匂いをあやしんで、これをつけ回しているのだが、伊兵衛が束ねた四人組のことは知りようがない。すなわち、新関の捜査が主筋となるハードボイルド推理小説ではなく、いってみれば新関も四人組と同格の、登場人物にすぎないのである。これまた、作者の工夫の一つなのだ。

さて、伊兵衛は夜遅くに四人を「おかめ」に集めて、押し込み先を打ち明ける。繰《くり》綿問屋《わた》である近江屋で、そこには組合が幕府に納める冥加金《みょうがきん》が六、七百両あるという。そして主人をおどして金をとるのは自分がやるといい、四人の役割をそれぞれに指示する。じつにかんたんで遊んでるうちに金を手にするようなものだ、と豪語する。

伊兵衛のもう一つの指示は、押し込みの時刻で、日暮れどきにやるのだという。それに疑問を呈した左之助に向って、いう。そう、押し込みは夕方に限るのです、と。

夜はどんな家でもきびしく戸締りをするから、（あなたがたのような）素人衆《しろうと》には無理。それにひきかえ、日が暮れると間もなく、ぱったりと人の姿がとだえる時がある。それが逢魔《おうま》が刻《とき》、それこそが、楽々と押し込みがやれる時間なのだ。

ところで、この小説は一九七六年の『別冊小説現代』新秋号に一挙掲載されたのだが、そのときのタイトルは『狐はたそがれに踊る』というものだった。単行本で『闇の歯車』と改題されたのである。元のタイトルは、押し込みが日暮れどきに行なわれるのを、作家が強く意識していることを示しているともいえるだろう。

たしかに逢魔が刻こそが押し込みに最適という伊兵衛の考えは独創的である。私は民俗学の泰斗《たいと》である柳田國男の『妖怪談義』を思いだした。柳田はそこで語っている。夕暮れどきを、「たそがれ」とか「かはたれ」というのは、「誰ぞ彼」「彼は誰」を意味する。昔の日本人にとっては、昼が夜に変わる、その変化の時こそが、一種の空白を出現させる「悪い刻限」なのであった。

とりわけ地方の田舎ではその恐怖感が強く、夕暮れを逢魔が刻などと呼ぶのはそのせいである。田舎では、自分が他所者《よそもの》つまり恐怖の対象とされないために、「お晩でございます」などとていねいに声をかけあうのを常とした。

そして、江戸のような大都市であっても、子供が攫《さら》われるのはきっと夕刻で、「悪い刻限」の記憶は薄れていないのである。伊兵衛という狐は、江戸の町中に出現する空白の時を利用しようとした。

伊兵衛と共に、作者である藤沢のしたたかな目が働いているというべきだろう。押し込みは、ほぼ伊兵衛の思い通りに達成されるのである。しかし、これが成功といえるかどうか、その後の経緯については、ここでは書かないでおくことにする。

それにしても、この犯罪小説の主人公は誰と考えたらいいのだろうか。「狐」といえるのはただひとり、四人の素人を束ねた伊兵衛であるが、この男は読者がわずかながらでも心を寄せるようには描かれていないのである。たんなる悪の源にすぎない。

では、悪の源を摘発しようとする奉行所の同心新関某《なにがし》はどうか。この捜索者にも傍役《わきやく》の面影しかない。

私は、やはり最初と最後に語られる左之助を考えたい。他の素人三人が、それぞれに不運に見舞われる。そして三人とはろくに言葉をかわしたこともないのに、彼らの不運の人生に好意をいだき、「間違いなく仲間だ」と思う。そういう左之助の存在に、私は読後のカタルシス（浄化作用）を感じた。左之助は、おくみという女に頼って、これからは世間の表に出て生きようと決意する。

藤沢周平のハードボイルド的小説といえば、人がすぐ想起するのは『消えた女』をはじめとする「彫師伊之助捕物覚え」の三部作シリーズだろう（『漆黒の霧の中で』『ささやく河』とつづく）。

元岡っ引の彫師伊之助が主人公で、彼はどう勧められてもふたたび十手を持とうとはせず、素手のまま捕物事件の探索者になる。その点では、探索者である私立探偵が語り手であるアメリカのハードボイルド小説の江戸版なのだった。

ところが『闇の歯車』の文体は彫師伊之助シリーズに近いけれど、物語の仕立てがまったく違う。犯罪小説ではあるけれど、犯罪の扱い方が、市井に生きる四人の人生の側からなのである。物語の構成がわかりやす過ぎるほど明からさまなのに、四人の人生それぞれの陰翳《いんえい》の深さにしたがって、きわめて面白い。これは、作家の手腕のみごとさというしかない。藤沢作品のなかでも特別なもの、という感懐が深い。

藤沢周平が紡ぐ「人生の彩り」

『暁のひかり』

暗い闇の中だからこそ、小さな光がはっきりと目立つものだ

(文春文庫)「暁のひかり」「馬五郎焼身」「おふく」「穴熊」「しぶとい連中」「冬の潮」収録。

壺《つぼ》振《ふ》りの市蔵は賭場《とば》の帰り道、大川端で少女に出会う。足が悪いらしく、竹竿《たけざお》を杖代わりに歩く練習をしている。懸命なその姿を見てふと、自分はいつから、あんなひたむきな姿を失ってしまったのだろうかと悔恨の念を覚える。できるものなら堅気《かたぎ》の世界に戻りたいと願う市蔵だが、所詮《しょせん》、それはかなわぬ夢に過ぎなかった……。

ストーリーもさることながら、堪能してもらいたいのは風景描写と、それを投影する心理描写の精緻《せいち》さ。たとえば市蔵が賭場を出て、家に戻る途中で、ようやく町が明るくなってくる。

「町はまだ眠っていて、何の物音も聞こえず、人影も見えなかった。市蔵は多田薬師の長い塀脇を、川端の方に歩いていく。路にはまだ地表に白い靄《もや》のようなあいまいな

光を残しているが、夕方と違って、歩いて行く間に足もとのあいまいなものが次第に姿を消し、かわりに鋭い光が町を満たして行く」

　まるで市蔵と一緒に、まだ夜が明け切れぬ町を歩いているような気にさせてくれる。

「空気は澄んで、冷たかった。市蔵はゆっくりと河岸を歩いて行く。澄んだ空気を深ぶかと肺の奥まで吸いこむと、泥が詰まったように重い頭や、鋭くささくれ立った気分が少しずつ薄められて行く気がする」。そしてこう続く。

「市蔵が、いまのようなやくざな商売でなく、もっとまともな仕事をして暮らすことだって、やろうと思えば出来るのだ、とふっと思うのはこういう朝だった」

　人は誰も、生まれたときから〝汚れて〟いたわけではない。いつでもまたもとの白さを取り戻せるはずだ、でもどこで取り戻すか――それは本人の覚悟次第だ。

『暁のひかり』解説

あさのあつこ【作家】

小説というものは幾通りもの楽しみ方があって、それは読み手個々の年齢とか資質とか精神的かつ肉体的状況とかで大きく異なったりもするのだが、例え一冊でも、「ああ今、これを読んでいる今が最高に楽しい」と心底思える本に出会えた本読み人は幸せだ。脂ののったでっかい鮭を一週間ぶりに捕らえた熊のように、数年来の片恋を一か八かで告白したら、「いいよ」と思いもかけず成就した内気な少女のように幸せである。至福を手にしたと言えるかもしれない。

本と人との出会いは恋そのもののようであり、何気ない日々の営みのようでもある。運命のようで、偶然のようで、些細《ささい》なようで、人生を変えてしまう何かがある。不可思議なものだ。一人の人間と一冊の本の間には、神か、それとも悪鬼かの手が介在した。そうとしか思えない一瞬がある。

わたしが藤沢周平の作品と出会ったのは、三十代の前半、三人の子どもたちに振り回される日々の中で、だった。

別に子どもたちに問題があったわけではない（いや、問題がなかったかというと、微妙にあったような気もするが、母としては……）けれど、三人いればかなりのエネルギーで、母親を振り回すには充分以上のものだった。それはそれで、楽しくもあり、実る思いもあったのだけれどやはり消耗し、疲弊もする。

三十代前半、もうそう若くもなく、現実との折り合いを上手につけるコツをみつけ、上手く折り合っていいのかと煩悶《はんもん》する年頃だった。このままで、いいのだろうか。このままで充分じゃない、これ以上何を望む？　いや、何を望める？　焦燥と諦念《ていねん》と苛《いら》立《だ》ちが綯《な》い交ぜになって、心を揺する。

そんなとき、出会ったのだ。藤沢周平の世界に。わたしは、時代小説の律儀な読み手ではない。どちらかというとミステリーや外国の児童書が好きで、どうしてもそちらに手が伸びてしまう癖がある。藤沢周平という作家の名前はむろん知ってはいたが、知っていたに過ぎず、読みたいと望んだことなどついぞなかった。たまたま、短篇集ということもあって何気なく手に取ったのだ。慢性疲労の身にあっては、長いものはちときつい。時間つぶしに、ぱらぱらめくれるのなら……と、ページをめくったのだ。

憑《つ》かれてしまった。大げさでなく魔性のものに魅入られたと感じた。容赦なく言葉が、場面が、人物が沁みて来る。ほんとうに容赦なかった。沁みて来るとは、よく使われる表現だが、正真正銘、心に沁みて来ると痛い。自分の心の罅割《ひびわ》れ具合が自覚できるほど痛い。こんなふうに甘美な快感を伴う苦痛を久々に味わった。

それから、貪《むさぼ》るように藤沢周平を読み漁《あさ》った。文庫が数多く出ていることがありがたかった。そうでなければ、月々の本代に我が家の家計はあっけなく破綻していたかもしれない。

藤沢さんの作品が好きだ。とくに、市井《しせい》もの、とくに短篇が好きだ。好きでたまらない。こんなに愛しいものがこの世にあるのかと、思う。心底、思う。思うというより感じてしまう。短い作品一つ、一つの中に紛れもなく、人間の生がある。暮らしがあり、生き方があり、心意気があり、希望と絶望がある。この凝縮の見事さ、美しさはどうだろう。愛しいとしか言えないではないか。

この『暁のひかり』には表題作を含めて六篇が収録されている。つまり六つの人生があるのだ。人生が描かれているのではなく、人の生と日々がちゃんと生きて鼓動を打っている。読み手は、だから六つの人の生と日々に触れることができる。時空を超えて触れることができる。本読みにとって、まさに至福を約束してくれる一冊だ。

『暁のひかり』の市蔵は元鏡師。元というのは身を持ち崩して、今は賭場の壺振りとなっているからだ。その市蔵が朝方、賭場からの帰り一人の少女に出会う。

その娘を見かけたのは、七月の初めだった。

江戸の町の屋根や壁が、夜の暗さから解き放されて、それぞれが自分の形と色を取り戻す頃、市蔵は多田薬師裏にある窖《あなぐら》のような賭場を出て、ゆっくり路を歩き出す。

お江戸の夏、早朝の場面からこの物語は始まり、

市蔵は答えずに、いまきた河岸の道を眺めた。自身番の前で、さっきの年寄がこちらを向いてじっと立っているのが見えた。赤みを帯びた暁の光が、ゆっくり町を染め、自分を包みはじめているのを市蔵は感じた。

一年後の七月、まだ明けやらぬ町の光景で終わる。その一年の間に一人の博徒の知った仄《ほの》かな希望と深い絶望が、淡々と少しの過剰さもないままわたしたち読み手の前

に広げられていく。さあ見ろ、さあ読めと強いるものは何もない。静かに、静かに、絵巻物がそれを取り扱うに熟知した専門家の手でそっと広げられていくように、広げられていく。

――これだから、世の中は信用がならねえ。

不意に市蔵はそう思った。衝き上げてきたのは憤怒だった。これだから、世の中なんてものはこれっぽちも信用出来ねえのだ。

少女おことの死を知った直後の市蔵の独白と憤怒は生々しい波動となって、こちらの胸にせまってくる。

『馬五郎焼身』の馬五郎の娘を失ったが故の荒《すさ》み、『おふく』の造酒蔵《みきぞう》のおふくに対する恋慕（この物語の最後の場面のなんともやりきれない美しさは秀逸。秋の日暮れの光と赤児に乳を含ませる女の肌の白さがあんまり美しくて、頭がくらくらした。そして男の切なさにさらにくらくらして、そのまま寝込みたかった。布団に寝込んで、ただこの美しさだけを抱いていたいと思った。現実は厳しくて、そうもいかなかったけれど）、『穴熊』の浅次郎の放心と妻を斬り殺さねばならなかった伊織と殺されねばならなかった佐江の運命、『冬の潮』の市兵衛の転落……

全て、全て、胸にせまってくる。

人というのはこんなにも、愚かで、脆《もろ》くて、哀しいものなのか。こんなにもしたたかで、温かくて、優しいものなのか。

人間という生き物の奥の奥にある正体を知りたくなる。藤沢周平の作品には、その正体を明かす鍵が幾つも隠されていて、読むたびに一つ一つ拾い集めている気がするのだ。

おもしろい。

人間というものは、物語というものは、本というものは、とてつもなくおもしろいものだ。

三十代のわたしは震えながら思った。同時に、書きたいと思った。書きたい、わたしも物語を書いてみたい。藤沢周平のような、などと大それた欲望は抱かない。仰ぎ見るだけでいい。遥《はる》かいただきを仰ぎ見ながら、それでも一歩を踏み出したい。遠い昔、物書きになりたいと心根から願っていた自分を思い出す。泣けるほどに思い出す。

藤沢周平の作品を胸に抱いて、わたしはわたしの物語を書いてみたいのだ。諦めてはいけない。捨ててはいけない。いただきは遥か遠く、雲のかなたに霞《かす》んではいるけれど、一歩、踏み出すことはできるはずだ。

——これだから、世の中は信用がならねえ。

市蔵は呟《つぶや》いたけれど、たしかに信用がならないものだ。落とし穴も罠もあちこちに仕掛けられている。しかし、また、路もあるのだ。自分の歩くべき路を教えてくれる出会いがあるのだ。

『しぶとい連中』の熊蔵がみさ母子に出会ったように、思いもかけない出会いと運命の急転がある（この一篇、哀調を帯びた他の作品とはやや色調が異なる。渋いユーモアとそれゆえの和みが漂い、とても気持ちがよい。最後、母と子の会話を聞きながら「ことりと眠りに落ちた。」熊蔵の穏やかな寝息が聞こえるようだ）。

わたしは、藤沢周平の作品に背中を押してもらった。まだ、登山道の入り口付近にも到達していないけれど、それでも前に進んでいる。出会えてよかったとつくづく思う。そして、できれば、一人でも多くの若い人たちに、『暁のひかり』を始めとする作品群に出会ってほしいと祈る。

人はおもしろい。

そのことを知ってほしいと祈る。

世の中は信用ならねえ。

人の世は悲哀に満ちている。それでもおもしろいのだ。生き抜く価値はあるのだ。ほら、手を伸ばしてその悲哀におもしろさに触れてごらん。

本当の意味で一人前の大人たちがいつの間にか、この国から消えてしまった。似非《えせ》大人はいても、若い魂を揺さぶり、山のいただきになれる大人はどこにいったのだろう。説教でなく、訓示ではなく、命令ではなく、そういうものと対極にある言葉、本物の大人がぼそりぼそりと語る真実の言葉を子どもたちは、もう聞くことができないのだろうか。だとしたら、読んでほしい。耳をそばだててほしい。絶望して命を絶つ前に、ぜひ……。

藤沢周平という作家は、若いあなたたちに今でもまだ、ぼそりぼそりと「生きること」を語っているのだから。

自宅近くの東京練馬・大泉公園にて。

あらすじと解説で読む「生きるヒント」3

残照を浴びて晩年の生きがいを探す

藤沢周平が紡ぐ「人生の彩り」

『三屋清左衛門残日録』（文春文庫）

組織を離れたとき、「まだまだ日々は終わらない」と思えるか？

藤沢周平は城山三郎との対談で、実はこの小説は、城山さんの『毎日が日曜日』がヒントになっているんですよ、と語ったという。『三屋清左衛門残日録』が執筆されたのは一九八〇年代中頃から後半。高度経済成長を担ったビジネスマンが退職期にさしかかり、「リタイア後」が話題に上り始めた時期でもある。城山三郎の小説は、いち早くその問題に焦点を当てている。

日は傾きつつあるが、日暮れにはもう少しある……「残日録」にはそんな意味合いが込められているが、三屋清左衛門の隠居は数えで五十二歳。江戸と現代では平均寿命も大きく違うので、仮に十年歳上として計算しても、現代の六十代はまだまだ働き盛り。とても清左衛門のように〝老成〟とはいかないし、老後の長さを考えると簡単に引退もできない。

だからなのか、清左衛門のように、隠居しても再び藩政の「ご意見番」として活躍する〝生涯現役〟の姿に憧れる藤沢ファンが多い。でもその一方で、隠居生活の中に張り合いを見つける姿に賛同する人もいる。どちらに与《くみ》するかは、たどってきた個々の人生によるようだ……。

いずれにせよ、昔取った杵柄《きねづか》とばかりに木剣を手にして道場に通い、学問塾にも顔を出し、さらに近年みつけた酒のうまい店の美貌の女将と淡い情を通わせるその姿には、リタイア前後の現代ビジネスマンの憧れがすべて詰まっている。

しかし、それはあくまで理想像。

「だからせめて旧友と酒を酌み交わし、友情のありがたさを感じるようになっていたい」という声もある。おたがいが経てきた時間を思いながら酒を酌み交わせるなら、それはとても豊かな人生だった証拠だ。

見る・聴くDATA

ドラマ **『清左衛門残日録』**
DVD：NHKエンタープライズ
「三屋清左衛門残日録」シリーズ
「登場篇」「完結篇」「三十年ぶりの再会」
「新たなしあわせ」「陽のあたる道」
DVD：ポニーキャニオン、Happinet

『三屋清左衛門残日録』解説

丸元淑生【作家】

『零落』では、三十年ぶりに出会った元同輩の金井奥之助と三屋清左衛門は、一緒に磯釣りに出かける。

三十年前に百五十石だった金井奥之助は二十五石に「おちぶれ」ており、清左衛門は前藩主の用人を勤めあげ、百二十石を二百七十石にまでふやして隠居した〝成功者〟である。

日が落ちる頃となり、人影のなくなった釣り場で奥之助は、清左衛門をつき落とそうとして逆に自分が海に落ち、清左衛門に助けられる。

このいかにも愚かしい行為のあとで奥之助は、「許してくれとは言わぬ。助けてもらった礼も言いたくない。それでも、むかしの友人という気持が一片でも残っていたら、このままわしを見捨てて帰ってくれ。もう二度と、貴公には会わぬ」と言う。

この小説はつぎのように終わっている。

金井奥之助とのつき会いが、すべて終ったようだと清左衛門は思った。のぞんだことなのに、喜びはなく胸に空虚なものがしのびこんで来ている。年老いてみじめなのは、豈《あに》奥之助のみならんやと思うからだろう。

振りむきたい気持をおさえて歩きつづけた。暗い足もとでさくりさくりと砂が崩れた。

一見、たんに老境の悲哀を叙したかにみえるこの文章で作者が書こうとしたものは、清左衛門の側に起きる変化である。そこで、わずかながら清左衛門そのものが変わるのだ。英語でいえば、モディファイ（modify）が当たる微変化であるため、必ずしも読者に意識的に伝わるとは限らないけれども、「さくり」という一語が周到に選ばれていて、読後の余韻のなかで清左衛門に起きた変化が感じとれるのである。

その微変化は〝成長〟といってもよいだろう。清左衛門はすぐれた平衡感覚の持主で、情緒的に安定しており、ほとんど不安を蔵していない。隠居の身であるため、藩の動向や世情からも超然としている。

これまでの人生を生きて、すでに固まってしまったものがあり、人間的にはいわば硬質な石のような存在である。

その石が、わずかに変化し、成長するところに、この連作の味わいがある。その魅力がつぎの作品を読みすすめさせるのだ。

『白い顔』では、酔うたびに妻の多美を「無法に苛《さいな》み」つづけた二十五歳の藤川金吾に、清左衛門は激発する。実家に逃げ帰って離縁していた多美を平松与五郎に嫁がせたのだが、それを恨んで藤川が清左衛門を待伏せる場面である。

「多美を平松に片づけるのに、隠居がずいぶんと骨折ったという話を聞いたぞ」

「それが何か」

と清左衛門はいくらか無気味な気持で言った。

「おてまえにはかかわりがござるまい」

「そうはいかぬ。多美はまだおれの女だ」

「だまらっしゃい」

清左衛門は一喝した。おれの女という下卑《げび》た物言いに腹が立って、相手の無気味さを忘れた。憤怒の声が出た。

この一喝は、石が突然動いたかのように唐突に吐き出されるのだが、怒りによって清左衛門に血気が戻ったからでも、若さがよみがえったからでもないことが、その先の文章によってわかってくる。

清左衛門自体が変わった結果なのだ。老年そのもののなかから生まれ出た、新たな精気といってもよいだろう。それが、この連作の他に例を見ない清新さである。

『醜女』では、おうめと竹之助の愛が成就して結ばれる結末で、清左衛門は「これで終ったかな」とぽつりと言う。

それに対して、町奉行の佐伯熊太が、「終った。山根どのといえども、邪《よこし》まに我意を通すことは許せぬ」というところが対照されている。

佐伯にとってそれは、たんなる一つの事件の解決にすぎないのだ。そして、隠居する以前の清左衛門ならば、やはり同じように一つの事件の解決としてしか受け止めなかっただろうと、読みとれる箇所である。しかし、いまの清左衛門は、「一人の女がようやく理不尽な束縛を脱して、どうにかひとなみのしあわせをつかんだらしい」ことを、ただ祝福しているのだ。

『立会い人』では、前髪のころからの友人の大塚平八が中風《ちゅうぶう》で倒れたのを見舞って帰り、「大塚さまのご病気はいかがでしたか」と嫁の里江に問われ、「思ったより元気だった」と答える。そして、そう答えたとき、清左衛門は「どういうわけか夥《おびただ》しい疲労感に身体をつつまれるのを」感じる。

後日、小料理屋では旧友同士の佐伯熊太と平八を話題にして、つぎのような会話をとり交す。

「医者は、たゆまずに修練を積めば、中風の跡も目立たぬほどに歩けるようになろうと申したそうだ。病気そのものは軽いのだ」

「で歩いているのか」

「いや、まだだ。床には起き上がっている」

「そこがあの男のふんぎりの悪いところだて」

と佐伯が言った。

「事にあたってきわめて慎重、と言えば聞こえはいいが、要するに臆病なのだ。万事おっかなびっくりで、勇猛心が足らん。わしなら歩けといわれたら、あのへんの塀につかまってでも歩く」

「貴公のようにはいかんさ。ひとにはそれぞれの流儀がある」

と清左衛門は言った。

老いの現実が、清左衛門を疲労感でつつむのだが、『早春の光』でふたたび平八の家に足を向け、「道の遠くに、動く人影があるのに」気づいて立ち止まる。

こちらに背をむけて、杖をつきながらゆっくり動いているのは平八で、平八の身体はいまにも転びそうに傾いているのである。その動きを眺めて路地に引き返したとき、自分の胸が波打っているのに清左衛門は気づいていたが、「胸が波打っているのは、平八の姿に鞭打たれた気がしたから」である。

この作品は、「平八がやっと歩く習練をはじめたぞ」の一言で終わる。

主題を鳴り響かせ、道の奥の平八の消えない像を結ばせる一言である。

名作あの場面、この台詞

『三屋清左衛門残日録』より

夜ふけて離れに一人でいると、清左衛門は突然に腸をつかまれるようなさびしさに襲われることが、二度、三度とあった。そういうときは自分が、暗い野中にただ一本で立っている木であるかのように思い做されたのである。

（藩主から隠居部屋を与えられ、悠々自適の暮らしを思い描いていたものの、心に迫ってきたのは、開放感とは逆の、世間から隔絶されてしまったような感情だった。）

隠居生活のなか事件解決に挑む清左衛門（北大路欣也）の活躍を描く時代劇シリーズ　時代劇専門チャンネル オリジナル時代劇「三屋清左衛門残日録　あの日の声」（2022年）より。

藤沢周平が紡ぐ「人生の彩り」

『海鳴り』

「世間」に縛られると苦しいだけ。抜け出す覚悟があるかどうか……

（文春文庫〈上・下巻〉）

主人公の新兵衛は真面目に生きてきた商人。節度と分別をわきまえ、勤勉さと慎重な商い振りで一代で紙問屋の身代を構えるまでになった。しかし、家庭は冷え切って妻とは不仲が続き、家業そっちのけで遊び回る息子も思う通りに育てられなかった。懸命に働き、商売の組仲間と吉原に繰り出した、若い女も囲ったのだ。それもやがて飽き、むなしさだけが募ってくる……。

「こんなものかと、新兵衛は思ったのだ。懸命に守って来たつもりのものが、この程度のもので、あとは老いと死を迎えるだけかと思ったとき、それまで見たこともない、荒涼とした景色を見てしまったのである」

そこで新兵衛は「妻子からも、家からもはなれて、一人の人間にもどりたいと願った」。

　そんなとき、酒に酔った同業者の妻、おこうを介抱するために連れ込み宿に入ったのを見られ、それをネタにゆすられたことから、情を交わすようになる。おこうの家庭も破綻していた。しかし夫のある身の人妻との「不義密通」、大罪である。自分たちを縛る世間のしがらみに反抗するかのように、新兵衛とおこうは、駆け落ち、そして心中まで決意する。しかし心中は決行されなかった。作者ははじめ、心中させる予定だったそうだが、長い間に二人に情が移り、殺すのに忍びなくなって、江戸から逃がしたのである。

「日の下にひろがる冬枯れた野は、かつて心に描き見た老年の光景におどろくほど似ていたが、胸をしめつけて来るさびしさはなかった。むしろ野は、あるがままに満ちたりて見えた」

　おそらくこれからも二人の逃避行は続くだろう。でも、そんな苦難をはねのける可能性を感じさせて、作者は物語を終えている。

『海鳴り』解説

後藤正治【ノンフィクション作家】

辞書には載っていないようであるが、「文品」という言葉を目にしたことがある。真っ先に浮かんだのが藤沢周平氏の作品だった。氏の時代小説は、武家もの、市井《しせい》もの、歴史ものと多岐にわたるが、ジャンルを超えて小説としての品格がある。氏のファンであり続けてきたのは、「文品」に由来しているように思えたのである。

文品にはもちろん、文体が含まれる。氏の作品でいつも感服するのはごくなんでもない情景の描写だ。やさしい言葉を使いつつ、目の前に光景が浮かんでくる。そこに、心象や暗示が微《かす》かに込められているときもある。

本書『海鳴り』には、海や川の情景が幾度か登場するが、抜き出してみると、たとえばこんなところ――。

《そして空は、よく見ればゆっくりと一方に動く黒雲に埋めつくされているのだった。

街道には、ほかに人影はなかった。歩いているのはそのころはまだ新助と言っていた、新兵衛ただひとりである。

　笠を押さえながら、新兵衛はいくぶん心ぼそい気分になりながら歩いていた。そのとき新兵衛は、見えるところにくだけては散る磯波とはべつの音を耳にした。音は沖から聞こえて来た。

　そのときはじめて、新兵衛は海に眼をやったのだが、思わず声を出すところだった。沖の空は、頭上よりも一層暗く、遠く海とまじわるあたりはほとんど夜の色をしていた。音はそこから聞こえて来た。寸時の休みもなく、こうこうと海が鳴っていた。重重しく威嚇《いかく》するような、遠い海の声だった》

《新兵衛はうつむいて、少し凝っている肩をこぶしで叩いた。そのときあたりが急に明るいものに照らされたような気がした。顔を上げたが、四囲は川の闇である。上流の船の灯と、時おり眼につく岸の灯が、かすかにまたたくだけだった。

　——気のせいか。

　と思ったとき、あたりがまたぱっと明るくなった。一瞬だったが、紫色の光の中に、川波のうねりと両岸の夜景がうかんだ。光はすぐに消えた。

　新兵衛は空を見上げ、ついで身体をひねって河口の方を見た。頭上には星がかがやいていた。そして光は背の方から来たように思えたのである。雷が鳴るかと思って耳を澄ましたが、音は聞こえなかった。ゆたゆたと鳴る波の音が、四方の闇を満たしているだけである》

その文体に導かれて、読者は物語へと誘われ行くのである。

主人公は紙問屋を営む小野屋新兵衛。別の紙問屋の内儀おこうとの道ならぬ道へとのめり込んでいく。今風にいえば〝ダブル不倫〟の物語であるが、不義密通は死罪にもなった江戸期のこと。それへと踏み出すことは抜き差しならぬ切迫感を帯びていて、覚悟の程において今風ではない。

新兵衛《の》は一介の仲買いから叩き上げ、江戸四十七軒で占める紙問屋の株を買い取って伸し上がってきた男だ。新興の小野屋に、大店の老舗《しにせ》が不当な介入や嫌がらせをしてくるが、くじけない。一本筋の通った商人としての気概が、背筋の伸びた人物像をつくっている。

小野屋は上質の白い「細川紙」を売りにしていたが、原料となる楮《こうぞ》の樹皮を収穫し、ふかし、叩き、晒《さら》していく紙漉《す》きの工程が仔細に記されている箇所がある。

本書の元原稿は、昭和五十七年、『信濃毎日新聞』などに連載されたものであるが、氏の『半生の記』の年譜によれば、「五月、『海鳴り』取材のため、埼玉県小川町へ紙漉きの工場を見に行く」という一文が見える。綿密な取材がなされていて、江戸期における紙業界の仕組みと模様が生き生きと伝わってくる。

新兵衛は四十六歳。初老の入口に差しかかっている。商いではひとかどの者となったが、家は荒涼としている。女房おたきとの関係は冷え切り、息子の幸助は遊びごとを覚え、仕事に身が入らない。

髪にふと白いものを見つけ、これまでの自身の歳月はなんだったのかと自問せざるをえない。

若い妾《めかけ》をもったこともあるが満たされない。

《いずれは来る老いと死を迎えるために、遊ぶひまもなく、身を粉にして働いたのかという自嘲は、振りかえってみればあまり当を得たものではなかったが、そのころの新兵衛を、一時しっかりとつかまえた考えだったのである。ひとは、まさにおだやかな老後と死を購《あがな》うためにも働くのだ、という考えは思いうかばなかった。

見えて来た老いと死に、いくらかうろたえていた。まだ、し残したことがある、とも思った。その漠然とした焦りと、ひとの一生を見てしまった空しさに取り憑《つ》かれ、酒と女をもとめてしきりに夜の町に駕籠《かご》を走らせた。

――だが、救いなどどこにもなかったし……》

自責と自嘲を浮かべる新兵衛の思いが繰り返し吐露されていく。胸の底に巣食う空洞をどう埋めていくのか。心理的なサスペンスの色合いをもった読み物ともなっている。

老いが見えてきたとき、人生の「し残したこと」を自覚しないものは稀《まれ》であろう。そのようなものをなんとか押し殺して歩んでいく人もあれば、それを埋めんとあがく人もいる。新兵衛は後者だった。

紙問屋たちとの寄り合いの帰り道、悪酔いし、無体《むたい》に遭いかけたおこうを救ったことをきっかけに二人は知り合う。おこうは「空洞」を満たしてくれる人だった。

おこうにも事情があった。石女《うまづめ》とされ、夫や姑《しゅうとめ》とのいさかいは絶えない。夫は外で子をつくり、家にまで入れようとする。ここでも家庭は破綻していた。

おこうの像は新兵衛の視線を通して描かれており、その内面は新兵衛ほどには仔細には伝わってこない。おこうは、男から見てこうあってほしいという女性像を体現している。一見、控え目ではかなげ風であるが、体内で情念の炎を宿している。

新兵衛がおこうの介抱に宿を使ったことを邪推した紙問屋の塙屋《はなわや》彦助が恐喝してくる。新兵衛がとりあえずカネで片付け、それをおこうに報告した帰り道――。

《そこまで眼をつぶって歩けば、おこうとのことは終りだった。おみねが言ったように、万事めでたく、事もなく。あとは彦助の後始末が残るだけである。

「新兵衛さん」

うしろで、おこうの声がした。

「もう、これっきりですか？」》

二人の仲が深まり、宿の部屋から消え行く両国の花火を見上げている――。

《おこうは身体を寄せると、新兵衛の背にそっと手を置いた。いたわるようなしぐさだった。

「新兵衛さん、いっそ駆け落ちしませんか？」》

執拗《しつよう》に脅しをかけてくる彦助に、新兵衛の堪忍袋の緒が切れる。路上、取っ組み合った勢いで彦助の首に手を回してしまう。老練な岡っ引きの追及が迫る。

進退窮《きわ》まった新兵衛は、ある決断を下し、踏み出していく。決断が良きものであったのかどうか、著者は新兵衛に「わからない」とつぶやかせている。読者もまた、わからないと思うしかない。

たとえ二人が駆け落ちをし、逃げおおせたとしても、新たな日々が甘美なるものばかりであり続けるはずはない。「非日常」はやがては凡々たる日常と化していくのが人の世の常であるからだ。けれどもまた、人は、幻想とわかってなお夢見る生き物である。それが間違っているとだれが責められよう。人生は一度しかなく、ひとつの選択しかないものであるなら、新兵衛の決意を尊びたくも思う。

本書を読み進めていくと、江戸の時空間に舞台を借りて、著者が主題としているのは、いま現代であり、人間の関係性であり、人の生き方を問うものに他ならないことが伝わってくる。

『半生の記』年譜の「『海鳴り』の執筆を終えて」において、藤沢氏は当初、新兵衛とおこうを心中させることで結末をつけるつもりでいたところ、「長い間つき合っているうちに二人に情が移ったというか、殺すにはしのびなくなって、少し無理をして江戸からにがしたのである」と記している。

そう、読者もまた情が移ってしまって、「二人が首尾よく水戸城下までのがれ、そこで、持って行った金でひっそりと帳屋《ちょうや》（いまの文房具店）でもひらいて暮らしていると思いたい」という結びに唱和したい気分となる。

本書は、藤沢氏らしい、精緻なつくりの時代小説である。市井ものの長篇としては代表作になるのだろう。全篇を通し、昏《くら》い色調が漂う大人の物語であるが、その文品が、ほろ苦くも艶なる光沢を与えている。

名作あの場面、この台詞

『海鳴り』より

暮らしに不満のない男なんてありはしないのだ。満足してるってのは、どっかで自分を殺したり、無理をしてるってことでね。

（一代で紙問屋の身代を構えるまでになった新兵衛が、自分の人生と家庭を顧みてつぶやく。）

インタビュー
藤沢文学の魅力を語る
⑧

藤沢文学を「撮る」楽しみ、「観る」愉しみ

杉田成道
【日本映画放送株式会社・取締役相談役】

江戸を舞台にした、古き良き「昭和」の物語

弊社が運営する「時代劇専門チャンネル」は、二〇一一年からオリジナル時代劇を製作・放送しています。昨今のテレビには極端に時代劇が少なくなって、「このままでは時代劇が滅びてしまう」という危機感を抱き、そこで自分たちで手掛けようと、協力していただけるパートナーを募って、オリジナル作品の製作に乗り出したのです。いま時代劇のキラーコンテンツになるのは、『鬼平犯科帳』など池波正太郎さんのものと、一連の藤沢周平作品。この両者が〝時代物〟では屹立《きつりつ》しています。池波さんは時代小説の大御所・長谷川伸《しん》の弟子ということもあって、どちらかというと大衆小説的な匂いがしますが、藤沢さんの作品は独自の文学的香りがあって、ややインテリ

層にファンが多いようです。

弊社では長編として『三屋清左衛門残日録』を製作しましたが、短編の名作も取り上げています。たとえば仲代達矢さん主演の『果し合い』*。主人公は、若い頃は剣の名手だったが、果し合いで片足が不自由になった「部屋住み」の年老いた侍。あることから、甥《おい》の娘が心を寄せる若者と、その縁談相手が果し合いをすることになり、助太刀に赴くのです。作品の質が評価され、国際テレビ賞のひとつニューヨークフェスティバルで賞**もいただきました。

総じて藤沢作品の映画化、ドラマ化は、茶の間への浸透力が強いですね。私見ですが、人間は五十も過ぎるとだんだん恋愛小説から離れ、時代小説の分野を好むようになる。とくに男性はその傾向が強いようですが、藤沢作品には女性ファンも多く支持層が広い。さらにひとつ読み始めるとけっこうはまって、瞬く間に十冊くらい読破してしまう人が多いのです。

小説には、さまざまな面白さの〝質〟があると思うのですが、藤沢作品は我々庶民が親近感を覚えるものが多く、それが人気の秘訣かもしれません。武家を描いても市井《しせい》の人を描いても、どこか日常感覚があって、そこで自分たちと一緒に生きているような感じ。彼らも我々と同じように食べ、同じように美味しいと感じ、同じように寝て、同じように暮らしているのです。

「藤沢作品の人間はみな、江戸時代という遠い昔に生きる人々とは思えない」といったら言い過ぎかな。とくに市井ものではまるで昭和の人のよう。私たちが子どもの頃によくいたお母ちゃん、お父ちゃん、おじさん、おばさんたちなんですよね。だから時代劇というより、昭和初期の頃の人間ドラマのような感じ。たとえば『果し合い』の主人公も、時代こそ江戸ですが、甥の娘をまるでわが孫のように接する気持ちというのは、やはりまだ戦争も色濃くない、平和な大正末から昭和の初めの頃の人間関係を彷彿《ほうふつ》させます。もちろん、藤沢さんも江戸の時代には生きていないので、自身が生きた時代に出会った人々の匂いを込める。だから身近に感じるのです。

ストーリーにロマンがあるのもいいですね。現代の小説はだんだんロマンを失っていって、人間の「負の側面」を追う作品が多いように思いますが、藤沢さんの場合は人間の「正の側面」を描く。さりげなく「こんな情愛があるといいなあ」「こんなふうに生きたい」と思わせる。決して押しつけがましくない筆致も、読み終わった後の充足感につながるような気がしています。

ただ小説ですから、何らかの事件が起こる。時代劇なので、斬り合いや殺生の場面はありますが、どれも登場人物の〝痛み〟が感じられるのです。その〝痛み〟は、いまの我々自身が等身大で感じられるような感覚です。しかも人間性の描写が際立っているから、「この人じゃなかったらたぶん、こんな動きはしなかったろう」と感じさせる。そうした人間性、あるいは男なり女なりの描写が、とても我々と同化しやすい。「私だったら、どうだったろう」と、自分の感情が移入できる。それが藤沢作品のいいところですね。

一般的な時代小説の多くは、たとえば「武士はこういうものである」という「武士の倫理」などが物語を推進する軸になることが多いのですが、藤沢作品はそうした〝武士道観〟と相反する不条理や制約を描いています。藩命で友人を斬りにいくシーンでも、藩命の重さというより、「やむなく斬り合いの場に出向かなければならない」という、主人公のやるせなさのほうが主軸になっている。だから、現代に生きる我々の価値観にフィットするのではないでしょうか。

底流にある「死生観」「運命観」が作品を際立たせる

映像表現者の立場でいえば、藤沢作品を映像化するのは、とても難しいんです。映像の場合、どうしても「事件」が縦軸になって、そこに人間が寄り添ってくる。そんな形でストーリーに追われてしまうと、藤沢作品としての読後感の色合いが表現しにくい。

藤沢さんは、ちょっとした自然描写、たとえば葉が風にそよぐ音とか、あるいは黄昏《たそがれ》の光などを、実にさりげなく表現する人です。しかし一口に「黄昏時」といってもさまざまな光景があり、とても映像化しにくい。たとえば「風が吹いて葉がさらさらっと鳴る」という記述に沿って〝葉がさらさら〟の映像を撮っても、その通りにはならないんです。そこに心理的要素が介在しているからですね。そのときの人間心理をどう表現するか、〝作品の匂い〟をどう尊重するか、いつも四苦八苦、悪戦苦闘の連続です。しかし、もし原作と似て非なるものになっても、それを描こうとした作家の意志というか、匂いのようなものを、できるだけうまく掬《すく》い上げたいと思っています。ちなみに、葉の音とか、黄昏時に蝙蝠《こうもり》が飛ぶ光景とか、雪の情景、風の強さなどの自然描写の細やかさは、おそらく療養生活の反映ではないでしょうかね。「自分の人生はそう長くないかもしれない」という一種の「死生観」が根底にあるから、自然のちょっとした動きに鋭敏になる。

「もののあわれ」ではありませんが、その感覚は、たぶん終生変わらなかったでしょう。淡々と生きていきながら、ある種のあきらめを抱えている姿。運命に逆らうことなく、運命を運命として受け入れながら強く生きる人物像が多いのは、そんな背景があるからだと思います。

人間を描く場合も同じ。藤沢作品では、たとえ主人公であっても欠点を抱えている人が多い。もちろん、人物を際立たせるためにあえて欠点を持たせ、その葛藤《かっとう》を描く手法もあるのですが、藤沢さんの場合はとても自然で、「欠点は欠点として、それなりによしとする」という姿勢が見えます。現代に生きている我々凡人と、なんら変わりがない人物像を描く。

藤沢さんはそのために「登場人物に入り込まない」姿勢を貫いていたのかもしれません。我々もそうですが、表現者はどうしても必要以上に感情移入してしまいがちです。しかし彼は登場人物に愛情は持つけれど感情移入はしていない。カメラで撮るように描いています。それも藤沢さんの人生観の賜物《たまもの》。人生をどこか見切ってしまったようなところがあるのかもしれません。あるいは最愛の奥様を早くに亡くして「そういう哀切を味わうのも人生」といった、ある種の運命観……。

どれを取ってもどこかに〝痛み〟があって、それが読む人にも観る人にも訴えかけてくる。だからこそ作品と人物像がくっきり浮き上がってくるのではないか、私はそう思っています。

＊『時雨のあと』（新潮文庫）収録。　※『果し合い』DVD：ポニーキャニオン
＊＊2017年ニューヨーク世界テレビ・映画フェスティバル。スペシャルドラマ部門金賞受賞。

杉田成道（すぎた・しげみち）

日本映画放送㈱取締役相談役。「北の国から」シリーズをはじめ、数多くのドラマや、映画『最後の忠臣蔵』などの監督をつとめる。1998年の『町』では芸術祭大賞受賞。藤沢作品では『果し合い』『小さな橋で』『帰郷』などを手掛ける。

ふたりの子供と暮らすおまき(松雪泰子)。姿を消していた夫が息子の前に現れて。
時代劇専門チャンネル オリジナル時代劇　藤沢周平 新ドラマシリーズ 第二弾 橋ものがたり「小さな橋で」(2017年)より。出演:松雪泰子/江口洋介ほか　監督:杉田成道
脚本:小林政広　©時代劇専門チャンネル/スカパー!/松竹

仲代達矢が故郷・木曽福島に帰った老渡世人を演じる　時代劇専門チャンネル オリジナル時代劇「帰郷」(2020年)より。
(原作は『又蔵の火』所収)
主演:仲代達矢　監督:杉田成道　脚本:小林政広　©「帰郷」時代劇パートナーズ

藤沢周平が紡ぐ「人生の彩り」

『花のあと』

「若き日の恋」の秘密を胸に秘め、ときに思い出す感性が人を若返らせる

（文春文庫）
「鬼ごっこ」「雪間草」「寒い灯」「疑惑」「旅の誘い」「冬の日」「悪癖」「花のあと」収録。

女性を主人公とした短編。老女となった以登《いと》が、孫たちに若い頃の花見の思い出を聞かせる形で物語は進む。

お城の二の丸のお濠《ほり》沿いの桜は、それは見事なもので、花の盛りには家中《かちゅう》の子女がうちそろって二の丸の門をくぐったという。以登は、そんな城中での花見の帰り、羽賀道場の筆頭剣士、江口孫四郎に声をかけられる。以登は夕雲流の剣の遣い手で、羽賀道場の高弟二人を打ち破ったことがあった。孫四郎は以登の腕前に感服し、「機会をみて一度お手合わせねがいたい」と申し出る。女と侮《あなど》らず、素直に声をかけてきた孫四郎に好意を覚えた以登は、いま一度会って、試合がしたいと望む。父の計らいで、「ただ一度だけ」という条件で竹刀《しない》を交える二人。以登はもう一度、孫四郎に会いた

いと思った気持ちが恋であることに気づくが、すでに以登にも孫四郎にも縁談の話が進んでいた。しかし孫四郎の相手・加代は、〝身持ちが悪い〟との噂の美人。婚儀の行方を心配しつつ、孫四郎の幸せを願う以登だったが、湯治に行った先で、加代と年上の男との密会現場を目撃してしまう。相手は、重職をつとめる藤井勘解由だった。しばらくして、孫四郎が自裁《じさい》したという知らせが入った。裏には勘解由が仕組んだ醜い罠《わな》があった。勘解由は奏者番《そうじゃばん》に上がった孫四郎がわざと失敗するように目論んだのだ。真相を知った以登は勘解由を呼び出し、果し合いに挑む……。

女性が主人公の短編で、また「かなわぬ恋」が題材という点では『山桜』（新潮文庫『時雨みち』所収）とも共通する。ぜひこちらにも目を通していただきたい。

見る・聴くDATA

映画「花のあと」
DVD:バンダイナムコフィルムワークス

ドラマ「冬の日」
DVD:ポニーキャニオン

オーディオ「花のあと」
配信：ニッポン放送
「冬の日」
配信：NHKサービスセンター

『花のあと』解説

桶谷秀昭【文芸評論家】

時代小説を、主人公が所属する階層によって、武家ものと町人ものにわけるとすれば、藤沢周平氏のこの短篇集は、町人ものの方によりその特色が発揮されているという印象を受ける。

これは、藤沢氏が、武士よりは町人を描くのに巧みな作家であるという意味ではない。たとえば氏の最近作に『蟬しぐれ』という秀作があり、これは純然たる武家ものの長篇である。視野をひとつの藩の中にかぎり、そこで生まれ、成長し、結婚し、子をつくり、やがて老いてゆく下級武士の生涯を描いた。剣の修行、友情、悲恋、お家騒動などが、藩を世界とする日常生活の起伏として描かれていた。主人公にとって藩は世界であり、運命である。藩の外に別の世界があり得るという考え方を抱く余地がない。近代社会に生きるわれわれからみれば限定された世界を運命とする時代の人間の、生きる感触を濃密に描いて、それが現代小説に味わうことのできない感動をあたえるのである。

むかし福沢諭吉は、封建制度というのは箱のようなものだといったことがある。箱というのはさしずめ藩の比喩《ひゆ》であり、藩という箱はさらに士農工商の身分制度という小箱から成り立っている。むろん、この比喩は、封建制度を親の仇《かたき》であるといった思想家が、日本の近代の混沌創成期に、封建制度に負の意味をこめて使ったものである。

ところが、箱を壊し、競争によって人の社会的地位と貧富が流動する自由な近代社会の生活を百年以上も経験してきた今日、われわれがふと気がついて、この自由な社会もまた別の箱ではないかと思う瞬間がある。

これを生きるくらしの感触に即していえば、時間の流れ方がちがうという想いにつながる。今日のわれわれに、時間は未来へむかって直線に流れてゆく。若さが異常に尊ばれ、固執される。人はいつまでも若くありたいと思い、老いに直面するのを避けようとする。しかし封建の世には、時間はそんなふうに流れていなかったようにみえる。四季のめぐりのように円を描いて循環していたようにみえる。

そういう時間感覚を時代小説が再現するとき、われわれは現代小説にめったに味わうことのできない、或る心のやすらぎをおぼえる。藤沢氏の『蟬しぐれ』はそういう小説であった。そして、この短篇集にも、その感触がある。たとえば藤沢氏の自然描写はたいへん美しい。そしてその美しさは、何かしらわれわれを望郷の想いに誘うのである。『花のあと』の花見の場面。

——惜しいこと。

と思った。水面にかぶさるようにのびているたっぷりした花に、傾いた日射しがさしかけている。その花を、水面にくだける反射光が裏側からも照らしているので、花は光の渦にもまれるように、まぶしく照りかがやいていた。豪奢《ごうしゃ》で、豪奢がきわまってむしろはかなげにも見える眺めだった。以登は去るにしのびないような気持になっている。

人は花という自然に過去を惜しみ、人生の未来への予感を抱く。それでいて、過剰な観念に患うことがない。あるいは『雪間草』の早春の風景。

おだやかな早春の日射しが、左手につづく雑木の丘と麓の鳳光院の木立と屋根、右手遠くにのびる城下の家々を照らしている。雪は消えたばかりで、丘の中腹や、麓の湿地のあたりには、まだ黒ずみよごれた残雪が見え、その雪どけ水をあつめてややにごっている川水が、音立てて流れくだっていた。

主人公にとってこの早春の愁いを帯びた風景は、彼女の生涯を狂わせてしまった過去の記憶とむすびついている。藩主の側妾《そばめ》に召されたために、婚約者と離別しなければならなかった不幸の記憶は消えないが、それは悔いや怨みよりは、それらの感情を包む運命の感覚となって、彼女を支配している。その運命感覚がこの自然に永遠の相《そう》貌《ぼう》をもたらしている。

『寒い灯』のおせんが、いったん飛び出した嫁ぎ先の姑の病気を見舞うために、冬の朝はやく住み込みではたらいている料理茶屋を出て、江戸の町を歩いてゆく場面。

黒江町の河岸《かし》に出ると、川に朝の日があたって、水の上を靄《もや》が動いていた。岸の赤茶けた枯れ草が濡れて光っているのは、夜の間に厚く霜が降りたのだろう。向う岸の日溜りの中に、鴨と思われる渡りの水鳥が数羽いて、静かに水の上をすべったり、逆立ちして水の中に首を突っこんだりしている。朝の町には早出の職人らしい男たちの姿が、ぽつりぽつり見えるだけで、ほかにひとの姿はなかった。

おせんという酌婦《しゃくふ》あがりの女が歩きながら考えていることは、姑の見舞いは二の次で、今日こそは「去り状」を貰《もら》って、縁を切ってしまおうということである。しかし、そういう意志は、この女の生活感情の中で、「汚れたものをきれいにしたり、ひとのために何かしてやることが好きな性分」を超えて、膨張することがない。おせんという個人の意志は、江戸下町の庶民の生活感情をはみ出ることはない。進歩もなければ向上しようという意志もないが、毎日のくらしのくりかえしが生む或る安定した雰囲気（近代の尺度からは停滞と呼ぼうと）が、朝の町の風景に感じられ、それが自然に、おせんの心の動きと調和している。

『鬼ごっこ』『寒い灯』『疑惑』『冬の日』が町人ものであり、『雪間草』『悪癖』『花のあと』が武家ものである。それに『旅の誘い』という藝術家小説がある。

はじめに私は、町人ものの方により特色が発揮されているといったが、それは小説の出来ばえについての優劣ではない。小説の雰囲気のちがいなのである。武家ものは、小説の登場人物が支配階級であるために、封建制度のもたらす拘束性が露骨であり、その拘束性への屈従と抵抗がくっきりした輪廓の線で描かれる。抵抗ということでは、『雪間草』のヒロインは柔術の心得があって、藩主の手首をにぎって苦痛をあたえ、暴力的に翻意させて、もとの婚約者の命を救う。『花のあと』のヒロインも、剣のつかい手で、非命に斃《たお》れた初恋の男の仇討ちを果す。

その女丈夫ぶりが、意外性の効果とともに、或るおかしさを感じさせる。『悪癖』の渋谷平助の酔うと相手かまわず顔をなめるというグロテスクな奇癖になると、おかしさは頂点に達する。この、数理に明るいが、お人好しの武士は、藩の重役間の派閥あらそいの道具にうまく使われるが、この奇癖によって、自分を利用した重役にグロテスクなしっぺ返しをするのである。

これらの武家もので、藤沢氏は諧謔《かいぎゃく》(フモール)の味を出している。そしてその諧謔が氏の端正な文体、悲劇的な美しさをもつ自然描写と共存しているところに、武家ものの特色があると思われる。

ところで市井事を描いた町人ものの方はどうであろうか。庶民の哀歓の世界であるが、ここで諧謔は影をひそめ、作者の深い情感に由来する同苦と愛が描かれている。『鬼ごっこ』の吉兵衛が、盗賊の前歴を消そうとしてくらしてきた十年間の隠遁《いんとん》生活のフイになる危険を冒してまでおやえの仇を討つのは、この男の同苦の感情に由来する。場末の岡場所で女郎をしているおやえを身請けしたのは、彼がこの女に抱いた

「あるいたいたしさ」の感情からである。そのおやえが、不幸なめぐりあわせから、さらにいたいたしい殺されかたに遭う。

『冬の日』の清次郎が昔の奉公先の主人の娘おいしとうらさびれた酒の店で出会い、記憶がよみがえってわざわざ女のすまいをたずねるのも、変り果てた女の境遇に「あるいたいたしい」感情を抱いたからである。清次郎もまた、牢屋に入ったり、呉服の行商で苦労して、他人の痛み、苦しみに鋭敏になっている。

おいしは立ち上がると、水を足して来ると言って鉄瓶を持って台所に行った。そして、そのままいつまでももどって来なかった。

清次郎が台所をのぞいてみると、台所口が開いていて、そこにうずくまっているおいしの背が見えた。白い冬の日がおいしの背を照らし、その背が小さく顫《ふる》えている。おいしは顔を手で覆って、すすり泣いていた。


最後の場面、師走《しわす》の暮れがたのさむざむとした大気の中を、人間のあたたかい心が通いあう。同苦同棲の道をあゆもうとする男女の心の通いあいに、読者の心もまたぬくもるのである。

『寒い灯』のおせんもまた、同苦、共感の本能にめぐまれた女である。自分を酌婦あがりのゆえにさんざんいびった姑への怨みつらみも、姑がほこりだらけの家の中で、食べるものも食べずに寝込んでいるありさまを見た途端に、消しとんでしまう。自分のおひと好しを自嘲しながらも、ひとのために何かせずにはいられない持って生まれた性分に動かされるのである。

『旅の誘い』を私はさきに藝術家小説と呼んだが、藤沢氏はここで、広重に感情を移入して、控え目に自分の文学観を語っているようにみえる。

「あなたの風景には誇張がない。気張っておりません。恐らくそこにある風景を、そのまま写そうとなさったと、あたしはみます」

それは北斎のように奇想の持ち合わせがないからだ、と言いかけて広重はふと声を呑んだ。そうではなかったと思ったのである。たとえ奇想が湧いても、北斎のようには描かないだろう。風景はあるがままに俺を惹きつける、と思ったのである。

北斎の傲然《ごうぜん》たる自我意識に由来する奇想あふれる風景を、絶品と思いながらも、

「臭みがある」と広重はいわずにいられない。さらにいえば、それはいかんともしがたい気質のちがいである。ところで、明治以降の近代の藝術意識は、西欧文藝に触発されて、北斎的な藝風を前衛とし、オリジナルな新しさと考えた。北斎と北斎の亜流が藝術意識を支配したのである。何が心をたのしませる藝術かを考えるまえに、近代の文明意識によって藝術を考えた。

藤沢氏はここで、北斎風の前衛であるよりも、広重の後衛的藝術こそ自分の本領だといいたいようにみえる。藤沢氏の自然描写の美しさをさきに私はいったが、それは反北斎的な藝術観から生まれたのである。あるがままの風景に屈従しつつ、そのふところに参入する。藤沢氏の描く自然描写が、われわれを望郷の想いに誘うゆえんであろう。

最後に、藤沢氏の描く女のエロティシズムが、この短篇集の読後感として忘れられない。とびきり美しい女が登場するわけではない。『花のあと』の以登にいたっては醜女《しこめ》に近いのであるが、初恋の相手孫四郎との試合のさなかに襲われる恍惚感のくだりをよむと、この女が醜女であることを忘れる。

『寒い灯』のおせんが女衒《ぜげん》にいい寄られ、愛撫されて「自分でもおどろいたほどの声を立て」る場面にも、これが玄人あがりの女だからという理窟《りくつ》をぬきにした、この女にそなわっている色気を感じさせる。
しかし、なかでも一等見事なのは、『疑惑』の河内屋の内儀おるいであろう。おるいの美貌についてのまとまった描写は、ごくわずかである。

若い、とまた思った。おるいはやはり三十半ばにしか見えない。黒眸《くろめ》が大きく、口もとは小さい。薄く化粧した顔が、内側から光が射すように艶がある。

たったこれだけの描写が、同心孫十郎の詮議《せんぎ》の場面で、「肩をすくめる」ような身振りをしたり、「眼をつぶって、いやいやをするように首を振った」り、「あら」といって、眉をひそめたりするおるいの身のこなしの描写と響き合って、この女の大店の内儀という身分によって抑制された色気をにじみださせる。
しかしおるいのエロティシズムが一等輝くのは、発覚したら死罪に処せられる不義密通を十年の間重ねていることと、情夫としめし合わせて無頼の養子をわなにはめて主人を殺害するという二重三重の悪のせいである。しかし読者はだれもおるいを悪人とは思わないであろう。エロスは禁忌の壁の厚みの中でますます魅惑を放つという美学の体現者として、おるいの魅力を印象づけられるのである。

剣の道を歩んだ娘・以登が思いを寄せた男の死の真相に迫る…
「花のあと」(2010年)

出演：北川景子／甲本雅裕／市川亀治郎ほか
監督：中西健二　脚本：長谷川康夫、飯田健三郎

藤沢周平が
紡ぐ
「人生の彩り」

『静かな木』

いまは苦しくても、後で必ず
懐かしむときが、きっとやってくる。

（新潮文庫）

「岡安家の犬」「静かな木」

「偉丈夫」収録。


主人公・布施孫左衛門は五年前に隠居し、あと二年で還暦を迎える。妻に先立たれ、近頃めっきり老いと死を身近に感じるようになっている。そして城下の寺に立つ欅《けやき》の大木をながめて思う。

「福泉寺の欅は、闇に沈みこもうとしている町の上にまだすっくと立っていた。落葉の季節は終りかけて、山でも野でも木木は残る葉を振り落とそうとしていた。福泉寺の欅も、この間吹いた強い西風であらかた葉を落としたとみえて、空にのび上がって見える幹も、こまかな枝もすがすがしい裸である。

その木に残る夕映えがさしかけていた。遠い西空からとどくかすかな赤味をとどめて、欅は静かに立っていた」

孫左衛門は、強い西風に葉を落とされてもそれに負けず、なお堂々と立っている欅の姿に感銘を受けた。そして自分も、このように堂々とした最期を迎えたいと思った。しかし、ある事件をきっかけに、孫左衛門は再び生きる意欲を取り戻す。他家に婿入りした息子が、侮《あなど》りを受けて果し合いを申し込んだのだ。相手は中老の息子。その中老はかつて、重大な失策を孫左衛門がかばったおかげで中老まで立身した人物。なのに、どこ吹く風といったありさま。孫左衛門はそのことを思い出し、怒りの火を燃やす。中老の収賄《しゅうわい》の証拠を懐に、彼と対峙《たいじ》する孫左衛門。舌鋒《ぜっぽう》鋭く中老を追い詰めた結果、中老は失脚し、果し合いが回避され、また、かつて減らされた家禄も戻ってきた。初孫まで授かった。季節は移って春。欅に青々と葉が茂っている。それを眺めて、孫左衛門はこう、感慨にひたる。

「――生きていれば、よいこともある」

見る・聴くDATA

オーディオ「静かな木」

CD:新潮CD 山田洋次が選ぶ「藤沢周平傑作選」・新潮社

『静かな木』解説

海坂藩の地図

立川談四楼【落語家】

藤沢周平ファンの頭の中には、海坂藩の地図が明確にあるという。最初その話を聞いた時、そんなバカなと思ったものだが、何と意外や、氏の作品にハマり込んだ今、私の頭の中にも、まだ明確にではないが、その地図が出来上がりつつあるのだ。

たとえば『岡安家の犬』の中には、こういう記述が出てくる。「場所は矢場町の関口兵蔵の家だということだった。甚之丞《じんのじょう》の家は山吹町にあるので、矢場町まではそう遠い距離ではない。甚之丞はいったん藩主家の休息所白萩《しらはぎ》御殿の裏まで出てから、高い塀《へい》にそって北に歩き、代官町に入った。代官町を北東方向に横切ると、間もなく矢場町である」と。

表題作となった『静かな木』に至っては冒頭から「布施孫左衛門が五間《ごけん》川の河岸の道を城下にもどってくると、茸屋《ふきや》町のはずれにあっていつも必ず目をひく欅《けやき》の大木が見えた」ときて、あ、あの五間川だと、ファンはたちまちその世界の人となるのである。

そして短編の遺作となった『偉丈夫』には「本藩と呼ばれる海坂藩の始祖政慶公は次男の仲次郎光成を愛して、死歿《しぼつ》するときに藩から一万石を削って仲次郎にあたえ、幕府の許しを得て支藩とした。すなわち片桐権兵衛《かたぎりごんべえ》の属する海上藩《うなかみ》である」とあって、主人公片桐権兵衛の立場が提示される。本藩対支藩、ファンにとっては驚きであるが、海坂藩vs海上藩という図式なのである。

矢場町、山吹町、代官町、百人町に青柳町《あおやぎ》、それに鍛冶町《かじ》、鶴子町、御弓町ときて、五間川がゆるやかに流れ、行者橋に妙な名前のとっくり橋まで出てきて、作者はこの中に主人公達を放ち、ならではの物語を紡《つむ》ぎ出すわけだが、読者はもうこの道具立てに、それぞれが頭に勝手な地図を描き出し、安心して身を委《ゆだ》ねるのである。

『岡安家の犬』の構成の上手《うま》さはどうだろう。読者は犬を煮て食う話に、いきなり度《ど》胆《ぎも》を抜かれる。それはいわゆる当時の食習慣であり、落語の中にもその種の話はあるから、私はあまり驚かないのであるが、読者の中には眉《まゆ》をひそめる向きもあろう。ましてやかの団体、グリーンピースにおいてをや。しかも犬は野良《のら》ではなく可愛《かわい》がっている飼い犬なのだ。

　犬を食うこととの是非はともかく、読者は岡安甚之丞の怒りを我が怒りとし、野地金之助を強く非難する。すでに藤沢氏の術中にハマっているわけだがそれには気づかず、果し合いを当然のものとする。その場で果し合いとはならなかったが、甚之丞の絶交宣言のあとの「八寿《やす》との縁談もなかったことにする。当然だ」とのセリフに、これは大事《おおごと》になったと慄然《りつぜん》とする。さァ物語の展開やいかにという局面だが、話は思わぬ方向に収束を見せる。伏兵登場、バイプレイヤーが俄然《がぜん》生彩を放つのだ。末の妹の奈美《なみ》が表を通る野地金之助を発見、障子の間からその様子を姉の八寿に見せ、八寿は何度も往来《ゆきき》する金之助に親しみを覚え、胸襟《きょうきん》を開いてゆく。八寿がなぜ犬の件を許す気になるか、その描写があまりに見事なのでそれを引く。

「そっくり返って通り過ぎる姿に、苦労してアカに似た犬をさがし出してきた自分の誠意と贖罪《しょくざい》の姿勢を岡安の人人に認めてもらいたいという願望と、しかしながらそれは縁談をもとにもどしてもらいたいがためにしたことでは断じてないという痩《や》せ我慢の姿勢がみえみえに出ている」。この描写あってこそ読者は八寿の軟化とハッピーエンドに頷《うなず》くのである。

　甚之丞が迎えに出て、やがて男二人と犬一匹が門を入ってくる。庭の途中で犬がわんと吠《ほ》え、メデタシメデタシとなるが、藤沢作品はそんなに甘くない。ここにおいてこの場にいない隠居の十左衛門《じゅうざえもん》が声優として登場するのだ。犬のケンカと火事の大好きな十左衛門は、酔った挙句の一夜、アカと思い出を共有している。家族会議の折りに何気なく言ったひと言、その時は大した効果のなかったひと言が、突如としてラストシーンに甦《よみがえ》るのである。「アカの肉は固くてうまくなかったろう」と。何という布石の妙、そう効いてくるように作り込んであるのだ。唸《うな》りますな御同役。

『静かな木』は凝縮されている。つまり長編としてもイケる作品で、削《そ》ぎ落とされた末に濃い仕上がりとなっている。三編中、最も藤沢周平らしさの出ている作品と言えようか。

布施孫左衛門は隠居した直後の五年前に妻を失い、総領の権十郎《ごんじゅうろう》が跡を継ぎ、長女の久仁《くに》と末子の邦之助《くにのすけ》はそれぞれ嫁に婿《むこ》に行っている。ある日、孫左衛門が五間川での釣りから帰ると、留守に久仁が来たと伝えられ、話が動き出す。作者は孫左衛門に代官町の邦之助の家をいきなり訪ねさせ、邦之助に「百人町の姉に聞かれたのですか」と言わせる。省略の上手さである。そして邦之助は父に鳥飼の息子との果し合いを告げるのだが、ここで作者は邦之助に来春子が生まれる予定との伏線をさり気なく張る。これが後に生きてくる。落語も仕込みが巧みなほどオチが効くのは言うまでもなく、いつもながらの練達、緻密《ちみつ》な作りである。

二十年前に家禄《かろく》を減らされた一件もこれまた触れてあるから、孫左衛門が当時の勘定方の同僚寺井権吉、元町奉行の尾形弥太夫《やだゆう》の協力を仰ぎ、愚物鳥飼郡兵衛《ぐんべえ》を追い込んでゆく件《くだり》も容易に腑《ふ》に落ちる。まことに小気味のいいシーンである。とその帰り道、とっくり橋にて暴漢に襲われ、思わず待ってましたと声が出る。孫左衛門、なかなかの遣い手なのである。ところが孫左衛門、敵の足を峰打ちで払うものの腰を痛めてしまう。ああガッカリと思いきや、作者はちゃんと次の手を用意する。寺井権吉が「手詰め」によって鳥飼郡兵衛を倒すのだ。そしてその模様を息子権十郎に報告させる。「あれが、以前父上が言われた寺井の手詰めですな。いや、目の保養をいたしました」と。家禄を減らされ、父を無言のうちに非難していたかに見えた権十郎、父を他の言葉で再評価した一瞬である。ダイレクトに言わず、匂《にお》わす。この手法にはいつも感心させられる。

一件落着どころか、家禄が戻ってきた。のみならず初孫が生まれ、孫左衛門の足はついそこに向かい勝ちになる。大欅の下「——生きていれば、よいこともある」と孫左衛門は思う。こういうセリフが聞きたくて読みたくて、読者は藤沢作品に向かうのである。物語の冒頭、主人公はどんな思いで欅を見上げていたか。その好対照ゆえにこのフレーズの輝きは増すのである。

『偉丈夫』は、何と言っても片桐権兵衛のキャラクターに尽きるだろう。権兵衛が「馬のような体躯《たいく》に蚤《のみ》の心臓をそなえる小心者」であることを知った読者は、本藩（海坂藩）の加治右馬之助との交渉をハラハラしながら見守る。そして絶体絶命と見えたとき、権兵衛が腹の底から絞り出したとてつもなく大きなひと声「それは出来申さん」に救われる。ラストシーン、権兵衛の理解者が妻の他にもう一人いたことの喜びは読者にとって大きい。そのとき読者は三人目の理解者になっていることに気づかされるわけだが、家老の平田藤七郎から褒められ、「紅潮した顔をうつむけて黙然と坐《すわ》っているだけ」の権兵衛の姿の何といじらしいことか……。

作者最後の短編の持ち味がユーモアであったことは読者にとって大きな慰めである。しかし、もう新作は読めないという現実にあらためてぶつかり、今、淋《さび》しさはたとえようもない。最後の短編と銘打たれたものを読んだからこその感傷ではあろうが。

藤沢作品に、私は「橋」「川」シリーズから入った。職人や商人の哀感を描く、いわゆる市井《しせい》ものと呼ばれる世界である。その世界は落語の背景ともリンクしているから、すんなり入った。次いで青江又八郎や彫師伊之助の活躍を楽しんだ。やがて入り込んだのが初期の短編集、わけてもアウトローの世界である。この頃であったろうか、「藤沢周平は線が細い」と言う男がいて、酒場で論争したのは。私は『又蔵の火』を持ち出し、相手を完膚《かんぷ》無きまでにやっつけた。大人気ないことをしたものだが、私はすでに藤沢ワールドの住人だったのだ。

で、気がつけば海坂藩にいたのである。藤沢作品の特長は深く静かに読者を中毒させるところにあって、当人は生活の一部になっていることにも無自覚で、それでいて思い入れだけは強いから、ときどき失敗する。

こんなこともあった。呑《の》んでいる年下の友人が、山形県人であることがわかった。私は勢いよく尋ねた。「山形のどこの生まれ？」と。友人はある地名を告げたが、私は不機嫌になり、また尋ねた。「だからそこは鶴岡から近いのか遠いのか」と。ファンならすでにお気づきであろう。私の頭の中はその時、山形イコール藤沢周平、鶴岡イコール海坂藩だったのである。幸い友人が藤沢ファンであり、郷土の先輩を誇りに思うなどと言ったので事無きを得たが、以来中毒患者であることを自覚し、軽挙を戒めているのである。

私は未読の藤沢作品を数冊残している。すべて読んでしまったあとの淋しさを考えてのことである。すべて読んで、また一から読み直せばいいということはわかっている。事実何度も読んだ作品もあるのだが、まだ一からを実行できないでいるのだ。頭にくっきりと海坂藩の地図のある、重症中毒患者の諸兄姉よ、どうかこの半端《はんぱ》な中毒患者の進むべき道を御教授下され。

（平成十二年七月）

名作あの場面、この台詞

『静かな木』より

遠い西空からとどくかすかな赤味をとどめて、欅は静かに立っていた。
——あのような最期を迎えられればいい。
ふと、孫左衛門はそう思った。

（めっきり老いを感じるようになった孫左衛門が、欅の大木を見上げてつぶやく。）

藤沢周平が紡ぐ「人生の彩り」

『漆の実のみのる国』

（文春文庫〈上・下巻〉）

「なせばなる　なさねばならぬ　何事も
ならぬは人の　なさぬなりけり」

「名君」の誉れ高い米沢藩・上杉鷹山《ようざん》の姿を描いた長編歴史小説。藤沢周平の最後の長編であり、またその結末部分が最後の小説執筆となった。

越後の雄・上杉謙信を祖とする上杉家は、関ヶ原の戦い後、会津百二十万石から米沢三十万石に移封《いほう》され石高が四分の一になったが、家臣五千人の数はそのままであった。さらに継嗣問題もあって十五万石にまで減封されて藩財政は窮地に陥っていた。また鷹山の前代藩主は浪費家として名高く、藩家老も専横の限りを尽くしていた。

そこに登場したのが上杉治憲《はるのり》（のちの鷹山）である。十七歳で藩主となった治憲は、急激な改革に反対する重臣たちの反乱や藩士たちの憤怒を制し、次々と改革を推し進めていく。漆《うるし》、桑、楮《こうぞ》の苗木を植えることを奨励し、それがやがて藩を支える柱の一つになっていく……。

しかし、鷹山の改革はすぐに実を結んだわけではなく、挫折の連続だった。実はこの作品は、世にいわれる「改革のリーダー」といった形の鷹山像とは少し違う。藤沢は、果てしない苦難を乗り越え、立て直しの夢を抱き続ける鷹山の姿を追うが、それは、日々悪戦苦闘し、裏切られて迷い、何度も方向を探って悩み、「もう力及ばず」とあきらめを感じながらも、再び初心に戻っていくという人間像が描かれる。それは「それでは家中《かちゅう》、領民があまりにあわれである」という、若い頃に感じた思いを貫こうとする姿だ。

上杉鷹山を「英傑」として評価するのはたやすいが、彼の本質は「ひたすら我慢」「とことん辛抱」の精神だったと聞くと、妙に納得がいく。

『漆の実のみのる国』解説

停滞の美しさ、やむを得ざる成長

関川夏央【作家】

一九七六年（昭和五十一年）に藤沢周平は、こんなふうに書いた。彼の作品系列のうち、いわゆる武家ものにも市井ものにも属さないもうひとつの流れである歴史小説、その平均百枚あまりの中編四本を編んだ『逆軍の旗』の「あとがき」である。

「ありもしないことを書き綴っていると、たまに本当にあったことを書きたくなる」

「虚構を軽くみたり、また事実にもとづいた小説を重くみたりする気持ちがあるわけではない。片方は絵そらごとを構えて人間を探り、片方は事実をたよりに人間を探るという、方法の違いがあるだけで、どちらも小説であることに変わりはないと考える」

藤沢周平の歴史小説、より正確には「歴史的事実とされていることを材料に、あるいは下敷きにした小説」のうち、もっとも初期のものは『雲奔る《くもはし》』（『檻車墨河《かんしゃぼくが》を渡る』を改題）で、七四年秋に書かれた。それは幕末から明治初年にかけて志士として生きた雲井龍雄を主人公とした作品だが、このときはじめて米沢を訪れて取材し、旧米沢藩との縁ができた。藤沢周平は四十六歳、小説一本で立つと決意して永年勤めた会社を辞めた、まさにその年であった。

ひまさえあれば本を読んでいたので「ヒマアレバ」と小学校で仇名されたほど読書好きだった藤沢周平は、五年生の頃、雲井龍雄の作とされていた漢詩「棄児行」に接していたから、『雲奔る』は三十五年目の結実であった。同じ時期、彼は白井喬二の小説で上杉家の事跡に親しんでもいたのである。

つづいて翌一九七五年から七六年にかけて、天保期における庄内、長岡、川越三藩の同時転封、いわゆる「三方所替《ところが》え」に抵抗した庄内農民の活動に取材した『義民が駆ける』を書いた。七七年には、庄内の豪農の子で、幕末期最大の奇士・策士と評された清河八郎の生涯を『回天の門』にえがき、ほぼ踵《きびす》を接して小林一茶に注目、『一茶』を書いた。歌人・長塚節を精密な調査のもとに造型したのは少しのち、一九八三年から八五年にかけてのことだった。

藤沢周平が歴史小説の主題としてえらんだのは、みな東北地方、また出身地である山形県につながる話か、そうでなければ農家出身者の物語である。それが彼の姿勢であり、視線のおきかたであった。

七六年はじめ、つまり『義民が駆ける』と『回天の門』の間隙に、中編小説『幻にあらず』が書かれている。それは、上杉鷹山《ようざん》（治憲）とその重臣竹俣当綱《たけのまたまさつな》による、破産に瀕した米沢藩財政再建の物語である。『漆の実のみのる国』の先駆をなしたその作品は、中編小説集『逆軍の旗』に収容された。

藤沢周平は一九七一年、『溟《くら》い海』で作家として登場した。すでに四十三歳であった。文章のうまさ、構成力のたしかさをみとめない人はいなかったが、この遅れてきた新人の作品の読後感は暗かった。いや重たかったというべきだろう。当時まだ小さかった娘といっしょに動物園へ行き、たまたま通りかかった檻《おり》の前で狼たちの遠吠えを聞いて、「狼のもつ孤独と禍々《まがまが》しさ」に強く魅かれたと藤沢周平自身が述懐する時期の傑作は『又蔵の火』である。理不尽な（としかいえない）仇討ちへの情熱に憑かれた若い武士の心情と行動とには、読むものをして粛然たらしめる重たさと無常観とが、ともにあった。

しかし、『幻にあらず』を書いたその年の秋、藤沢周平の作品は転調した。その契機をなした作品は七六年夏から書きはじめられた『用人棒日月抄』、おなじ年の暮れに起稿された『春秋山伏記』の二作で、そこには後年の藤沢周平が体現したなにものか、たとえば東北の風土の明るさ、仕事のリアリズムに支えられた農家の生活のさわやかさといったものが、たしかに表現されていた。そうして彼は多くの読者を獲得し、読者の心を作品によって癒す作家として成熟した。

一九九二年には藤沢周平は六十四歳になっていた。その年彼はもう一度米沢藩と上杉鷹山について書き出し、その作品『漆の実のみのる国』は、翌九三年一月から『文藝春秋』に連載された。

なぜ藤沢周平は二度おなじ素材に挑んだか。

おりしもバブル経済は文字どおり泡のように消え、日本は不況下にあった。再建・改革に名を借りた、企業のいわゆるリストラへの動きが急となり、上杉鷹山がその先達としてもてはやされた。藤沢周平はそんな風潮に反発して、そのあまり、鷹山伝説の実情を明らかにしようと志したのだった。彼は反骨の人、静かな闘志の人であった。

もうひとつ藤沢周平には気になることがあった。

『幻にあらず』にも竹俣当綱の同志として儒者兼医師の藁科松伯《わらしなしょうはく》が登場する。幼少の鷹山に名君の資質を早くから見出した人である。この松伯を、まだ史料を発見していなかった藤沢周平は初老の人だろうと推定し、年齢はしめさないがそのように書いた。しかし松伯は、小説の現在形で三十四歳だった竹俣当綱より八歳も若い青年だったのである。若い改革者の心情を、結果として見そこなってしまった藤沢周平には内心忸怩《じく》たる思いが残った。

また米沢藩の知られた事件「七家騒動《しちけ》」に関しても、藤沢周平は研究者の仕事の成果から新しい見かたをのちに知った。江戸も中期にさしかかると藩政の主体は藩主親政《しんせい》から重臣の合議政へと移行し、幕府もそれを追認していた。血筋より治政実効である。ということは米沢藩の七家騒動の場合でも、次第によっては鷹山押し込めの可能性は後世人の予断よりも高かったわけで、そのこともまた藤沢周平の鷹山像再構築への意欲をかきたてた理由のひとつだった。彼は精緻《せいち》かつ誠実の人でもあった。

宝暦から天明年間（一七五〇〜八〇年代）にかけては、全国の諸藩で財政再建への気運が急速に高まった時期である。十八世紀後半、不作年凶作年の出現率が急増した気候の寒冷化は、実は世界的傾向であった。そのうえ米沢藩にとって致命的だったのは、食禄を与えるべき藩士の数が多すぎたことである。

元来百二十万石の上杉氏は、慶長六年（一六〇一年）、会津から羽州米沢三十万石に減知・転封され、さらに寛文四年（一六六四年）、藩主急逝の際に半知十五万石となった。戦国大名の気組を守るといえば聞こえはいいが、封土は八分の一となったのに軍縮路線に踏みこめず家臣の召し放ちを行なわなかったのは、二度倒産した会社が倒産前の社員を全員雇用しているようなものだから、人件費過剰による財政悪化は当然の帰結だった。

米沢藩の改革は二期に分けられるが、その第一期は竹俣当綱を中心とする明和・安永期（一七六〇〜七〇年代）で、明和四年鷹山の藩主就任とともに着手された。その柱はまず倹約、つぎに農民の管理掌握による年貢の確保だった。同時に、漆、桑、楮《こうぞ》など商品作物の植樹が試みられた。ことに漆の実を加工してつくる蠟《ろう》の売立てでは、十年後に一年間の総年貢米売却代金とおなじあがりが期待された。収入倍増計画である。

が、おなじ頃西国諸藩もまた改革に着手して、熊本藩、松江藩などは櫨《はぜ》の実から精製する蠟の生産に力を注いだ。そしてこちらの方が良質だったから米沢の漆蠟の販路はせばまり、計画は頓挫《とんざ》した。さらに農村の徹底管理は、天明大飢饉に耐える基礎体力を農民から奪って大幅な人口減少を招いた。

寛政期における第二の改革をになった莅戸《のぞき》善政《よしまさ》だが、その方法は、より徹底した倹約の緊縮財政と、領外の豪農豪商からの借款による興業で、ことに米沢織の育成を主眼としていた。

しかし、領内産業の育成と藩による専売制は矛盾する政策だった。専売制で買い取り価格を安く固定すれば、生産が沈滞するのは自然ななりゆきである。米沢藩でものちには、ある程度の剰余を農民にみとめる現実政策に転換したが、その資金を成長しつづける商業資本や潰れ百姓の土地を併呑《へいどん》しつづけて封建制の基礎を崩す豪農から借り入れるというのは、さらに大きな突き動かしがたい矛盾であった。

江戸初期における封建制の理想は、「名君」や「賢臣」が思い描いた「仁政」であった。それはすなわち、天道にのっとった朱子学的秩序の確立、そして自給経済の停滞的安定ということである。しかし非生産的寄生階層となった武士を多数養わなければならないとすれば、米沢藩ならずとも武士という存在そのものが停滞的安定への道をはばむ。一方、市場経済の活性化は武家政権の自己否定以外のなにものでもなかったから、結局改革は革命にまで至らなくては完了できないのである。

すなわち明治の革命は嘉永六年（一八五三年）に発祥したのではなかった。平和時の封建制下でやむを得ず、しかし自然成長する経済、その姿があきらかになった寛文年間（一六六〇年代）には早くもその道筋は暗示され、竹俣当綱の時代、明和・安永期には、もはや確固として動かしがたいものとなっていたのである。

私たちが藤沢作品に、とくに海坂《うなさか》藩をめぐる物語に憧れの気分を抱きつつ読みとるものは、実に、停滞の美しさなのである。若い下級武士たちの清涼な挙止と女たちのさわやかなたたずまいとが織りなす小説は、おさえがたい経済成長の流水の上に描かれた一幅の絵であるということもできる。

藤沢周平はそういった矛盾を承知の上で物語を造型しつづけた。それは、詩の上に現実を置き、さらにその上に別の新しい詩を書きつけるといった、周到で巧みな、そして哀しいまでに美しい仕事であった。

明治十一年（一八七八年）夏、単身地図もない東北地方を旅行した四十六歳の勇敢な英国婦人イザベラ・バードは、新潟から山越えの長い辛苦の旅の果てに米沢盆地にたどり着いた。米沢盆地の細やかに整然たる農地のありように驚嘆した彼女は、そこを「日本のアルカディア」と呼んだ。それは上杉鷹山の苦闘のあとであった。農民たちのたゆまぬ努力の成果であった。

一九九四年末から藤沢周平は体調の不良に苦しんだ。遠い昔、結核の手術の際の輸血から感染した肝炎が発症したのである。九六年三月、二十期十一年つとめた直木賞選考委員を辞任し、国立国際医療センターに入院した。『漆の実のみのる国』はその年の四月号から連載を中断していたが、入院中も彼の執筆意欲は衰えず、回復したら生涯はじめての書きおろし小説として石川啄木を書くことを構想していたし、『漆の実のみのる国』はあと二回分四十枚、長くとも三回分六十枚で擱筆《かくひつ》するつもりだった。

しかし退院しても体力の回復ははかばかしくなく、九六年七月、『漆の実のみのる国』の末尾六枚分を階下の食卓で書きあげた。もはや二階の書斎にはあがれなかったのである。

原稿の郵送を依頼された夫人が意外に思い、念押しをすると、藤沢周平は「これでいい。このまま本にしてもいいし、雑誌に載せてからでもいい」と答えた。原稿を受取った編集者は、回復を信じていたから、六枚の原稿を掲載する気にはとうていなれず、保管することにした。しかし、やはり予定されていた数十枚はついに書かれず、それが最後の原稿となった。

藤沢周平は一九九七年一月二十六日、六十九歳を一期として長逝《ちょうせい》の途についた。

三四郎池にて。

『藤沢周平句集』解説

「自然」からの出発

湯川 豊【文芸評論家】

藤沢周平は小説家のもう一つの仕事として、あるいは余技として、生涯俳句を作りつづけたのではない。俳句とのかかわりは、かなり特異といってもよい。そのあたりの事情をまず明らかにしておきたい。

《私が俳誌「海坂《あしび》」に投句した時期は、昭和二十八年、二十九年の二年ほどのことにすぎないが、馬酔木同人でもある百合山羽公《ゆりやまうこう》、相生垣瓜人《あいおいがきかじん》両先生を擁《よう》する「海坂」は、過去にただ一度だけ、私が真剣に句作した場所であり、その結社の親密な空気とともに、忘れ得ない俳誌となった。》

本書の冒頭に置かれた「『海坂』、節のことなど」（正しくは「海坂」は一重カギで表記）からの引用である。この文章は、藤沢周平が小説で使った「海坂」という東北の架空の小藩の藩名がどこに由来しているかを語ってもいる。

この「うつくしい言葉」を小説を書くにあたって「無断借用したのである」と、作家は打ち明けている。さらにいうと、このエッセイは自らの俳句とのかかわりを語るだけでなく、話を明治・大正期の歌人・小説家である長塚節《ながつかたかし》に移している。藤沢は長塚節の伝記小説の名品『白き瓶《かめ》』を書いているのだから、この話じたいもきわめて興味深いのだが、この場では本書後半の随筆九篇とあわせて、藤沢周平の俳句との関係だけに話をしぼってゆくことにする。

昭和二十六年、山形県は庄内地方の湯田川中学校の教師だった小菅留治（藤沢周平の本名）は検診で肺結核が発見された。昭和二十八年二月、鶴岡市の医師のすすめで、東京都北多摩郡東村山町の篠田病院・林間荘に入院。六月に三度にわたる大手術を受けた。

肺結核はストレプトマイシンの普及によって決定的な死病から抜け出しつつあったが、予断を許さない病気であったのはいうまでもない。郷里を遠く離れて、孤独のなかで「死の影を見ていた」（藤沢の言葉）青年の心情について、ここでは詳しくはふれない。結核という病気が現在とは大きく異なって受けとめられていたことだけは、知っておかなければならない。

篠田病院に入院早々、入院患者だった鈴木良典がいいだして、俳句同好会ができた。

誘われて藤沢周平もこれに参加した。会員は十人ほど。患者、看護婦、事務所員などが集まり、名称は「野火止《のびどめ》句会」。ガリ版刷の同人誌「のびどめ」を出した。しばらくして会員たちが句作になれてくると、鈴木良典は自らの句を寄せていた静岡の俳誌「海坂」への投句を会員たちに勧めた。藤沢も投句をはじめ、昭和二十八年六月号に四句採用されたのを皮切りに、三十年八月号まで四十四句が入選。ここで用いられた俳号は最初小菅留次、のち北邨である（『藤沢周平のすべて』文藝春秋編所収、「完全年譜」による）。

「海坂」は、「過去にただ一度だけ、私が真剣に句作した場所」という先に引用した文章の背後には、およそ以上のような内実があった。

では、「海坂」とはどのような俳誌なのか。

創刊は昭和二十一年と早い。最初は「あやめ」という名だったが、二十五年に「海坂」と改題。主宰は百合山羽公、相生垣瓜人の二人となった。師系は「馬酔木」の中心人物の一人である水原秋桜子とされる。瓜人ついで羽公が逝去した後の平成三年から和田祥子が主宰を継承、平成二十九年現在は鈴木裕之、久留米脩二の共同主宰でなお刊行がつづいている。俳誌としてはみごとに息が長い。

藤沢は書いている。

《……私はそれから後「海坂」に投句する一方で、しきりに現代俳句の作品を読むようになった。そこで好きになった作家が、秋桜子、素十、誓子、悌二郎だと言い、ことに篠田悌二郎の作品に惹かれたといえば、私の好みの偏《かたよ》りがややあきらかになるだろう。

つまりひと口に言えば、自然を詠んだ句に執するということである。》（「『海坂』、節のことなど」）

古いことからいえば、正岡子規の俳句革新をついだ虚子のホトトギス派は、客観写生を深めることを標榜《ひょうぼう》した。その内部にいながら、客観写生にあきたらず、昭和三年に「馬酔木」を創刊したのが秋桜子だった。「馬酔木」以後は、俳人もその句風もかなり複雑多彩な様相となった現代俳句の世界になる。

藤沢が特に惹かれたという篠田悌二郎は、「馬酔木」のメンバーとして、けっして小さな存在ではない。

俳句に格別造詣の深かった文芸評論家の山本健吉はいっている。

「彼は唯美的な『馬酔木』風の正系に位置している。彼は波郷・楸邨のような際立った個性を示さないが、人目に立たない地味な仕事を積み重ねてゆきながら、いつのまにか独自の風格を築き上げている作家に属する」(『現代俳句』)。

このような評語を、藤沢周平の悌二郎好きと合わせてみると、直感的にではあるが納得できるものがある。

藤沢は、「悌二郎の句はうつくしいばかりではない、美をとらえて自然の真相に迫る」とめずらしく断言し、それにつづけていう。

《俳句における私の好みの偏りは、ごく端的に、諳《そらん》じている句の数を比較すれば明瞭になる。私がすぐ口に出来る句の大半は自然を詠んだもので、そのほかの句は、眼にすればたちまちに思い出しはするものの、またたちまちに忘れて行く。》(「『海坂』、節のことなど」)

俳句というわずか十七字の定型詩には、自然の真相に迫る力がある。二十六、七歳の小菅青年は療養所の病院でそのことに気づいた、といっていいのではないか。

しかし、このように話を進めてくると、不審に思う人があるかもしれない。この本で、〈「海坂」より〉、あるいは新たに活字化された〈「馬酔木」より〉、〈「俳句手帳」より〉などの藤沢周平自身の句作を見ると、心情や人事を詠んだ句がけっして少なくない。藤沢がいう「自然を詠んだ句に執する」ということからすれば、話が通りにくいと思われもする(私自身もそう思ったことがなくはなかった)。そういって、たとえば次のような代表作を差し出してみせることができるかもしれない。

汝を帰す胸に木枯鳴りとよむ

冬潮の哭けとどろく夜の宿

野をわれを霙うつなり打たれゆく

たしかに、作者の深いところにある感情が不意に浮び上ってくるとでもいえるような句作りである。単純な自然描写ではない。しかし、感情が浮び上ってくるその場所には、避けようもなく自然がある。それは右の三句に共通している。これは、まず最初に「自然の真相」を言葉によってとらえるという志向と技巧がなければかなわぬことではないか。

何よりも自然を詠みこめるという感動から俳句の世界に入っていった。その道筋のさらに進んだところに、自然と人間が一体になる世界があったとしても、それは少しも不思議なことではないだろう。

そして付け加えていえば、私たちは後年、そのような姿勢で自然と人間のからみが散文によってみごとに描かれるのを、藤沢周平の小説の随所に見ることになるのである。

藤沢周平の俳句作りについて、もう少し話を進めなければならない。それによって、この文庫版『藤沢周平句集』で一般読者に対しては初めて公開することになった、〈「馬酔木」より〉、〈「俳句手帳」より〉の百に余る句の由来を説明したいのである。

昭和二十八年と九年の二年間、厳密には一年半ほどが、真剣に句作した時期だったと、藤沢周平は何度か書いている。エッセイが書かれた、ほぼ三十年後の回想のなかではそれは真実の思いだったのだろう。

結核診療所の病状でいうと、二十九年は手術の予後がわるく、二人部屋での療養が長くつづいたが、三十年からは回復に向い、安静度四度の大部屋に移っている（前出の「完全年譜」による）。

そしてこの年、病院内で詩の会「波紋」が結成され、発起人の一人として同人になっている。句作をやめてしまったというわけではないが、関心が文芸全般にひろがっているし、それはまた、昭和二十六年頃に藤沢が参加していた同人誌の時代につながる心の動きでもあったようだ。

三十一年には病院の自治会文化部の文芸サークル誌へ寄稿したりもしている。

三十二年十一月、篠田病院・林間荘を退院。郷里で教師に戻る道は閉ざされていて、友人の紹介で東京の業界紙に就職。この就職先はきわめて不安定で、その後一、二の業界紙を転々とし、日本食品経済社に入社して生活がようやく安定するのは三十五年を待たなければならなかった。

「小林『一茶』の背景」というエッセイのなかで、自分は句作のほうはのびなかった、昭和三十年頃には、才能に見切りをつけたあんばいだったと書かれている。しかし同じエッセイのなかで、「そしておかしなことだが、俳句とのつきあいが、ほとんど読書だけのものになってしまったそのころにも、実作上の劣等生である私は、俳句を作ることをまったくあきらめたわけでもなかったのである」とも記している。

それにひきつづき、昭和三十一、二年ごろ、馬酔木の杉山岳陽が池袋で定期的な句会を開いていた、それを知って、その句会に出たいと思ったが、結局一度も出ることがなかったと、「馬酔木」への関心が語られている。

そしてこのたび、その関心の証拠物のように、藤沢周平関連の遺稿文献のなかから「馬酔木」への投稿句が見つかった。発見したのは遺稿管理者である遠藤崇寿・展子さんご夫妻である。

昭和三十六年と七年、「馬酔木」に月に一句ずつ小菅留治名で投稿句が掲載されていた。また三十六年の分では、作者の手書きで、その句を含む数句が月ごとにまとめられていたのである。他に例会作品と区分された作品群もあり、あわせて、本文庫版で初めて公開することになった。

さらにもう一つの発見がある。

角川書店が発行していた「俳句手帳」というものがあり、そこには俳句を書き入れておく空欄がある。その昭和五十三年版に、三十句が記入されており、手帳発行の年からいって、句の多くは藤沢周平が作家になってからのものと推定される。「馬酔木」関連のものと併せて、ここに初めて活字化することを喜びたい。

私はとりわけ「俳句手帳」にあって、静かで明澄な句の数々に心惹かれた。

この本に収められた藤沢周平の俳句作品について、私には何か論評めいたことをいう意思はないし、またその能力もない。「自然を詠んだ句に執する」という藤沢の言葉を脳裡に置きながら各人各様に読んでみるしかないと思っている。

ただ評するというのではないけれど、二つばかりいっておきたいことがあるので、読者のご参考までに記しておくことにする。

一つは、ごく個人的な好みから発している。私は桐の花が格別に好きだ。全体が円錐形をした紫色のこの花が、渓流釣りのハイシーズンを告げているということもある。そして「海坂」への藤沢の投稿句には桐の花を詠んだものが少なくない。療養所付近で実際に目にしたのだと思われるが、庄内の旧黄金村《こがねむら》の生家にも桐の木があったと、藤沢は書いている（「初夏の庭」）。

桐の花のイメージが重なっているのだろう。桐の花の句には、すっきりした写生句からはじまって、病者の思いが深く現れてくるような句もある。いわば「自然」から出発して句境が深まっていく姿がそこにはあった。

夕雲や桐の花房咲きにほひ

桐の花踏み葬列が通るなり

桐の花咲く邑に病みロマ書讀む

桐咲くや掌觸るゝのみの病者の愛

もう一つは、先にもちょっとふれたが、主として「俳句手帳」にあった句の、静寂と明澄が同居している姿に心打たれた。それをいくつかあげておきたい。

春昼や人あらずして電話鳴る

穂芒に沈み行く日の大きさよ

曇天に暮れ残りたる黄菊かな

雪女去りしじまの村いくつ

眠らざる鬼一匹よ冬銀河

句はすべて故郷の村がイメージを喚起しているように思われる。また、雪女と鬼一匹の句には微妙な諧謔《かいぎゃく》がにじみ出ていて、作家の中期以降の小説作品を思わせもする。

それらのことが私にとってはとりわけ魅力的だった。

「随筆九篇」としてまとめられたエッセイのなかに、長篇伝記小説『一茶』に言及している二篇がある。むろんここは小説『一茶』について論ずべき場所ではないが、二篇のエッセイによって示唆されたことについて少しだけ書いておきたい。

藤沢周平が一茶を書くと聞いたときから、喉《のど》に何かがつかえているような、すっと納得できないような思いが私にはあった。私の狭い了見は、藤沢『一茶』を読んで全面的にひっくり返るのだけど、「喉のつかえ」とは、藤沢作品の端正さと一茶が合わないという勝手な思いこみから来ているものだったらしい。

藤沢自身が「小説『一茶』の背景」で、「一茶は、必ずしも私の好みではなかった」と書いていることを、私なりに勝手に忖度《そんたく》していた、ともいえる。

しかし「好みではなかった」という一行のすぐ後に、一茶の生活にふれたいくつかの文章を読んだ後で、しだいに一茶の全貌が見えてきた、といっている。「一茶は、多くの俳人の中で、私から見ればほとんど唯ひとりと言っていいほど、鮮明な人間の顔をみせて、たちあらわれてきた人物だった」。

一茶は弟から財産半分をむしりとった人間であり、義母や弟との争いは苛烈《かれつ》なものだった。その苛烈さは、「父の終焉日記」や「七番日記」とか「句帖」のなかで一茶自身がくわしく書いている。そういう一茶について藤沢はいう、「私の興味はむろん後半の部分、俗の人間としての一茶を書くことにあった」と。

とはいえ、一茶は生涯二万句以上の句を吐いた俳諧師でもある。十七字の言葉によって独自の世界を創造した人間でもある。それを無視できない、という意味のことを藤沢周平はつぶやくように書いてもいる。

小説『一茶』を読めば、親族と争って退かない「俗の人間」と俳諧師としての在り方が、絡みあいながら浮かびあがってくるのを目の当りにするが、作家の工夫はひとかたならないものがあったはずだ。

おそらく一茶へのある種の共感がなければ、その絡みあいは描けない。しかし、「俗の人間」にべったりとくっつくような共感がもとよりあるわけではない。共感の距離のようなものが、じつにみごとに働いている。その距離感によって、一茶という凄味《すごみ》のある人間が立ち現われる。私はそんなふうに思った。

エッセイのなかで、北信濃柏原つまり一茶の故郷であり後半生を送ったその場所へ取材に行ったときのことが記されている。

《それにしても、信濃という言葉には、どうして人をいざなうような快いひびきがあるのだろうか。私は雪をかぶった信濃の山山を、車窓から飽きずに眺めながら、そう思った。そしてまったく突然に、一茶を書くことにしてよかったと思ったのである。》

（「小説『一茶』の背景」）

小説『一茶』は柏原の中農の長男として生れた弥太郎（一茶）が、義母と折り合い悪く、十五歳で江戸に奉公に出される場面から始まっている。村はずれの桃の花咲くうつくしい丘の上で、父の弥五兵衛と別れるのである。

そんなに貧しくはない農家の長男が、農民であることに別れを告げ、何が待ち受けているかわからない都市に向う。その場面は父子の思いを伝えるように、ていねいに描かれている。一茶は、百姓になれず、かといって町民に徹することもできず、俳諧師という奇妙な存在となって、結局は郷里に戻ることを選んだ。そういう人間に、作家は距離感のある共感をいだいていると私は思った。

（『海坂藩に吹く風　藤沢周平を読む』〔文藝春秋〕に「『自然』からの出発」として再録。）

あとがき

遠藤崇寿

　本書の企画について、悟空出版の安田征克さんと竹石健さんから、藤沢周平作品の文庫解説をまとめて一冊にしたいというお話をうかがいました。その内容では、藤沢周平記念館で開催していた企画展「藤沢作品の世界」とかなり似たものになってしまうのと、文庫解説だけでは物足りないと思ったので、新しく寄稿やインタビューを収録しましょう、と提案しました。

　ところが、物足りないどころか、とても面白い。それはそのはずです。文庫の解説は担当編集者が、その本に一番ふさわしい方に書いていただいているのです。いつも担当者の方が、誰に依頼するか、頭を悩ませていることも知っていたので、解説だけを抜き出すことに気が引けるところもありましたが、こうして一冊にまとまると、やはり読み応えがあります。解説・インタビューの収録をご快諾くださった皆様に、心からお礼申し上げます。

また、無理なお願いにもかかわらず、多岐にわたりご協力いただいた文春文庫編集部の北村恭子さん、新潮文庫編集部の木村達哉さんはじめ、各社ご担者の皆様、ありがとうございました。

新たにインタビューをさせていただいた方々には、日頃からとてもお世話になっています。江夏豊さんには藤沢周平記念館で講演を、竹下景子さん、篠田三郎さん、松平定知さんにも記念館で朗読をお願いしました。湯川豊さんは、藤沢周平記念館の開館準備から携わっていただき、いまは記念館の運営委員を引き受けていただいています。杉田成道さんにはこれまでに時代劇専門チャンネルオリジナルの藤沢周平原作ドラマを九作品製作していただいていて、『果し合い』『小さな橋で』では監督もされています。

この六人の皆様は藤沢周平の愛読者というだけでなく、ご自身の人生と藤沢作品の関わりをお話しいただいていて、とても興味深く読ませていただきました。お忙しいなか、インタビューに貴重なお時間を割いていただき、本当にありがとうございました。

没後二十年・生誕九十年に合わせて藤沢作品の魅力を紹介する本をつくりたいという熱い思いで、本書の製作に力を注いでくれた悟空出版の皆様にも、お礼申し上げます。

この本がきっかけになって、新たに、あるいはふたたび、藤沢周平作品を読んでいただけましたら幸いです。

二〇一八年十一月

藤沢周平没後二十五年に合わせて文庫版を刊行していただきました。単行本から引き続き収録させていただいた皆様、悟空出版はじめ出版社各社、関係する全ての方々にお礼申し上げます。コロナ禍で苦労しながら編集を進めてくださった実業之日本社の佐々木登さん、ありがとうございました。

二〇二二年十一月

【参考文献】
・『周平独言』（藤沢周平著・中公文庫、文春文庫）
・『小説の周辺』（藤沢周平著・文春文庫）
・『藤沢周平　遺された手帳』（遠藤展子著・文春文庫）
・『藤沢周平のすべて』（文藝春秋編・文春文庫）
・『藤沢周平を読む』（『歴史読本』編・新人物往来社）
・『藤沢周平のこころ』（オール讀物責任編集・文春ムック）
・『わたしの藤沢周平』（ＮＨＫ『わたしの藤沢周平』製作班編・文春文庫）
・『藤沢周平のツボ』（朝日新聞週刊百科編集部編・朝日文庫）
・鶴岡市立藤沢周平記念館発行の各図録等

・協力／文藝春秋、新潮社、悟空出版、未来企画工房、日本映画放送、バンタイナムコフィルムワークス、鶴岡市立藤沢周平記念館
・藤沢周平写真提供／文藝春秋（Ｐ21、29、114－115、137、190、217、229、266、331）
・自筆原稿・写真提供／藤沢周平事務所
※本文の内容紹介、「インタビュー」ページの文責は編集部にあります。
また「解説」原稿は再録ですが、一部、手を入れさせていただきました。

二〇一八年十一月悟空出版刊
文庫化に際し、一部構成を変更し、原稿、写真等を追加しました。
（編集部）

鶴岡市立 **藤沢周平記念館**のご案内

藤沢周平のふるさと、鶴岡、庄内。
その豊かな自然と歴史ある文化にふれ、
作品を深く味わう拠点です。
数多くの作品を執筆した自宅書斎の再現、
愛用品や肉筆原稿、創作資料を展示し、
藤沢周平の作品世界と生涯を紹介します。

利用案内

所　在　地　〒997-0035　山形県鶴岡市馬場町4番6号(鶴岡公園内)
TEL ／ FAX　0235-29-1880 ／ 0235-29-2997
入館時間　午前9時～午後4時30分(受付終了時間)
休　館　日　水曜日(水曜日が休日の場合は翌日以降の平日)
年末年始(12月29日から翌年の1月3日)
※休館日は変更になる場合があります。
入　館　料　大人320円(250円)、高校生・大学生200円(160円)
※中学生以下無料　(　)内は20名以上の団体料金。
年間入館券1,000円(1年間有効、本人及び同伴者1名まで)

交通案内

- 庄内空港から車で約25分。
- JR 鶴岡駅からバスで約10分、「市役所前」下車、徒歩3分
- 山形自動車道鶴岡I.C. から車で約10分。

車でお越しの方は鶴岡公園周辺の公設駐車場をご利用ください(右図「P」無料)

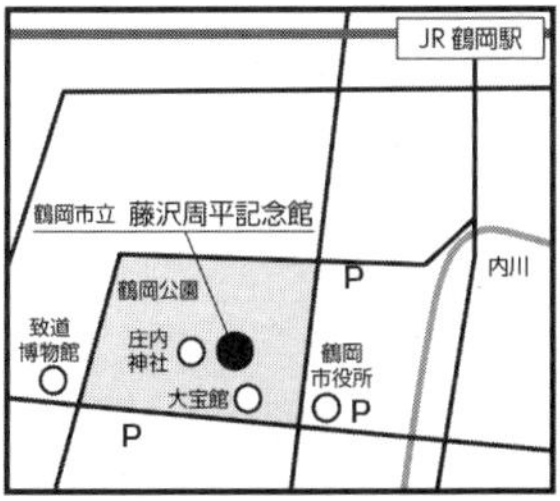

―― 皆様のご来館を心よりお待ちしております ――

鶴岡市立 **藤沢周平記念館**

http://www.city.tsuruoka.yamagata.jp/fujisawa_shuhei_memorial_museum/

実業之日本社文庫 ふ22

藤沢周平《ふじさわしゅうへい》「人《ひと》はどう生《い》きるか」

2022年12月15日　初版第1刷発行

監　修　遠藤崇寿《えんどうただし》　遠藤展子《えんどうのぶこ》

発行者　岩野裕一
発行所　株式会社実業之日本社
〒107-0062　東京都港区南青山5-4-30
emergence aoyama complex 3F
電話［編集］03(6809)0473［販売］03(6809)0495
ホームページ　https://www.j-n.co.jp/
ＤＴＰ　ラッシュ
印刷所　大日本印刷株式会社
製本所　大日本印刷株式会社

フォーマットデザイン　鈴木正道(Suzuki Design)

ISBN978-4-408-55778-6（第二文芸）